古典文獻研究輯刊

七 編

潘美月・杜潔祥 主編

第 17 冊

蘇軾《東坡志林》研究

李 月 琪 著

國家圖書館出版品預行編目資料

蘇軾《東坡志林》研究／李月琪 著 — 初版 — 台北縣永和市：
花木蘭文化出版社，2008〔民 97〕

目 4+140 面；19×26 公分
（古典文獻研究輯刊 七編：第 17 冊）

ISBN：978-986-6657-67-2（精裝）
1.（宋）蘇軾 2. 筆記 3. 文學評論
857.15   97012754

ISBN - 978-986-6657-67-2

9 789866 657672

古典文獻研究輯刊
七 編 第十七冊   ISBN：978-986-6657-67-2

蘇軾《東坡志林》研究

作　　者　李月琪
主　　編　潘美月　杜潔祥
總 編 輯　杜潔祥
企劃出版　北京大學文化資源研究中心
出　　版　花木蘭文化出版社
發 行 所　花木蘭文化出版社
發 行 人　高小娟
聯絡地址　台北縣永和市中正路五九五號七樓之三
　　　　　電話：02-2923-1455／傳眞：02-2923-1452
電子信箱　sut81518@ms59.hinet.net
初　　版　2008 年 9 月
定　　價　七編 20 冊（精裝）新台幣 31,000 元

蘇軾《東坡志林》研究

李月琪　著

作者簡介

李月琪，台灣省澎湖縣人，西元 1980 年生。銘傳大學應用中國文學系碩士班畢業，現任中學教師。

提　　要

　　蘇軾的《志林》與《手澤》這兩部生前未完成之作，經後人的合併整理，成為《東坡志林》一書。《東坡志林》中，包含了蘇軾平日生活的言行、見聞、感觸等等諸方面的記載，是蘇軾眾多著作中，最能展現其真實面貌與性格特質的一本。可惜的是，目前關於《東坡志林》的研究，仍是少見。本文研究即以凸顯《東坡志林》的特點，與發掘此書的影響貢獻為目的。並且強調此書不能僅被視為筆記小說，更應注意到它是具有錄實記真特色的筆記，是很具價值的文獻史料。

　　本文的內容分為五個部分：

一、緒論：說明本文的研究方法與動機，前人的研究成果，以及筆記與筆記小說的界說。

二、蘇軾及《東坡志林》：略述蘇軾生平及其撰《志林》、《手澤》的情況，再討論《東坡志林》一卷本、五卷本、十二卷本等三種主要版本的流傳與特色。

三、《東坡志林》之文體內容：本論文將《東坡志林》的文體分為小說文、小品文及論辯文三類。討論小說文類志人與志怪的內容，小品文類記遊、閒適、說理、交遊、知識小品的內容，論辯文類中的史論文與辯體文。

四、《東坡志林》之寫作特色與技巧：探討《東坡志林》言簡意深、文兼議理、韻散雜夾、載時記日、贊語運用等主要的寫作特色，及譬喻、用典、設問、排比、映襯、頂真等主要的寫作技巧。

五、結論：闡述《東坡志林》具有提供蘇軾生平研究的資料，與成為蘇軾文章研究的素材之貢獻，又有啟發小品文的流行，及推動文言小說的演進之影響。《東坡志林》是重要的文獻資料，也是後人從事文學創作時仿效的典範。文末則言相關研究未來可發展的方向。

目

次

第一章　緒　論

第一節　研究動機與方法

一、研究動機

　　中國歷代流傳的筆記，何其之多，當中所論及的範圍，又何其之廣，非其他文學體類，所能相比的。由於歷代筆記中，保存了豐富的文獻資料，即使有不少人將它們視爲筆記小說，但以不收小說爲原則的歷代史書，仍將筆記收入其中。《四庫全書》將這種筆記體類的文學著作，收錄其中，隸屬於子部雜家類。武英殿本《四庫全書總目提要》詳述云：

　　衰周之季，百氏爭鳴，立說著書，各爲流品，《漢志》所列備矣。或其學不傳，後無所述；或其名不美，人不肯居，故絕續不同，不能一概。後人著錄林守舊文，於是墨家僅《墨子》、《晏子》二書；名家僅《公孫龍子》、《尹文子》、《人物志》三書；縱橫家僅《鬼谷子》一書，亦別立標題，自爲支派，此拘泥門目之過也。黃虞稷《千頃堂書目》於寥寥不能成類者，併入雜家。雜之義廣，無所不包，班固所謂合儒墨兼名法也。變而得宜，於例爲善，今從其說。以立說者謂之「雜學」；辨證者謂之「雜考」；議論而兼敘述者謂之「雜說」；旁究物理，臚陳纖瑣者謂之「雜品」；類輯舊文，塗兼衆軌者，謂之「雜纂」；合刻諸書，不名一體者，謂之「雜編」，凡六類。〔註1〕

〔註1〕見於（清）永瑢、紀昀等編：武英殿本《四庫全書總目提要》（臺北市：臺灣商務印書館股份有限公司發行，1983年10月，初版），第三冊，頁539。

甚至有史書引用筆記著作者，如章群《通鑑及新唐書引用筆記小說研究》一書，就在考論《資治通鑑・唐紀》與《新唐書》中，引用筆記的情況。〔註2〕這種種的跡象，都顯示著筆記一類的作品流傳，有其不凡的價值及意義。這種雜著筆記之文類，到了宋代，可算是完全的成熟，創作數量，也相當驚人，《筆記小說大觀》中，收錄的宋代筆記就有四百餘部之多。許多當時著名的文人，都有筆記著作問世，如歐陽修《歸田錄》、司馬光《涑水記聞》、蘇軾《東坡志林》、陸游《老學庵筆記》等等。不過，關於宋代筆記的研究，卻是寥寥可數，甚是可惜。

宋代，是中國史上文化、知識最輝煌的朝代，也是千古風流人物——蘇軾誕生的時代。然而，宋代的高度文明，並未使國家強盛壯大；蘇軾的才富五車，也未使其仕途平步青雲。這羸弱之國與失意文人的交織，竟也成了一段引人入勝的史話。積弱不振的國政，激起蘇軾富國強兵的政治理想，奔向仕途。而百般羈絆的遊宦人生，卻帶給蘇軾超然豁達，又不流於消極的生命體悟，是凡人難以到達，而又特別嚮往的境界。因此，人們追求、探討蘇軾的作品，想一窺蘇軾的內心世界，也為自己的靈魂，尋找一個出口。奇特的是，在眾多蘇軾作品中，《東坡志林》是最貼近蘇軾平日生活，最能表現個人特質的一部著作，但在多不勝數的蘇軾研究中，居然獨漏《東坡志林》的深入探討。所以，本文選定蘇軾《東坡志林》為研究的主題，不僅期望可以稍稍填補蘇軾研究的空缺，也能藉此了解蘇軾的生命意義，以及彰顯該書的價值與貢獻。

二、研究方法

《東坡志林》研究的起點，就從作者蘇軾生平述說開始。蘇軾生平的研究，是循著時間的前進，探討蘇軾一生的經歷，再著眼至蘇軾撰作《志林》、收集「手澤」的過程，而進入到《東坡志林》的版本研究。

《東坡志林》的版本流傳，頗為曲折複雜，需要使用到歷史研究法，將《東坡志林》自宋代到今日的流傳，做仔細的研究。又需使用到比較法與校勘法，分辨出各個不同版本的差異，及不同版本、著述間拼湊、多出、乙倒等情形。最後再綜合各家論述，推選出本文研究時，最合適的底本。

接下來，《東坡志林》的文體內容研究，與寫作特色、技巧的探討，則會利用分析法，將書中各篇的文章形式、內容性質、顯著特色、運用技巧等，加以提出分類。再以歸納法，使有共同特點的篇章，歸於同類，合併討論，成為《東坡志林》的主

〔註2〕可詳見於章群著：《通鑑及新唐書引用筆記小說研究》（臺北市：文津出版社有限公司出版，1999年6月，初版一刷）。

要內容與特點。如此一來，就各個歸類，作深入的研究，蘇軾心理狀態也有較明顯且具體的呈現。此外，在內容文體探討部分，還會列表統計《東坡志林》的各文體內容，在書中所占份量的多寡情況，以助於定位《東坡志林》的文學屬性。

最後談到《東坡志林》一書對後世的貢獻，將藉著後人對於蘇軾的作品以及與《東坡志林》相關的評論，來評判《東坡志林》對於後世的影響。或是藉著分析後世之作，有與《東坡志林》相似之處，來推測此書的影響層面。所以，此處將會運用到分析法與批判法。

由以上的說明可知，本文大致分爲蘇軾生平研究、《東坡志林》的版本流傳研究、《東坡志林》的文體內容論析、《東坡志林》的寫作特色與技巧探討，及《東坡志林》的影響貢獻等部分。在進行研究時，本文則會運用到分析法、歸納法、比較法、歷史研究法、批判法、綜合法、校勘法、統計法等研究方法，以爲《東坡志林》一書的研究，做最大的努力。

第二節　前人研究成果

關於蘇軾的各種研究資料，可謂多如繁星，當中與《東坡志林》研究，有所關聯的前人研究成果，以下分兩部分述明。

一、蘇軾著述版本研究

蘇軾是位多產的作家，他的傳世著述，非常多種。只是他的著作流傳於世的時間，已相當長久，繁多的著述，難免發生版本雜亂、正僞難辨等問題。所以有許多的碩學先進，投入精力於蘇軾著述版本的研究，以下略舉數篇相關著作說明。

二十世紀六〇年代末期，有王景鴻〈蘇東坡著述版本考〉〔註3〕，文中論及的蘇軾著述，共五十九種。文中依四部順序排列蘇軾著述，每書各考其存佚，辨其眞僞，述其內容及版刻源流，記其版式行款，勘其優劣異同等。到了八〇年代末期，則有劉尚榮著《蘇軾著作版本論叢》〔註4〕，考辨宋刊《蘇軾全集》、宋刻集注本《東坡前集》、《東坡外集》、明版《蘇軾文集》選本等等八種蘇軾著述。九〇年代時，陳

〔註3〕見於王景鴻：〈蘇東坡著述版本考〉（上），《書目季刊》第四卷第二期（1969 年 12 月），頁 13～54。與王景鴻：〈蘇東坡著述版本考〉（下）《書目季刊》第四卷第三期（1970 年 3 月），頁 41～81。

〔註4〕見於劉尚榮著：《蘇軾著作版本論叢》（成都市：巴蜀書社出版，1988 年 3 月，第一版第一次印刷），總頁 232。

雄勳著《三蘇及其散文之研究》中兼有〈東坡著述考徵〉〔註5〕，是關於蘇軾著作四十種的研究。吳雪濤著《蘇軾考論稿》〔註6〕中，也有〈蘇東坡集訂誤舉隅〉、〈蘇軾佚文滙編疵瑕舉要〉、〈蘇詞編年訂誤三題〉等校勘之章。九〇年代末期的曾棗莊〈南宋蘇軾著述刊刻考略〉〔註7〕一文，則是針對南宋時期，宋人對蘇軾著述的研究、整理、刊刻情況，作一考略。此外，一文專論一著述者，則有田志勇與何硯華合撰的〈仇池筆記的版本和校勘時的版本選擇〉〔註8〕一篇，此文專論蘇軾《仇池筆記》的版本及校勘版本的選擇。

這些研究中，有的直接提到《東坡志林》的版本流傳狀況，有的則是間接透露著與《東坡志林》流傳相關的訊息。可是，若要有完完全全談論《東坡志林》一書的研究，則十分少見。此時這些蘇軾著述的相關研究，就成了研究《東坡志林》時，重要的參考文獻了。

二、蘇軾散文之研究

在蘇軾研究中，蘇軾散文的內容風格探討，受到先進們關注的目光，遠甚於蘇軾著述版本的考察。所以，關於蘇軾散文的研究專論，自然也就不少。當中不乏與《東坡志林》一書相關者，這些前輩們的研究成果，可謂爲之後《東坡志林》研究的建構基石。

首先，在散文內容研究方面的專書，以徐中玉《蘇東坡文集導論》〔註9〕與王更生《蘇軾散文研究》〔註10〕爲代表。《蘇東坡文集導論》探討蘇文內容，兼述蘇軾創作的現實主義精神、反映觀點、哲理性來源等等議題；《蘇軾散文研究》一書，在論述散文內容外，還有蘇軾的文學主張、散文藝術、北宋詩文革新運動等等問題的探討篇章。在學位論文部分，則有洪劍鵬《東坡嘲戲文研究》〔註11〕、謝敏玲《蘇

〔註5〕 見於陳勳雄著：《三蘇及其散文之研究》（臺北市：文史哲出版社出版，1991 年 11月，初版），〈東坡著述考徵〉，頁 154～199。

〔註6〕 見於吳雪濤著：《蘇軾考論稿》（內蒙古教育出版社出版，1994 年 10 月，第一版第一次印刷），總頁 269。

〔註7〕 見於曾棗莊：〈南宋蘇軾著作刊刻考略〉，收於《宋代文學研究叢刊》（第五期）（高雄市：麗文文化事業股份有限公司發行，1999 年 12 月，初版一刷），頁 263～281。

〔註8〕 見於田志勇、何硯華：〈仇池筆記的版本和校勘時的版本選擇〉，《蒙自師範高等專科學校學報》第一卷第三期（1999 年 6 月），頁 42～47。

〔註9〕 見於徐中玉著：《蘇東坡文集導讀》（成都市：巴蜀書社出版，1992 年 4 月，第一版第二印刷），總頁 316。

〔註10〕 見於王更生著：《蘇軾散文研讀》（臺北市：文史哲出版社出版，2001 年 2 月，初版），總頁 365。

〔註11〕 見於洪劍鵬撰：《東坡嘲戲文研究》（臺中市：東海大學中國文學研究所碩士論文，

軾史論散文研究》〔註12〕、紀懿珉《蘇軾記遊文研究》〔註13〕……，他們都是先設立研究主題，再從蘇軾眾多散文中，擷取符合主題的篇章，以進行研究。然而，蘇軾散文內容研究中，也有與《東坡志林》直接相關的討論，如：李慕如〈蘇東坡《志林‧論古十三首》之研究〉〔註14〕與張建勛〈志林管窺〉〔註15〕二篇。前者是以論古性質的十三篇散文為研究對象，後者則是淺談了《東坡志林》的內容，流露出蘇軾真實的思想情感。其次，關於蘇軾散文藝術的研究，有黃美娥《蘇軾文論及其散文藝術》〔註16〕一篇碩士論文，針對蘇軾論辨體散文、序跋體散文、贈序體散文、雜記體散文、書牘體散文、諷諭體散文等的散文藝術，加以探討，並論述蘇文的思想特色與藝術特色。其他以蘇軾散文藝術為主的單篇論文，更是不勝枚舉，如：牛芙珍〈蘇軾短制散文的境界之美〉〔註17〕，分析蘇軾短制散文思想境界，和藝術境界兩方面的審美特點。王文龍〈東坡散文藝術探微〉〔註18〕則稱蘇軾散文妙造自然、溢為奇怪，並述其散文的創作特色。洪柏昭〈蘇軾雜記文中的藝術特色〉〔註19〕則將蘇文分為構思、謀篇、表現手法三方面來討論。

由於目前蘇軾研究中，《東坡志林》仍然缺乏有系統的研究，多半都只是附帶一提，或是兼論述及的性質，可見蘇軾研究的領域中，還存留著一片《東坡志林》研究的空間，有待開發。也就是說本文的立足之地，並未因蘇軾研究的領域，已有太多的成果呈現，而變得狹隘不堪。事實上，眾多先進們的研究成果，反而提供《東坡志林》研究發展的動力，給予《東坡志林》研究很大的助益。

1990 年 4 月），總頁 96。

〔註12〕見於謝敏玲撰：《蘇軾史論散文研究》（高雄市：高雄師範大學國文學系碩士論文，2000 年 1 月），總頁 274。或見於謝敏玲著：《蘇軾史論散文研究》（臺北市：萬卷樓圖書有限公司出版，2000 年 5 月，初版），總頁 274。

〔註13〕見於紀懿珉撰：《蘇軾記遊文研究》（新莊市：輔仁大學中國文學系碩士論文，2000 年 6 月），總頁 99。

〔註14〕見於李慕如：〈蘇東坡《志林‧論古十三首》之研究〉，《屏東師院學報》第九期（1996 年 6 月），頁 291～326。

〔註15〕見於張建勛：〈志林管窺〉，《甘肅教育學院學報》（社會科學版）第十四卷第二期（總第二十七期）（1998 年），頁 63～67。

〔註16〕見於黃美娥撰：《蘇軾文論及其散文藝術》（臺北市：臺灣師範大學研究所碩士論文，1989 年 6 月），總頁 210。

〔註17〕見於牛芙珍：〈蘇軾短制散文的境界之美〉，《廊坊師範學院學報》第十八卷第二期（2002 年 6 月），頁 11～13。

〔註18〕見於王文龍：〈東坡散文藝術探微〉，收於《東坡文論叢》（成都市：四川文藝出版社出版，1986 年 3 月，第一版第一次印刷），頁 29～48。

〔註19〕見於洪柏昭：〈蘇軾雜記文中的藝術特色〉，收於《東坡文叢論》（成都市：四川文藝出版社出版，1986 年 3 月，第一版第一次印刷），頁 59～70。

第三節　「筆記」與「筆記小說」的界說

筆記與小說在中國文學史上，長期處於雜糅共生的狀態，「筆記小說」一詞也因此應運而生。只是「筆記小說」一詞的出現，使得人們對於筆記與小說二者的概念界定，越來越模糊。「筆記小說」一詞當中，「筆記」與「小說」的關係，是偏正關係，抑或是彼此地位平等，成為一個值得深入思考的問題。況且，筆記文學的發展與研究，也因為「筆記小說」一詞的緣故而受限，甚至附庸於小說之下，得不到應有的重視，所以，將筆記與筆記小說作個明確的界說，是有必要的。

筆記，最早是用以指稱散文，與辭賦等韻文對稱的。《藝文類聚》卷四十九南朝梁王僧孺〈太常敬子任府君傳〉云：「辭賦極其清深，筆記尤盡典實。」〔註20〕就是辭賦與筆記的對稱。劉勰《文心雕龍・才略》亦曰：「路粹楊修，頗懷筆記之工。」〔註21〕此處的筆記亦指散文而言。劉勰同書〈總術〉又云：「今之常言，有文有筆，以為無韻者筆也，有韻者文也。」〔註22〕因而可知，注重辭采，崇尚駢儷的南北朝文壇，將不嚴格講究格律的散行文字，都稱為「筆記」。久而久之，一切用散文寫成的隨筆短文，就統稱為「筆記」。做為一種文體，「筆記」中所包含的範圍，是十分廣泛的，凡是不能歸類的各種雜識、札記、筆錄等等，都能列入筆記之內。到宋代時，有宋祁著《宋景文公筆記》，首次以「筆記」為書名，開始了文人將記錄所見所聞的雜記之作，命名為筆記、筆談、筆錄、隨筆等的流行〔註23〕，而筆記寫真記實，也逐漸成為一種習慣。

但由於筆記有隨聞雜錄的特徵，且不具有經典的性質，難免被列為與「街談巷語，道聽途說之造」〔註24〕的「小說」，同屬「小道」的地位，並被歸入小說文類當中。所以，有人將魏晉南北朝以來，筆記體式的短篇創作與著述，稱之為「筆記小說」，視筆記為小說文類中的一支。然而，就「小說」此一文體本身而論，是有古

〔註20〕見於（唐）歐陽詢等撰：《藝文類聚》（臺北市：文光出版社出版，1974年8月，初版），第二冊，卷四十九，頁879。

〔註21〕見於（梁）劉勰撰，王利器校注：《文心雕龍校證》（臺北市：明文書局出版，1985年10月，二版），卷十，〈才略第四十七〉，頁283。

〔註22〕見於同註21，（梁）劉勰撰，王利器校注：《文心雕龍校證》，卷九，〈總術第四十四〉，頁267。

〔註23〕有關宋人以筆記、筆談、筆錄、隨筆為名的筆記著作情形，可見於張暉著：《宋代筆記研究》（武昌桂子山：華中師範大學出版社出版，1993年9月，第一版第一次印刷），頁1～3。

〔註24〕見於（漢）班固撰，（唐）顏師古注，（清）王先謙補注：《漢書補注》（臺北市：藝文印書館出版，1996年8月，初版四刷，《二十五史》本），第二冊，卷三十，《藝文志》，頁899。

今意義上的不同，陶敏與劉再華〈筆記小說與筆記研究〉一文的研究發現：

> 古代的傳統目錄學意義上的小說和今人所說的純文學的小說性質是不同
> 的：前者多是實錄，後者則提倡虛構；前者既可以是敘述體的故事，也可
> 以是毫無人物情節可言的雜記或純學術性的考辨，後者則是一種純粹的散
> 文體敘事文學；前者在內容和形式上與筆記接近甚至等同，後者雖然源出
> 於前者，卻最終發展出了成熟的現代意義的小說——唐傳奇。〔註25〕

此處陶、劉二人言古代傳統目錄學中，所意識到的小說，多是實錄。其實過去是「九
流十家」之一的小說家，指得不只是實錄，也包含了傳聞。當中實錄部分，是相當
接近筆記的。可是到了現代，小說已明確的被定義，指像唐傳奇那樣，作者是刻意
的鋪陳描述，以人物爲中心，具有情節、結構的故事內容，闡述特定主題思想的文
學作品，與筆記的性質，有很大的差異。因此，筆記與小說的地位，應是平等的；
筆記小說也應定位爲介於筆記與小說中間，既具有筆記性質，又具有小說性質的一
種文體。嚴格來說，筆記小說應被稱爲「筆記體小說」。

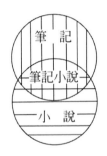

筆記、小說、筆記小說關係圖

這樣的看法，已漸漸被人們所接受，吳禮權《中國筆記小說史‧導論》云：「所
謂『筆記小說』，就是指那些鋪寫故事、以人物爲中心而又較有情節結構的筆記作品。」
〔註26〕又云：「『筆記小說』是文學作品，是屬於小說範疇。」〔註27〕他視筆記小說
爲筆記作品，也屬小說範疇。劉葉秋《歷代筆記概述》將魏晉到明清的筆記，分爲
小說故事類、歷史瑣聞類、與考據、辨證類等三類筆記。又說：「這裏的第一類，即
所謂『筆記小說』，內容主要是情節簡單，篇幅短小的故事，其中有的故事略具短篇
小說的規模。二三兩類，……大都是隨手記錄的零星的材料。這兩類只能算作『筆

〔註25〕見於陶敏、劉再華：〈筆記小說與筆記研究〉，《文學遺產》第二期（2003 年），頁 109。
〔註26〕見於吳禮權著：《中國筆記小說史》（臺北市：臺灣商務印書館股份有限公司出版，
　　　　1995 年 5 月，初版第二次印刷），頁 2～3。
〔註27〕見於同註 26，吳禮權著：《中國筆記小說史》，頁 4。

記』，不宜稱爲『筆記小說』。」〔註28〕由上述可知，劉葉秋也認爲筆記小說，是筆記與小說的混合體。

　　能夠分辨筆記與筆記小說的差異，對二者都有好處。筆記與筆記小說最大的差異，在於筆記多半是眞實描述見聞的，筆記小說則可透過想像虛構的寫作，反映眞實世界的情況。筆記中保存的文獻記錄，常常被後人引用，所以這些文獻記錄，應該經過仔細的考證，才能顯現出筆記的價值與貢獻。而筆記小說可以傳達作者的思想，又是特意創作的文學作品，其文學價值自然不能與普通的隨筆相較。

〔註28〕詳見於劉葉秋著：《歷代筆記概述》（臺北市：木鐸出版社出版，1985 年），頁 4。

第二章　蘇軾及《東坡志林》

蘇軾才華洋溢，一生著作繁多。然而，他仍有不少作品，來不及於生前成書示人，只能由後人加以集輯出版，《東坡志林》正是這樣的情形。蘇軾的人生多波折，卻也閱歷無數世事，成為一代大文豪。蘇軾的著作《東坡志林》，同樣也是經過繁雜的流傳過程，才能存至今日。因此本章先述蘇軾的生平，言蘇軾撰《東坡志林》之況，之後再細論《東坡志林》的版本流傳與版本特點。

第一節　蘇軾生平與《東坡志林》

「人如其文，文如其人」一語說得好，而蘇軾與《東坡志林》正是此語的最佳寫照。《東坡志林》是一部收錄蘇軾隨手而成的筆記集子。在此書中，可見到最真實、最平易近人的蘇軾；因此，欲研究《東坡志林》一書，就得先認識蘇軾。本節即就蘇軾的生平，與其撰《東坡志林》的情形分述之。

一、蘇軾之生平

蘇軾是中國文學史上的一位傳奇人物，其一生起起伏伏，四處流離。這樣豐富的人生經歷，造就了蘇軾既大量又多樣的文學創作。以下則將蘇軾的一生，依其人生中重大事件的發生，劃分為四個階段略為說明。

（一）眉州少年步仕途

蘇軾（西元 1036～1101 年），字子瞻，一字和仲，被貶黃州時，築室於「東坡」，故自號東坡居士。〔註1〕蘇軾在宋仁宗景祐三年（西元 1036 年）十二月十九日卯時，

〔註 1〕蘇轍在蘇軾的〈墓誌銘〉中云：「言事者摘其語以為謗，遣官逮赴御史獄。初公既補

出生於蜀之眉州眉山縣，三年後（西元 1039 年），其弟轍出生。蘇軾與父親蘇洵、弟弟蘇轍，合稱「三蘇」，同時名震北宋文壇。

蘇軾八歲（西元 1043 年），始入小學，從道士張易簡爲師。〔註 2〕十歲時（西元 1045 年），蘇洵雲遊四方，母親程氏親自教導蘇軾經史文章。蘇轍〈亡兄子瞻端明墓誌銘〉中曾述道，程氏教授蘇軾《後漢書・范滂傳》的情形：

> 公生十年，而先君宦學四方，太夫人親授以書，聞古今成敗，輒能語其要。
> 太夫人嘗讀東漢史，至〈范滂傳〉，慨然太息。公侍側曰：「軾若爲滂，夫人亦許之否乎？」太夫人曰：「汝能爲滂，吾顧不能爲滂母耶！」公亦奮厲有當世志。太夫人喜曰：「吾有子矣。」〔註 3〕

蘇軾自幼勤奮向學，又受到母親細心教育與栽培，這對其日後的文學修養，和人格培養，產生很大的助益。

至和元年（西元 1054 年），蘇軾十九歲時，娶眉州青神縣王方女王弗爲妻。嘉祐元年（西元 1056 年），二十一歲的蘇軾與父洵及弟轍，一起前往京城應舉人試。這是禮部的初試，是爲了挑選較優考生，參加來年春天的殿試而設的。蘇氏兄弟皆取得應試進士的資格。隔年（西元 1057 年），蘇軾與蘇轍應禮部會試，主考官爲歐陽修。蘇軾以〈刑賞忠厚之至論〉得到歐陽修的賞識，但修疑此文爲其門客曾鞏之作，而將蘇軾抑置第二；後來再考春秋對義，蘇軾就得到第一。歐陽修在此後曾對梅聖俞言：「吾當避此人出一頭地。」〔註 4〕是年三月，通過禮部會試的人，可參加殿試，由仁宗皇帝親自考試。蘇軾殿試中進士乙科，蘇轍亦同榜及第。

正當蘇氏兄弟沉浸於進士及第的喜悅之時，傳來母親程氏去世的噩耗，蘇家父子三人急忙返蜀奔喪。嘉祐四年（西元 1059 年）九月，在結束居喪守禮的日子後，蘇洵決定全家搬離蜀地，與軾、轍一同回京。嘉祐五年（西元 1060 年）蘇氏一門來到

外，見事有不便於民者，不敢言，亦不敢默視也。緣詩人之義，託事以諷，庶幾存補於國。言者從而媒蘖之。上初薄其過，而浸潤不止，是以不得已從其請。既付獄吏，必欲寘之死。鍛鍊久之不決。上終憐之，促具獄，以黃州團練副使安置。公幅巾芒屩，與田父野老相從溪谷之間，築室於東坡，自號東坡居士。」見於（宋）蘇轍撰：《欒城集》（臺北市：臺灣商務印書館發行，1965 年 8 月，臺一版，《四部叢刊初編》縮本），第四冊，《欒城後集》，卷二十二，〈亡兄子瞻端明墓誌銘一首〉，頁 650。

〔註 2〕蘇軾自言：「吾八歲入小學，以道士張易簡爲師。」詳見於（宋）蘇軾撰，王松齡點校：《東坡志林》（北京市：中華書局出版，1997 年 12 月，湖北第一版第二次刷），卷二，〈道士張易簡〉，頁 46～47。

〔註 3〕見於同註 1，（宋）蘇轍撰：《欒城集》，第四冊，《欒城後集》，卷二十二，〈亡兄子瞻端明墓誌銘一首〉，頁 648。

〔註 4〕見於（元）脫脫等修：《宋史》（臺北市：藝文印書館印行，1996 年 8 月，初版二刷，《二十五史》本），第五冊，卷三百三十八，《列傳》第九十七，〈蘇軾〉，頁 4265。

汴京。蘇軾被授河南福昌縣主簿，但他請辭未赴。嘉祐六年（西元 1061 年），蘇軾二十六歲，歐陽修因蘇軾才識兼茂，而加以推薦，讓他得以應考制科。蘇軾經祕閣試六論，御試策問，得入三等，是宋開國以來第二人〔註5〕。制科入等後，蘇軾被調官除大理評事，簽書鳳翔府判官。從此，蘇軾這位眉州出生的年輕人，正式步上仕途。

　　嘉祐八年（西元 1063 年）三月，仁宗崩逝，英宗繼位，並由光獻太后曹氏權同處分國事。英宗治平二年（西元 1065 年），蘇軾返京，旋奉詔命，入判登聞鼓院。英宗久聞蘇軾之名，故循唐朝舊例，召其入翰林、知制誥。由於宰相韓琦以蘇軾年少資淺，反對驟然用之，所以蘇軾只好召試學士院。蘇軾召試秘閣，復入三等，並於治平三年（西元 1066 年）二月，得以殿中丞直史館。是年五月，蘇軾妻子王弗病逝；隔年（西元 1067 年）四月，又逢蘇洵過世，於是蘇軾便與蘇轍再歸蜀守喪。

（二）熙寧變法起政爭

　　治平四年（西元 1067 年），英宗駕崩，神宗繼位。神宗熙寧元年（西元 1068 年），蘇軾服除，娶王弗的堂妹王閏之為繼室。熙寧二年（西元 1069 年），初登帝位的神宗皇帝，有志於富國強兵，以一掃歷來朝政的積弱，因此，重用主張改革的王安石，任其為右諫議大夫、參知政事，開始執政。於是王安石設置三司條例司，積極展開「熙寧變法」。蘇氏兄弟也在這時還朝。然而，王安石自視過高，個性偏執。固然，王安石對新政有崇高的理想，但因其不能接受其他朝臣的建議，以致推行新政時，只能和一些趨炎附勢之徒共事。這也使整個朝廷分為反對變法的反對派，和支持變法的新政派。

　　蘇軾這麼一個正直之士，也多次指出新政的缺失，因而遭受王安石的排擠。在《宋史‧蘇軾傳》中就記載著，蘇軾指陳時政，引起王安石的不悅之景：

　　　　即日召見，問：「方今政令得失安在？雖朕過失，指陳可也。」對曰：「陛下生知之性，天縱文武，不患不明，不患不勤，不患不斷，但患求治太急，聽言太廣，進人太銳。願鎮以安靜，待物之來，然後應之。」神宗悚然曰：「卿三言，朕當熟思之。凡在館閣，皆當為朕深思治亂，無有所隱。」軾退，言於同列。安石不悅，命權開封府推官，將困之以事。〔註6〕

蘇軾向神宗進言時政得失，及改善方法，竟引來王安石的反感。王安石因而命蘇軾任開封府推官，欲以繁雜的地方公事，將蘇軾加以牽制，防止他再對新政的推行，多加干涉。但蘇軾未曾停止對新政推行的關心，且屢次批評新政，終於激怒了王安

〔註5〕蘇軾以前，只有吳育一人，曾入三等。見於同註4。
〔註6〕見於同註4，（元）脫脫等修：《宋史》，第五冊，卷三百三十八，《列傳》第九十七，〈蘇軾〉，頁4266。

石。王安石便使御史知雜事謝景溫，劾奏蘇軾丁父憂時挾貨營利。所幸謝景溫查無實據，蘇軾遂請求外放，而被調任杭州通判。

熙寧四年（西元 1071 年）十一月，蘇軾抵達杭州任職。外放地方，來到杭州，蘇軾更直接地見到新法的惡果，但他卻無可奈何，只能盡自己本份。蘇軾在任內，對於監試鄉舉、相度堤岸工程、重修六井等地方建設，不遺餘力。蘇軾雖然無力變動國家的施政方針，可是他對杭州的貢獻，仍是深受當地居民肯定。在杭州時，蘇軾也遊歷了江南山水，尋訪了名寺廟僧，讓他長期面對政爭的緊繃心情，舒緩許多。熙寧五年（西元 1072 年），蘇軾的愛妾朝雲，進入蘇家。

三年的任期屆滿，蘇軾因蘇轍在濟南，而請求任山東的差使。熙寧七年（西元 1074 年）十一月，蘇軾至密州任職。這時的宋朝，面臨更嚴重的天災人禍：蝗災、旱災，和變法造成的朝野敗亂情況。神宗決定罷止新法，准辭王安石，由韓絳、呂惠卿、曾布三人共同執政。但這三人產生內訌，韓絳於是密請神宗，復用王安石。所以，熙寧八年（西元 1075 年），王安石再度奉詔秉政，朝廷從此成為政治角力的場合。熙寧九年（西元 1076 年），王安石求去，獲准。在此時，蘇軾則被調離密州，移知河中府，後又改知徐州。

熙寧十年（西元 1077 年），蘇軾與七年未見的弟弟相會，同赴徐州。蘇轍留百餘日後，赴南京留守簽判任。蘇軾到徐州，即疏治徐州大水。水退後，建石堤以禦黃河水患，又新建黃樓，以克洪水。蘇軾為徐州解決水患問題，徐州鄉親十分感念他。此外，當時的蘇軾已聞名天下，有許多才俊僧人，與之來往，如：黃庭堅、秦觀、參寥等人，蘇軾因而結交不少志趣相投的朋友。元豐二年（西元 1079 年），蘇軾又收到知湖州的詔令。

（三）烏臺詩案謫黃州

元豐二年（西元 1079 年）四月，蘇軾到任湖州。當年六月起，有監察御史何正臣、舒亶，國子博士李宜之，和御史中丞李定等人，就以蘇軾的〈湖州謝表〉加以發揮，指控他以詩文謗訕君上。其中以李定的指控最烈，其上箚訴蘇軾之罪有四：

> 知湖州蘇軾，初無學術，濫得時名，偶中異科，遂叨儒館，有可廢之罪四：
> 軾先騰沮毀之論，陛下稍置之不問，容其改過，軾怙終不悔，其惡已著，
> 此一可廢也。古人教而不從，然後誅之，蓋君之所以俟之者盡，然後戮辱
> 隨焉，陛下所以俟軾者可謂盡矣，而傲悖之語，日聞中外，此二可廢也。
> 軾所為文辭，雖不中理，亦足以鼓動流俗，所謂言偽而辨，當官侮慢，不
> 循陛下之法，操心頑愎，不服陛下之化，所謂行偽而堅，先王之法當誅，

此三可廢也。軾讀史傳，豈不知事君有禮，訕上有誅，肆其憤心，公爲訛
譽，而又應制舉，對策即已有厭弊更法之意，陛下修明政事，怨不用己，
遂一切毀之以爲非是，此四可廢也。而尚容於職位，傷教亂俗，莫甚於此，
伏望斷自天衷，特行典憲，取進止。〔註7〕

李定字句中的蘇軾，膽大妄爲，處處詆毀、訕謗神宗。除此之外，李定在文中還極
力挑撥神宗，對蘇軾作出最嚴厲的懲罰，非置蘇軾於死地不可。最後，神宗終於被
激怒，而派出皇甫僎至湖州，將蘇軾逮捕回京。元豐二年（西元1079年）八月十八
日，蘇軾入御史臺獄，開始了一百三十餘天的牢獄日子。

　　蘇軾在獄中，接受兩個月的勘問審理，飽受驚嚇與折磨。後來，在蘇轍乞以己
官，贖兄之罪，與范鎮、張方平、吳充、王安禮等京城友人的進諫相救，以及光獻
太皇太后曹氏病故前的說情，才免去蘇軾的死罪，而責授他爲黃州團練副使，本州
安置，不得簽書公事。所以，十二月二十九日，蘇軾出獄，赴黃州。

　　好不容易死裡逃生的蘇軾，元豐三年（西元1080年）二月，帶著家人抵達黃州。
起初，蘇軾一家先寓居定惠寺，但來到黃州的第二年，全家的生活漸顯窘困，蘇軾
因而希望有一塊自己的土地，可以自給自足。正巧老友馬夢得來訪，夢得就爲他請
領了城東的一片舊營地。蘇軾開墾這片土地，並命名爲「東坡」，亦自稱爲「東坡居
士」。之後，又在東坡附近的一塊舊養鹿場造屋，取名「雪堂」。四十七歲的蘇軾，
在此展開了如陶淵明「自稼躬耕」的生活。

　　除了安頓好生活住所，蘇軾也常常出遊，忘情於山川景物間，而且創作出不少
像〈前後赤壁賦〉、〈記承天夜遊〉、〈念奴嬌〉這樣的絕世佳作，還撰成《論語說》
五卷。此時的蘇軾，在心境與情感上，已與往日迥異。隨著過去的傷痛，漸漸平復，
蘇軾顯得平靜閑適。在思想上，蘇軾也由儒家積極入世的思想，漸趨佛、道消極的
出世想法，產生較超脫恬淡的人生觀。元豐七年（西元1084年），神宗量移蘇軾至
汝州，四月，蘇軾離開了生活近五年的黃州。其後蘇軾又乞居常州，轉知登州，直
到司馬光再度當政，蘇軾才又返朝。

（四）元祐黨爭貶嶺外

　　元豐八年（西元1085年），神宗逝世，年僅十歲的哲宗繼位，並由宣仁太皇太
后高氏權同聽政。太皇太后攝政，重新召用熙寧時的舊臣，恢復熙寧前的舊政。哲
宗元祐元年（西元1086年），蘇軾接任中書舍人之職，不到半年，又詔遷翰林學士、

〔註7〕轉引自李一冰著：《蘇東坡新傳》（上）（臺北市：聯經出版事業公司出版，1996年9
月，第二版），頁335。

知制誥。元祐二年（西元 1087 年）七月，蘇軾再兼官侍讀。正當蘇軾開始平步青雲時，一場更兇惡的政治風暴，已慢慢向他靠近。

一開始，司馬光等守舊派大臣重新執政，極力欲將新政的相關措施廢除。在罷廢免役法，復行差役法一事上，蘇軾與司馬光的看法相左。蘇軾依其多年的地方政務經驗，認為免役法是較有利於百姓的，而與司馬光爭論起來，並得罪司馬門下等舊黨之人。後來，司馬光薨，程頤負責其喪事，一切遵循古禮。蘇軾又在此事上，與程頤意見不同，而得罪洛學弟子。由於蘇軾率直的個性，勇於論事，又因其名聲太盛，樹大招風，屢遭言官的攻訐。因此，元祐四年（西元 1089 年），蘇軾乞求外放，以兩浙西路兵馬轄龍圖閣學士知杭州，七月到任。

重回杭州的蘇軾，在任內救災濟民，革新吏治，還清疏西湖，建造「蘇公堤」，計畫錢塘江水利工程。在杭州的蘇軾，心情是愉悅的，不論是尋訪友人、文字繪畫、飲茶賞景，都有助於平撫他在朝四年的痛苦。元祐六年（西元 1091 年），蘇軾奉詔還朝，任翰林，復侍邇英殿。此時，朝中黨爭不斷，蘇軾對黨爭已感厭煩，再次乞求外放，而出知潁州、揚州。蘇軾嚮往陶淵明的精神，和「避世」生活，故其知揚州時，完成〈和陶飲酒詩〉二十首。

元祐七年（西元 1092 年），蘇軾再度還朝，任兵部尚書兼侍讀。元祐八年（西元 1093 年），蘇軾的繼室王閏之去世，不久，太皇太后高氏亦崩逝。十月，蘇軾因朝局將變，而乞補外，到定州任。哲宗親政，決心恢復熙寧新政，並改以新政派的章惇為相，大量任用新政派黨人。新舊黨間的衝突，已越演越烈。蘇軾不可倖免的，受到中書侍郎李清臣、尚書右丞鄧潤甫、及由趙挺帶領的全臺御史的攻訐，而於紹聖元年（西元 1094 年），被貶到英州。蘇軾一家，即啟程遠赴嶺外。蘇軾的謫命一改再改，其行至南康軍，再被貶為寧遠軍節度副使，惠州安置。

紹聖元年（西元 1094 年），蘇軾抵達惠州。惠州，這個大庾嶺以南的蠻荒地，仍舊打不倒豁達的蘇軾。雖然被放逐嶺外，但蘇軾的心境是平和的，仍如以往，專注於地方政事，和百姓民生。閒暇之餘，更遊歷山水，走遍惠州境內的名山古刹，因此也結交不少友人。然而，章惇並不以貶蘇軾到惠州為足，竟再度請命，將蘇軾貶到海外，責授瓊州別駕、移昌化軍安置。紹聖四年（西元 1097 年），蘇軾便與幼子蘇過到儋州。

儋州的環境比惠州更險惡，蘇軾在這裡，語言不通，物質缺乏，還得面對溼熱的氣候。蘇軾是個頗能隨遇而安的人，他除了與過去的親友以書信往來外，也在此編成《易傳》九卷。之後又完成《書傳》十三卷，亦計畫撰《志林》一書。直到元符三年（西元 1100 年），哲宗去世，徽宗繼位，大赦天下，蘇軾才得以徙內郡，量

移廉州安置。是年八月,他又奉詔遷舒州團練副使、量移永州。

蘇軾歷劫歸來,啓程北返,途中曾至廣州、英州、韶州、虔州等地,尋親訪友。在徽宗建中靖國元年(西元 1101 年),已六十六歲的蘇軾,至眞州時,身染重病。渡江到常州後,便上表請老,朝廷准以本官任仕。當年八月二十八日,蘇軾就在常州過世了。

二、《東坡志林》之成書

在目前可見的文獻中,提及蘇軾著作《東坡志林》的部分,十分有限。不過,這稀少的文獻記載,多多少少也記錄了蘇軾著述《東坡志林》的過程。只是在書名部分,仍有待爲釐清之處。

(一)著述經過

蘇軾作《東坡志林》之事,在蘇軾被流傳下來的文獻中,僅有〈與鄭靖老書〉之一云:「《志林》竟未成,但草得《書傳》十三卷。」〔註8〕此詩是蘇軾被貶儋州,於元符三年(西元 1100 年)北歸,途經廉州時所作。一年後,蘇軾就去世了。故得知蘇軾有計劃作《志林》,可惜在其生前,都未能完成。

雖然,蘇軾對自己撰《東坡志林》之事,所談甚少,但是,其弟子黃庭堅〔註9〕(西元 1045～1105 年)卻就其親眼所見,留下一段蘇軾收集著書資料的記錄。黃庭堅在〈跋東坡敍英皇事帖〉一文中云:

> 余嘗評東坡善書,乃其天性。往嘗於東坡見手澤二囊,中有似柳公權、褚遂良者數紙,絕勝平時所作徐浩體字。又嘗爲余臨一卷魯公帖,凡二十許

〔註8〕 見於(宋)蘇軾著:《東坡七集》(臺北市:中華書局出版,1965 年 3 月,臺一版,《四部備要》本),第四冊,《東坡續集》,卷四,〈與鄭靖老二首〉,葉七右。

〔註9〕 有關黃庭堅的生平,可以參考《中國文學家大辭典》,書中云:「黃庭堅字魯直,號涪翁,洪州分寧人,黃庶之子。生於宋仁宗慶歷五年,卒於徽宗崇寧四年,年六十一歲。幼警悟,讀書數過輒成誦。舉進士,調葉縣尉。蘇軾嘗見其詩文,以爲超軼絕塵,獨立萬物之表,世久無此作。由是聲名始盛。熙寧初,教授北京國子監。知太和縣,以平易爲治。哲宗立,召爲校書郎,神宗《實錄》檢討官,還著作佐郎。《實錄》成,擢起居舍人。紹聖中,(公元 1095 年左右)知鄂州。章惇、蔡卞惡之,貶涪州別駕,黔州安置,徙戎州。徽宗初,起知太平州,復謫宜州。後徙永州,未聞命而卒。私諡文節先生。庭堅文章天成,與張耒、晁補之、秦觀俱遊蘇軾門下,天下稱爲『四學士』。庭堅尤長於詩,世號『蘇、黃』。又善行草書,楷法自成一家。初游灊皖山谷寺石牛洞,樂其泉石之勝,因自號山谷道人。著有《山谷內外集》四十四卷,別集二十卷,詞一卷,簡尺二卷,(均《四庫總目》)並行於世。」見於譚正璧編:《中國文學家大辭典》(北京市:北京圖書館出版社出版,1998 年 9 月,第一版第一次印刷),頁 621～622。

紙，皆得六七，殆非學所能到。手澤袋蓋二十餘，皆平生作字，語意類小

人不欲聞者，輒付諸郎入袋中，死而後可出示人者也。〔註10〕

以上的這段文字，詳細記載著蘇軾善書法，並隨身自備手澤二囊，隨時將自己筆墨記語，加以收藏，竟也收藏了二十多袋，待死後可出以示人。這足以說明蘇軾是有計畫的，收集其平時作字及隨筆雜記。也顯示出蘇軾可能有意為自己平日的書法隨記，保存整理，甚而集結成冊，以流傳後世。近人余嘉錫更認為，「手澤」一詞，就是蘇軾為這些隨手雜錄所定之名。近人余嘉錫《四庫提要辨證》曰：

黃庭堅《豫章集》卷二十九，〈跋東坡敘英皇事帖〉云……蓋軾平生最喜作字，見紙輒書，其手寫付諸子者，自其生時，已名《手澤》，當必軾所自名，故不以語忌為嫌。《提要》泥於《禮記》「父沒而不敢讀父之書，《手澤》存焉爾」之語，以為必其身後子孫之所命名，非也。其書為軾隨手所記，本非著作，觀庭堅語意自明。其編次出於後人，或亦有所增補，而非零星蒐輯者也。〔註11〕

余嘉錫的想法，不無可能。除了有黃庭堅的這段記載，另外還有文獻，記載著以「手澤」為名的東坡著作：《宋史‧藝文志》就載錄「《儋耳手澤》一卷」〔註12〕，陳振孫《直齋書錄解題》載錄「《東坡手澤》三卷」〔註13〕可見宋代時，就已出現名為「手澤」的東坡作品集了。〔註14〕

只是蘇軾若已為其收集的筆記、雜說、墨跡等作品，命名為《手澤》，那麼蘇軾在〈與鄭靖老書〉中所提的《志林》，又為何？這二者與今日所傳的《東坡志林》是有什麼樣的關係？《手澤》的作品在蘇軾生前，僅止於收集，未能結冊成書。而《志林》的著作，也因蘇軾身死，來不及完成。如此一來，探究蘇軾的原意，如陷入五里霧中，使得這些問題，更費思量了。

〔註10〕見於（宋）黃庭堅撰：《豫章黃先生文集》（臺北市：臺灣商務印書館發行，1965年8月，臺一版，《四部叢刊初編》縮本），第二冊，卷二十九，〈跋東坡敘英皇事帖〉，頁323。

〔註11〕見於余嘉錫撰：《四庫提要辨證》，收於《欽定四庫全書總目》（第八冊）（臺北市：藝文印書館出版，1997年9月，初版七刷），卷十五，子部六，頁914～915。

〔註12〕見於同註4，（元）脫脫等修：《宋史》，第五冊，卷二百八十，《藝文志》第一六一，頁2497。

〔註13〕見於（宋）陳振孫撰：《直齋書錄解題》（臺北市：廣文書局有限公司發行，1979年5月，再版），中冊，卷十一，頁711。

〔註14〕《宋史‧藝文志》載錄的《儋耳手澤》一卷，今已亡佚；而《直齋書錄解題》載錄的《東坡手澤》三卷，今仍存部分。在一百卷本《說郛》卷二十九所收，大題「東坡手澤」三卷，僅存十五條。因此，不知《儋耳手澤》與《東坡手澤》是否為同一書。

（二）《志林》與《手澤》

　　蘇軾一生編著有《論語說》五卷、《易傳》九卷〔註15〕、《書傳》十三卷等學術性的著述，可知蘇軾是有意創作這一連串的學術專書。因為蘇軾創作有這樣的情況，又〈與鄭靖老書〉中所言，是將《志林》與《書傳》相並提及，因此，有了《志林》亦為學術著作之說。今人吳雪濤〈蘇東坡集訂誤舉隅〉一文中云：「終軾一生，僅有《易傳九卷》、《書傳十三卷》及《論語說五卷》三部學術著作，並無《志林》一書。軾既以《志林》與《書傳》、《易傳》、《論語說》相提並論，則其所欲撰之《志林》必為學術著作。」〔註16〕這樣的推理是合理的，在今日仍可見得的一卷本《東坡志林》〔註17〕，和「東坡七集」中之《東坡續集》卷八，與《東坡後集》卷十一的〈志林十三首〉，都是論史散文，可屬學術性質之作。

　　雖然《志林》是學術著作，與蘇軾作《志林》之原意相符，是可信的，但吳雪濤還是提出〈志林十三首〉為後人附會之疑慮。他認為這十三篇的作品，有濃厚的制科氣息，且多有偏激之處，似蘇軾少年時之作。既然蘇軾在少年時期無《志林》之作，而《志林》是其晚年謫儋欲作而未成者，故〈志林十三首〉恐為後人附會之作。〈志林十三首〉在宋代左圭編纂的《百川學海》中就已出現，也出現於南宋時刊刻的「東坡七集」中〔註18〕。所以，〈志林十三首〉宋時就已流傳，是有可能為蘇軾的創作。

〔註15〕其中的《易傳》是蘇洵私撰，但未完稿。在蘇洵臨終前，囑蘇軾與蘇轍二兄弟，續寫完成，最後由蘇軾續寫成書。

〔註16〕見於吳雪濤著：《蘇軾考論稿》（內蒙古教育出版社出版，1994年10月，第一版第一次印刷），〈蘇東坡集訂誤舉隅〉，頁74。

〔註17〕一卷本的《東坡志林》，即是《百川學海》本，題為「東坡先生志林集」的一卷本。僅載論古十三則。有關一卷本《東坡志林》的淵源流傳，於本章第二節有更詳細的討論。

〔註18〕依據劉尚榮與曾棗莊二人的研究，「東坡七集」中的各集都為蘇軾的作品，而且在南宋初年已經出現。由此可推知，《東坡七集》中《後集》卷十一收錄的〈志林十三首〉為蘇軾作品，應是無誤。劉尚榮〈宋刊蘇軾全集考〉曰：「前面五集外加《和陶詩》凡六集九十二卷，這與《宋史》卷三三八《蘇軾傳》的記載相吻合，說明蘇軾生前整理編定的詩文全集乃『東坡六集』。……晁公武在《郡齋讀書志》中著錄：『蘇子瞻《東坡集》四十卷、《後集》二十卷、《奏議》十五卷、《內制》十卷、《外制》三卷、《和陶詩》四卷、《應詔集》十卷』……與《墓志銘》相較，這裡增添了《應詔集》十卷。由此看來，『東坡七集』是『六集』的補編，但仍保留著分集編訂的體例。」詳見於劉尚榮著：《蘇軾著作版本論叢》（成都市：巴蜀書社出版，1988年3月，第一版第一次印刷），〈宋刊蘇軾全集考〉，頁1～3。曾棗莊〈南宋蘇軾著述刊刻考略〉文中云：「蘇轍《東坡先生墓志銘》說：『（蘇軾）有《東坡集》二十卷、《後集》二十卷、《奏議》十五卷、《內制》十卷、《外制》三卷。公詩本似李杜，晚喜陶淵明，追和之者幾遍，凡四卷。』……在我看來，不僅《前集》為東坡手定；而且整個六集，蘇軾生前都可能曾經整理過，有一定基礎。……『東坡七集』是在『六集』的

此外，邵博（約西元 1122 年前後在世）《聞見後錄》中亦載：「蘇叔黨爲葉少蘊，言東坡先生初欲作《志林》百篇，才就十二篇，而先生病。惜哉！先生胸中，尚有偉于〈武王非聖人〉之論者乎。」〔註19〕蘇叔黨即是蘇軾的幼子蘇過〔註20〕（西元 1072～1123 年），當蘇軾被貶到儋州時，就只有這個幼子隨侍左右；因此，蘇過應是除蘇軾本人外，最了解《志林》著述過程的人。而葉少蘊就是作《避暑錄話》、《石林燕語》的葉夢得（西元 1077～1148 年），是蘇軾進士同年葉溫叟的侄孫，算是蘇軾的世交後輩。邵博記載這二人的對話，知道蘇軾欲作百篇的《志林》；但僅作十二篇時，就已生病，所以蘇軾在生前只完成十三篇的《志林》作品，是有可能的。這段記載中還提到〈武王非聖人〉一文，這也正是現存的〈志林十三首〉中的第一篇。所以〈志林十三首〉爲蘇軾所作，應是肯定的。

至於《手澤》的部分，就黃庭堅〈跋東坡敘英皇事帖〉的記載，《手澤》所錄者，盡是隨筆、雜記、墨跡等隨意創作，其中收錄的作品，性質種類多樣，搜羅範圍廣闊，顯然與《志林》僅收論古的學術性散文，有很大的差異。然而這樣子的《手澤》，卻是最接近今傳的《東坡志林》內容。所以，現存的《東坡志林》應爲《手澤》，只是被套以《志林》之名。

同樣的看法，也可見於宋人陳振孫《直齋書錄解題》中云：「《東坡手澤》三卷。蘇軾撰。今俗本《大全集》中，所謂《志林》者也。」〔註21〕近人高步瀛《唐宋文舉要》中曰：「《志林》之名，始於《大全集》。其書雖非軾所手定，尚爲宋人裒集之舊，則無疑義，但《大全集》亦不可見。」〔註22〕《東坡手澤》被名爲《志林》，

基礎上補入《應詔集》，并在南宋初年已經出現。」詳見於曾棗莊：〈南宋蘇軾著述刊刻考略〉，收於《宋代文學研究叢刊》（第五期）（高雄市：麗文文化事業股份有限公司發行，1999 年 12 月，初版一刷），頁 264～266。

〔註19〕見於（宋）邵博撰：《聞見後錄》，收錄於《筆記小説大觀十五編》（第二冊）（臺北市：新興書局有限公司印行，1977 年 1 月），卷十四，頁 942。

〔註20〕蘇過之生平可參考《中國文學家大辭典》中云：「蘇過字叔黨，眉州眉山人，蘇軾之子。生於宋神宗熙寧五年，卒於徽宗宣和五年，年五十二歲。初任右承務郎。性至孝，軾帥定武，謫英州、惠州，遷儋耳，徙廉、永，獨過侍。凡生理、晝夜、寒暑所須，一身百爲，不知其難。初至海上，爲文曰〈志隱〉，軾覽之曰：『吾可以安於島夷矣。』因命作《孔子弟子別傳》。軾卒於常州，過葬軾於汝州郟城小峨眉山；遂家潁昌。營湖陰水竹數畝，名曰小斜川，自號斜川居士。歷通判中山府，卒。過善書畫，其〈思子臺賦〉、〈颶風賦〉，早行於世。時稱爲『小坡』。著有《斜川集》二十卷，（《宋史》本傳）傳於世。」見於同註 9，譚正璧編：《中國文學家大辭典》，頁 646。

〔註21〕見於同註13，（宋）陳振孫撰：《直齋書錄解題》，中冊，卷十一，頁 711。

〔註22〕見於高步瀛著：《唐宋文舉要》（臺北縣：藝文印書館發行，1972 年 10 月，三版），甲編卷八，頁 933。

應是始於《東坡大全集》。盧文弨（西元 1717〜1795 年）於〈書東坡志林後〉亦曰：
「此書本謂之《東坡手簡》，或謂之《手澤》。而今所題者，乃皆謂之《志林》。……
是皆從墨跡中，掇拾而成者，雖判語閒，亦入焉，以此知《手簡》之名之所由來也。」
〔註 23〕不論是謂《手簡》，或謂《手澤》，都是這些墨跡手記的原名，只是後世傳刻
過程中，被冠上《志林》一名，而漸成定名。所以錢謙益（西元 1582〜1664 年）〈跋
東坡志林〉才會言：

> 《東坡手澤》三卷，陳氏以爲即俗本《大全》中，所謂《志林》也。今
> 〈志林〉十三篇載《東坡後集》者，皆辨論史傳大事。世所傳《志林》，
> 則皆璅言小錄，雜取公集外記事跋尾之類，捃拾成書，而譌僞者，亦闌
> 入焉。公北歸，〈與鄭靖老書〉云：「《志林》竟未成，但草得《書傳》十
> 三卷。」則知十三篇者，蓋公未成之書，而世所傳《志林》者，繆也。
> 〔註 24〕

此處所言者，大意是關於世傳的《志林》一書，僅就題名而論，應是以《手澤》
爲名，故錢氏言世傳《志林》之名，是錯誤的，而此書就不是眞正的《志林》。而
眞正的《志林》，大約在蘇軾死後，被人與《手澤》的筆記雜談，合編成一書，即
爲《東坡志林》。我們從宋人筆記中，引《東坡志林》的情況來看，就可證明，《東
坡志林》在宋代就已含有史論與雜說的部分。陳長方（西元 1108〜1148 年）《步里
客談》卷上云：「復翌日，何㮚入對引蘇內翰《志林》，以爲周之失計未有如東遷
之甚，其議遂格。」〔註 25〕方嶽（西元 1199〜1262 年）《深雪偶談》云：「及《志
林》所記，徐州時冬夜，解衣欲睡，月色入戶，欣然起行。念無與樂者，遂至承
天寺尋張懷民。……何夜無月，何處無竹柏，但少閑人如吾兩人爾。」〔註 26〕戴
埴（約西元 1241 年前後在世）《鼠璞》卷下〈東坡非武王〉云：「坡公《志林》以
武王非聖人……亦有可議者矣。」〔註 27〕在朱熹（西元 1130〜1200 年）《五朝名
臣言行錄》亦多處引用《東坡志林》雜說，其書卷七之一〈丞相祁國杜正獻公〉、

〔註 23〕見於（清）盧文弨撰：《抱經堂文集》（臺北市：臺灣商務印書館發行，1965 年 8 月，
　　　　臺一版，《四部叢刊初編》縮本），第一冊，卷十，〈書東坡志林後〉，頁 103。

〔註 24〕見於（清）錢謙益撰：《牧齋初學集》（臺北市：臺灣商務印書館發行，1965 年 8 月，
　　　　臺一版，《四部叢刊初編》縮本），第五冊，卷八十五，〈跋東坡志林〉，頁 893。

〔註 25〕見於（宋）陳長方撰：《步里客談》，收錄於《筆記小說大觀十六編》（第一冊）（臺
　　　　北市：新興書局有限公司印行，1977 年 3 月），卷上，頁 249。

〔註 26〕見於（宋）方嶽撰：《深雪偶談》，收錄於《筆記小說大觀三編》（第三冊）（臺北市：
　　　　新興書局有限公司印行，1974 年 5 月），頁 1453。

〔註 27〕見於（宋）戴埴撰：《鼠璞》，收錄於《筆記小說大觀八編》（第二冊）（臺北市：新
　　　　興書局有限公司印行，1975 年 9 月），卷下，〈東坡非武王〉，頁 1088〜1091。

卷八之三〈參政吳正肅公〉、卷九之五〈御史中丞孔公〉〔註 28〕，都有明確注明引用《東坡志林》。因此，今傳的《東坡志林》，是合《志林》與《手澤》的內容而成。但是此書在流傳過程，往往經文人與出版者隨意增刪，以致現存版本不一，內容有異的情形。

第二節　《東坡志林》的版本流傳

　　《東坡志林》本非蘇軾親自編纂的專著，又在流傳的過程中，後人就其所獲，增添輯錄。久之，《東坡志林》的卷帙條目愈來愈多，各版本的內容編次也互異。因此，此書在宋代時，主要流傳的版本就有二種：一是《直齋書錄解題》、《文獻通考·經籍考》所著錄的《東坡手澤》三卷。原本已亡佚，今僅能自元末陶宗儀編纂的《說郛》，見到陶氏摘錄自原本的十五條。今在一百卷本《說郛》卷二十九，題「東坡手澤三卷」中，可見者分別為〈用兵〉、〈宰我非叛臣〉、〈論霍光〉、〈孫卿子〉、〈漢武帝〉、〈巫蠱〉、〈絕慾為難〉、〈辨文選〉、〈婦姑皆賢〉、〈妻作送夫詩〉、〈祭春牛文〉、〈卦影〉、〈益智〉、〈何國〉、〈艾人〉等〔註 29〕。其中僅〈益智〉一條，在五卷本與十二卷本《東坡志林》裡均不見。五卷本可見者有：〈孫卿子〉、〈漢武帝〉、〈絕慾為難〉、〈婦姑皆賢〉、〈妻作送夫詩〉、〈祭春牛文〉、〈卦影〉、〈何國〉八條。十二卷本則除〈益智〉外，皆可見得。另一種版本，則是宋末左圭《百川學海》收錄的《東坡先生志林集》一卷，今猶存。到了明代，《東坡志林》流傳的版本也有三種：一是萬曆趙開美刊刻《蘇東坡先生雜著》中的《東坡先生志林》五卷，二是萬曆商濬輯刊《稗海》中的《東坡先生志林》十二卷，三是毛晉綠君亭刊《蘇米志林》中的《蘇子瞻志林》二卷。明代流傳的版本，今日皆可見到。只是當中的《蘇子瞻志林》二卷，是收錄毛晉輯《東坡全集》外的小品一百零七則，題跋一百二十則。此書雖名「志林」，但在內容上與前述諸本實異。明代以後的傳本，大抵都出於明本。所以，現在流傳的《東坡志林》版本，主要有一卷本、五卷本、十二卷本等三個系統。〔註 30〕

〔註 28〕可見於（宋）朱熹撰：《五朝名臣言行錄》（臺北市：臺灣商務印書館發行，《四部叢刊初編》縮本，1965 年 8 月，臺一版），卷七，〈丞相祁國杜正獻公〉，頁 124；同書，卷八，〈參政吳正肅公〉，頁 158；同書，卷九，〈御史中丞孔公〉，頁 177。

〔註 29〕今存《東坡手澤》之十五條，詳見於（元）陶宗儀編纂：《說郛》（臺北市：臺灣商務印書館股份有限公司發行，1972 年 12 月，初版），第三冊，卷二十九，《東坡手澤》，頁 2014～2020。

〔註 30〕有關各版本及其題名，請見附錄一：《東坡志林》主要版本題名列表，本文頁 137。

一、一卷本《東坡志林》

在目前所流傳的《東坡志林》版本中，以一卷本的流傳最爲久遠，內容眞僞的爭議性也最少。這一卷本的《東坡志林》，其實就是蘇軾〈與鄭靖老書〉中，提到的《志林》部分，所以其學術性較高，歷來受重視的程度，也高於其他卷本系統。

（一）淵源流傳

最早以一卷本形式出現的《東坡志林》，爲南宋咸淳年間，左圭纂刻的《百川學海》丙集當中，題名爲「東坡先生志林集」，一卷，僅載論古十三則。然而，就其內容而言，在《東坡後集》卷十一裡，同樣的內容就已出現，且題名爲〈志林十三首〉。依據蘇轍〈亡兄子瞻端明墓誌銘〉中云：「至其遇事所爲，詩騷銘記書檄論譔，率皆過人。有《東坡集》四十卷、《後集》二十卷、《奏議》十五卷、《內制》十卷、《外制》三卷。公詩本似李、杜，晚喜陶淵明，追和之者幾遍，凡四卷。」〔註31〕蘇軾生前就已編著《東坡後集》，所以〈志林十三首〉的寫作、編排，都出於蘇軾之手。換言之，早在《百川學海》收錄《東坡先生志林集》之際，《東坡後集》的〈志林十三首〉就被流傳下來了；而《百川學海》只是將〈志林十三首〉，自《東坡後集》中析出，獨立成書，並更名爲「東坡先生志林集」。

至於《東坡續集》卷八，也可見到與一卷本《東坡志林》相同的內容。這是因爲《東坡續集》卷八「論三十二首」，其中的十三篇論文，也是出於《東坡後集》卷十一〈志林十三首〉。明代李紹〈重刊蘇文忠公全集序〉曰：

> 大蘇文，惟呂東萊所編。《文選》與前數家並行，然僅十中之一二。求其《全集》，則宋時刻本雖存，而藏于內閣。仁廟亦嘗命工翻刻，……蘇集以工未畢，而上升遐矣。……既以文忠蘇公，學于歐者，又其《全集》，世所未有，復徧求之，得宋時曹訓所刻舊本，及仁廟所刻未完新本，重加校閱。仍依舊本卷帙，舊本無而新本有者，則爲《續集》，并刻之。〔註32〕

由李紹的序文可知，明仁宗洪熙元年（西元 1425 年）時，翻刻內閣藏本《大蘇文全集》，並未完成。至明憲宗成化四年（西元 1468 年），才將宋時曹訓所刻的舊本，與仁廟所刻未完成的新本，重校刊刻，即《東坡七集》成化本，也是之後較通行的《東坡全集》版本。在明成化本中的《東坡續集》，包含了〈和陶詩〉、〈南行詩〉、東坡書簡等，與《前集》和《後集》未收錄的作品，當中也有重收互見者。所以，《東坡

〔註31〕見於同註 1，（宋）蘇轍：《欒城集》，第四冊，《欒城後集》，卷二十二，〈亡兄子瞻端明墓誌銘一首〉，頁 655。

〔註32〕見於同註 8，蘇軾撰：《東坡七集》，第一冊，《東坡集·序》，〈重刊蘇文忠公全集序〉，葉一右～葉一左。

續集》是明代才出現的，此書卷八中的十三篇論文，也是重錄於《東坡後集》卷十一〈志林十三首〉。但《續集》的十三篇論文，已不是依照《後集》卷十一〈志林十三首〉的順序排列，而且各篇也有了篇名，這是《後集》與《續集》間，較爲同中取異的部分。〔註33〕

除了在《東坡後集》與《東坡續集》，保留著與一卷本《東坡志林》相同的內容外。元末陶宗儀編纂的《說郛》中，也能見到一卷本的《東坡志林》。在一百卷本《說郛》卷九十五，題名爲「志林」，僅一卷，只載論古十三則。〔註34〕這一百卷《說郛》本的《東坡志林》，則是載錄了左圭《百川學海》本的《東坡先生志林集》一卷。到這裡，就能得知《東坡志林》一卷本，十三篇的形式，是始於南宋左圭《百川學海》丙集中的《東坡先生志林集》，但這十三篇的內容卻是出自更早的《東坡後集》卷十一〈志林十三首〉。之後，《東坡續集》卷八重錄《後集》卷十一〈志林十三首〉，並將十三篇論古之作，與其他十九篇論文，重新排列，加以命名。故《續集》所載的十三篇論文，在形式上，已非原始的〈志林十三首〉面貌。今日流傳的一卷本《東坡志林》，多是源於《百川學海》本，則保存了〈志林十三首〉組文的形式與次序，不曾更動。

（二）版本特點

誠如前面所提，一卷本《東坡志林》的最大特色，在於此版本只有十三篇論古性質的論文，而且各篇沒有自己的篇名，使得整個一卷本《東坡志林》，像是一大篇幅的論古文章。這版本的樣子就和《東坡後集》中的〈志林十三首〉一樣，甚至在《百川學海》本的版心部分，也題爲「志林」，在在都顯示著一卷本《東坡志林》，源自於《東坡後集》。

將一卷本系統的《東坡志林》與其他系統者，相互比較，很明顯的發現，一卷本各篇闡述的論題，都較其他卷本所述者嚴肅多了。這是因爲一卷本僅收錄史論的部分，不錄雜說的部分，但也因此使得一卷本的眞實性更易受人肯定。此外，一卷本各篇的篇幅冗長，當中的議題內容，皆是關於歷史人物與事件的討論，具有學術性質。又將一卷本《東坡志林》的文章，與五卷本卷五論古類中，十三篇同內容的史論文相比，可發現一卷本的諸篇史論文，僅分篇章，但不設題名，與五卷本者，設類別、分篇章，又立題名，有很顯著地不同。

〔註33〕有關《東坡後集》卷十一〈志林十三首〉，與《東坡續集》卷八「論三十二首」之十三篇論文的對照表，可見文末的附錄二：《東坡志林》論古篇目對照表，本文頁138。
〔註34〕一百卷本《說郛》中的《志林》，可見於同註29，（元）陶宗儀編纂：《說郛》第八冊，卷九十五，《志林》，頁5135～5163。

　　雖然一卷本的內容性質統一，討論議題的學術價值較高，而且少有眞僞的疑慮，但是完整的《東坡志林》，是包含史論與雜說的，一卷本並不完整，不能顯現《東坡志林》的眞實面貌，是其最大的缺點。

二、五卷本《東坡志林》

　　五卷本《東坡志林》是明代時才正式出現的，它在所有的《東坡志林》版本中，是流傳最廣，也最接近《東坡志林》原貌的一個版本。雖然如此，這五卷本的眞實性，卻不如一卷本那樣令人信服，如張心澂《僞書通考》將《東坡志林》歸爲僞書〔註35〕，王景鴻〈蘇東坡著述版本考〉一文，亦稱《東坡志林》中有僞〔註36〕。這都是五卷本及十二卷本，輯入雜說部分，使得《東坡志林》眞僞難以明辨。即使五卷本的眞僞，引人疑竇，但其精刻細校，並且收入史論與雜說部分，內容完整，是較爲難得的。五卷本廣泛流傳，是因其有著優於其他版本之處，將在下面加以討論。

（一）淵源流傳

　　從《東坡志林》流傳的經過來看，五卷本最早出現於明代萬曆三十年（西元 1595年），趙開美〔註37〕刊刻的《蘇東坡先生雜著》當中，題爲「東坡先生志林」，五卷。

〔註35〕 詳見張心澂編著：《僞書通考》（臺北市：鼎文書局出版，1973 年 10 月，初版），下冊，頁 1065。

〔註36〕 詳見於王景鴻：〈蘇東坡著述版本考〉（上），《書目季刊》第四卷第二期（1969 年 12月），頁 14。

〔註37〕 趙開美此人，自趙用賢撰寫的〈刻東坡先生志林小序〉中得知，爲趙用賢之子，詳見於（宋）蘇軾撰，王松齡點校：《東坡志林》（北京市：中華書局出版，1997 年 12月，第一版第二次印刷），〈序〉，頁 1。又趙開美所寫的〈仇池筆記原序〉文末，自稱「海虞清常道人趙開美」，略知趙開美的身份，詳見於（宋）蘇軾撰：《仇池筆記》，收錄於《景印文淵閣四庫全書》（第八六三冊）（臺北市：臺灣商務印書館股份有限公司發行，1986 年 3 月，初版），〈仇池筆記原序〉，頁 2。然而在錢謙益《牧齋初學集》卷六十六的〈刑部郎中趙君墓表〉文中云：「君諱琦美，字玄度，故廣參議諱承謙之孫，贈禮部尚書，諡文毅，諱用賢之子，君之歷官以父任也。天性穎發，博聞疆記，落筆數千言，居恒厭薄世之儒者，以謂自宋以來，九經之學，不講四庫之書失次，學者皆以治章句取富貴爲能事，而不知其日趨於卑陋。欲網羅古今載籍，甲乙銓次，以待後之學者。……君之於書，又不徒讀誦之而已，皆思落其實，而取其材以見其用於當世，諸凡天官、兵法、讖緯、莫曆，以至水利之書、火攻之譜、神仙藥物之事，叢雜薈蕞，見者頭目眩暈，君獨能闇記，而悉數之。」得知趙用賢另有子琦美，且好聚書。見於同註 24，（清）錢謙益撰：《牧齋初學集》，第四冊，卷六十六，〈刑部郎中趙君墓表〉，頁 738～739。但在《明人傳記資料索引》中錄曰：「趙琦美（1563～1624），字玄度，號清常道人，江陰人，用賢子。以陰任南京都察院照磨，累陞刑部郎中。好聚書，嘗假借繕寫，網羅而校讐之，錢謙益稱爲近古所未有。」得知趙琦美即是清常道人，亦喜輯刊書籍。見於國立中央圖書館編輯：《明

但在《蘇東坡先生雜著》全書目錄中，著錄之題名爲「東坡志林五卷」；在《東坡先生志林》的版心，亦題「東坡志林卷幾」。由於這個情況，可能使得這合編蘇軾史論與雜說的書籍，後來被定名爲「東坡志林」。

至於這趙氏刊刻的五卷本，從何而來？趙用賢（西元 1535～1596 年）〈刻東坡先生志林小序〉中云：

> 余友湯君雲孫博學好古，其文詞甚類長公，嘗手錄是編，刻未竟而會病卒。
>
> 余子開美因拾其遺，復梓而卒其業，且爲校定訛謬，得數百言。〔註38〕

原來這《東坡先生志林》五卷，是趙用賢之友湯雲孫編錄的，趙開美只是承湯氏之志，加以校定刊刻出版。只是湯雲孫，何許人也，難以考究；湯氏是依據何者，來編寫《東坡先生志林》五卷，更難知曉。所幸，在清蔡士英刊本《東坡全集》一百十五卷，亦是《四庫全書》著錄的版本中，發現了五卷本《東坡志林》的蹤跡。在此本《東坡全集》的卷一百一至卷一百五，收錄了《志林》，共五卷，其內容與五卷本《東坡志林》一致。略有不同的是《全集》中的《志林》，僅有分類，各篇並無篇名，《全集》的《志林》將五卷本中的佛教類，併入道釋類，以及《全集》本無〈龐安常耳聵〉一條等三點的不同。蔡士英刊本的《東坡全集》，爲五卷本《東坡志林》的來源，提供了一絲線索。

考究這合史論與雜說爲一題的《志林》，從什麼時候開始出現於《東坡全集》之中。首先，言及宋代麻沙書坊的《東坡大全集》，載有《志林》雜說之類。陳振孫《直齋書錄解題》著錄「東坡別集四十六卷」下曰：「麻沙書坊又有《大全集》，兼載《志林》雜說之類，亦雜以潁濱及小坡之文，且間有訛僞勦入者。」〔註39〕陳氏又在同書著錄「東坡手澤三卷」，解題云：「蘇軾撰，今俗本《大全集》，所謂《志林》者。」〔註40〕因而知悉，麻沙本《東坡大全集》中的《志林》，已近似於今《東坡志林》中雜說的部分，可惜麻沙本《大全集》，今已亡佚。再者，清蔡士英刊《東坡全集》，按照《四庫全書》所錄《全集》前之提要的說法，也是依據舊刻本重訂的，提要云：

> 迄明而傳刻尤多，有七十五卷者，號《東坡先生全集》，不載詩，漏畧尤甚。有一百十四卷，號《蘇文忠全集》，板稍工而編輯無法，此本乃國朝蔡士英所刊。蓋亦據舊刻重訂，而辨訛正謬，較爲完善，今故用其本著之

人傳記資料索引》（臺北市：文史哲出版社印行，1978 年 1 月，再版），頁 763。所以《東坡先生雜著》標爲趙開美刊，實爲趙琦美。「趙開美」一名，應是趙琦美的化名。
〔註38〕見於同註2，（宋）蘇軾撰，王松齡點校：《東坡志林》，〈序〉，頁 1。
〔註39〕見於同註13，（宋）陳振孫撰：《直齋書錄解題》，下冊，卷十七，頁 1044。
〔註40〕見於同註13，（宋）陳振孫撰：《直齋書錄解題》，中冊，卷十一，頁 711。

錄焉。士英，正白旗漢軍，官至總督漕運兵部尚書。集首有年譜一卷，乃
宋南海王宗稷所編，《宋志》亦著錄，其於作詩歲月編次多誤，武進邵長
蘅嘗糾其失。〔註41〕

《四庫提要》稱蔡士英所刊《東坡全集》，是據舊刻《蘇文忠全集》一百十四卷，重
訂修正而成。而余嘉錫《四庫提要辨證》卷二十二又云：

案明刻《東坡先生全集》七十五卷者，有陳仁錫、茅坤兩刊本。又別有大
字本，不知何人所刊，均有文無詩。其一百十四卷之《蘇文忠全集》，今
未之見。吳焯《繡谷亭薰習錄》集部一云：「《東坡全集》一百一十五卷，
目錄七卷，年譜一卷。此後人總彙舊本《七集》分類編次。麻沙書坊亦曾
刻《大全集》，此本頗有增補，而源流不清，明季勘書家牽率類是。」其
書與蔡士英本，體製卷數皆相同，則士英所據舊刻，必此本也。〔註42〕

由以上有關《東坡全集》的討論推知，清蔡士英所依據的舊刻本，應該是總彙舊本
《東坡七集》，分類編次，又參照麻沙本《東坡大全集》，加以增補，重新辨謬考訂
的《東坡全集》一百十五卷。既然如此，蔡士英本《全集》中的《志林》五卷，也
是從此舊刻本而來。在《東坡七集》中，可見得的是，蘇軾十三篇論古的著作，而
在麻沙本《東坡大全集》中，則收錄著蘇軾筆記雜說的部分。蔡氏所據之舊刻本，
可能將這兩部分的作品合併，再予以分卷別類，編成《志林》五卷，情況即是《武
英殿本四庫全書總目提要》所云：「此本五卷較振孫所紀，多二卷。蓋其卷帙亦皆後
人所分，故多寡各隨其意也。」〔註43〕。也因此推測，當初湯雲孫手錄的《東坡先
生志林》五卷，亦可能源自這舊刻本中的《志林》，然後湯雲孫再就各篇內容，賦予
篇名。

不過，在湯雲孫編輯、趙開美刊刻的《東坡先生志林》五卷以後，各個五卷本
《東坡志林》的傳本，都是據趙氏刻本而來，僅有蔡士英刊《東坡全集》中的《志
林》五卷非是。趙氏刻本後，主要有明焦評朱墨套印本，題為「東坡先生志林」，五
卷。此本卷前有西吳沈緒蕃弱瞻父漫題〈東坡志林小引〉，另有輯陳眉公、茅鹿門、
王聖俞、袁中郎、陳元植、呂雅山、謝疊山等人評論之語的〈志林總論〉一篇。清
代以後，有清張海鵬於嘉慶九年（西元 1804 年），重刻趙氏本，隔年復入《學津討

〔註41〕見於（宋）蘇軾撰：《東坡全集》，收錄於《景印摛藻堂四庫全書薈要》（第三七八冊）
（臺北市：世界書局出版，1988 年 2 月，初版），〈東坡全集目錄〉，頁 11。
〔註42〕見於同註 11，余嘉錫撰：《四庫提要辨證》，卷二十二，〈東坡全集一百十五卷〉，頁
1362～1363。
〔註43〕見於（清）永瑢、紀昀等撰：武英殿本《四庫全書總目提要》（臺北市：臺灣商務印
書館股份有限公司，1983 年 10 月，初版），第三冊，卷一百二十，頁 608。

原》中，題「東坡志林」，五卷。民國以後，又有涵芬樓在民國八年（西元 1919 年），校印趙刻本，《叢書集成》則據《學津討原》本排印。最近者，則以 1981 年 9 月，由王松齡點校，北京中華書局出版的《東坡志林》為主。此本是以涵芬樓本為底本，校以左圭《百川學海》一卷本、趙開美刻《東坡先生志林》五卷本、商濬《稗海》十二卷本、《東坡七集》本、文瀾閣庫本（補鈔本）、張海鵬刻本及《學津討原》本，實屬《東坡志林》五卷本中的精校本。

（二）版本特點

歷來的五卷本《東坡志林》，都是從趙開美刊本而來，所以各本情形大致相同。卷首皆備有目錄，全書分為五卷二十九類，前四卷均為雜說部分，末卷為史論部分。卷一有記遊、懷古、修養、疾病、夢寐、學問、命分、送別等類，卷二有祭祀、兵略、時事、官職、致仕、隱逸、佛教、道釋、異事上等類，卷三有異事下、技術、四民、女妾、賊盜、夷狄等類，卷四有古迹、玉石、井河、卜居、亭堂、人物等類，卷五則只有論古一類，即是一卷本中的十三則論古文章。全書僅亭堂類的〈登春臺〉一則，有目無文，所以共有二百零二則。這五卷本全書的分卷、別類，各篇的命名、排序，大抵是湯雲孫精心整理的。五卷本的《東坡志林》這麼特別的規劃，是其他卷本所未見的，清人張鈞衡《適園藏書志》卷八也著錄趙氏刊本曰：

> 《東坡志林》五卷^{明刊本}。此本明萬歷乙未海虞趙開美刊本，佳刻也。書賈每葉以元祐七年木戳印之。前有趙用賢序，割裂不完，以掩其迹。偽印纍纍，徒為書累耳。〔註44〕

足以證明，趙氏刊本的刊刻精細。只是書賈為將趙氏刊本偽為舊本，而在此本上多做贅飾，反而破壞此刊本的原貌了。

五卷本《東坡志林》最難得之處，還是在於其內容的完整性。書中前四卷，保留蘇軾《手澤》的雜說部分；末卷則保留著蘇軾〈志林十三首〉的史論部分。湯雲孫對這十三篇史論作品，沒有加以分散，重新個別分類，而是獨設論古一類置之，在各篇的前後次序上，亦無更動。湯氏又將論古類，獨錄於書之卷五，不與他類相混，其保存這十三篇史論文章之用心，可見一斑。有著細心編纂書籍，和用心維護原始內容的編者，與精心刊刻的出版者，使得五卷本《東坡志林》能夠廣為流傳，受人喜愛。

〔註44〕見於（清）張鈞衡撰：《適園藏書志》（臺北市：廣文書局有限公司發行，1993 年 7 月，再版），下冊，卷八，頁 393～394。

三、十二卷本《東坡志林》

　　最晚出現的是十二卷本的《東坡志林》，從其卷數多於五卷本一倍之多，就可知此本內容的豐碩。可是，與一卷本相同，十二卷本亦非足本。十二卷本僅載雜說部分，不載史論，僞作嫌疑更甚於五卷本，這樣的情況，將有詳細的討論。至於十二卷本的流傳，雖不如五卷本來的普遍，可是閱讀過此卷本者，亦不在少數，如清代尤侗（西元 1618～1704 年）就著有《讀東坡志林》一卷，尤侗所見之《東坡志林》，即爲十二卷本，而十二卷本者，仍有其一定的價值。

（一）淵源流傳

　　十二卷本的《東坡志林》最初是刊刻於明萬曆年間，商濬《稗海》本中，題「東坡先生志林」，共十二卷。此本的來源，不甚明確，探考其內容，部分可見於五卷本，或見於《仇池筆記》、《東坡題跋》等其他蘇軾著作當中。十二卷本雖然搜羅豐富，然而收入僞作者之可能性亦高，使得此本的眞偽，更受人質疑。又有此十二卷本之鈔本，於清人葉啓勳《拾經樓紬書》卷中著錄云：

> 此明鈔白棉紙《東坡先生志林》十二卷，前後無序跋，亦不著撰人姓名，
> 每半葉十行，每行十八字，首有無名氏題云：「《簡明目錄》子部雜家《東
> 坡志林》五卷，舊本題宋蘇軾撰，一名《東坡手澤》，後編入《大全集》
> 中，改題此名，核其文義，亦蒐輯墨迹所編也。」三行五十字，書前有「虞
> 山錢曾遵王藏書」八字，朱文長方印，「彭城世家」四字，白文方印，蓋
> 經也，是翁家藏，即《述古堂書目》子部小說家類所載《東坡志林》十_{下脫}
> 卷鈔之本也。己己冬月，余從道州何氏雲腴山房，得長洲何義門學士焯手
> 校舊鈔本，石刻鋪敍，前有大興朱少河錫庚手跋，書中夾有購朱氏書目一
> 紙，蓋何文安凌漢購朱笥河筠父子家藏書。議價之目，尚是文安手筆。目
> 中所載之書，均先後爲余所得，惟《東坡志林》二十千者，未之見也。辛
> 未七月，文安後人詒愷持來此書，索值至百元，彼固不知書第，以先人所
> 遺，故要高價耳。取閱向得各書之有少河手跋者，乃知此書無名氏題字，
> 亦少河手蹟，固即目中所載之書也。亟償值藏之蓋自也。是翁後又遞經大
> 興朱氏椒花吟舫，道州何氏東洲草堂珍藏矣。兩家皆無印記，特志其顚末，
> 以示子孫，知所寶重焉。〔註45〕

葉氏將《東坡先生志林》十二卷的明鈔本，詳細著錄，爲這十二卷本之原始樣貌，

〔註45〕見於（清）葉啓勳撰：《拾經樓紬書》（臺北市：廣文書局有限公司發行，1989 年 8
　　　月，再版），卷中，頁 177～179。

留下真實的記錄。相較於其他卷本，均只存傳刻本，十二卷本的鈔本，至今日卻仍可見於著錄，已屬可貴。然而，記錄中提及此鈔本前後無序跋，亦不著撰人姓名的情形，更使人懷疑輯刊者，知此本爲僞作，而不著撰者，更不可能會有序跋。只是這明鈔本得之不易，雖然其真實性不高，又不知由來，但是這樣的著錄，對十二卷本的辨僞，仍有其貢獻。

自從明代商濬刊刻《東坡先生志林》十二卷以後，到了清代，十二卷本《東坡志林》又被收入至《四庫全書》子部雜家類當中，此時則已題爲「東坡志林」。略異之處在於，《提要》明明著錄爲「《東坡志林》五卷內府藏本」〔註46〕，實際收錄者竟爲十二卷本，怪哉！之後，《筆記小說大觀》中，也輯入商氏刊的十二卷本，題也改爲「東坡志林」。十二卷本《東坡志林》的流傳，大抵如此。

（二）版本特點

很明顯地，十二卷本的《東坡志林》，就雜說內容而言，是最爲豐富的，總共有三百五十九則。但是全書只分卷，不分類別，各篇亦無篇名，十分蕪雜。書中文字訛誤不少，又有重收的情況，如卷一第十二則：「〈悲陳陶〉云……〈洗兵馬行〉云：『張公一生江海客，身長九尺，須眉蒼。』此張鎬也。……，不知其姓名，可恨也。」〔註47〕中間〈洗兵馬行〉云一段，又可見於卷十二第十五則：「老杜云：『張公一生江海客，身長九尺，鬚眉蒼。』謂張鎬也。」〔註48〕又如卷五第十則：「近世人輕以意改書，……陶潛詩：『採菊東籬下，悠然見南山。』採菊之次偶然見山，初不用意，而境與意會，故可喜也。今皆作望南山。杜子美云：『白鷗沒浩蕩，萬里誰能馴。』蓋滅沒於煙波間耳。而宋敏求謂余云：『鷗不解沒，改作波字。』二詩改此兩字，便覺一篇神氣索然也。」〔註49〕其中陶潛詩後，又可見於卷七第二十則：「陶潛詩：『採菊東籬下，悠然見南山。』採菊之次偶然見山，初不用意，而景與意會，故可喜也。今皆作望南山。杜子美云：『白鷗沒浩蕩，萬里誰能馴。』蓋滅沒於烟波間耳。而宋敏求謂予云：『鷗不解沒，改作波字。』二詩改此兩字，覺一篇神氣索然也。」〔註50〕

〔註46〕見同註43，（清）永瑢、紀昀等撰：武英殿本《四庫全書總目提要提要》，第三冊，卷一百二十，頁607。

〔註47〕見於（宋）蘇軾撰：《東坡志林》，收錄於《景印文淵閣四庫全書》（第八六三冊）（臺北市：臺灣商務印書館股份有限公司發行，1986年3月，初版），卷一，頁24。

〔註48〕見於同註47，（宋）蘇軾撰：《東坡志林》，卷十二，頁96。

〔註49〕見於同註47，（宋）蘇軾撰：《東坡志林》，卷五，頁50。

〔註50〕見於同註47，（宋）蘇軾撰：《東坡志林》，卷七，頁68。

　　除了重收之情形，十二卷本《東坡志林》從其他蘇軾著作中，搜羅而來的文章，在輯入書中時，有將單一篇文章，分割成爲數篇，再各自成篇者。譬如蘇軾《東坡題跋》卷四〈記與君謨論書〉：「作字要手熟，則神氣完實，而有餘韻於靜中，自是一樂事。然常患少暇，豈於其所樂，常不足耶。自蘇子美死，遂覺筆法中絕。近年蔡君謨獨步當世，往往謙讓，不肯主盟。往年予嘗戲謂君謨，言學書如泝急流，用盡氣力，不離舊處。君謨頗諾，以謂能取譬。今思此語，已四十餘年，竟如何哉？」〔註51〕收入十二卷本《東坡志林》後，變成二篇，卷十二第十七則便是此文的前段：「作字要手熟，則神氣完實，而有餘於靜坐中，自是一樂。」〔註52〕其餘者則見於卷九第五則：「自蘇子美死，遂覺筆法中絕。近年蔡君謨獨步當世，往往謙讓，不肯主盟。往年予嘗戲謂君謨云：『學書如泝急流，用盡氣力，船不離處所。』君謨頗諾，以爲能取譬。今思此語，已二十餘年，覺如何哉？」〔註53〕當中字句略有小異，但內容大致相同。或是將蘇軾其他著作中的數篇文章，結合爲一篇的情況，如十二卷本《東坡志林》卷一第十四則，就是合《東坡題跋》卷一中，〈書子美憶昔詩〉與〈評子美詩〉而成的；卷九第十二則，則是合《東坡題跋》卷二〈書韋蘇州詩〉，與卷三〈記劉景文詩〉而成。又如卷四第十一則，即是合《仇池筆記》卷下的〈永樂之役〉與〈二李優劣〉二篇而來。

　　在十二卷本《東坡志林》中，以上種種編者任意編輯的情況，常常可見。編者如此竄改雜湊，就能曉得此本刊刻之粗糙。但是此本搜羅廣泛，往往宋人筆記中，引《東坡志林》而不見於五卷本者，都可在此十二卷本中覓得。例如陳長方《步里客談》卷下云：「《東坡志林》云：『嘗欲傚〈盤谷序〉作一文字，竟不能成文章。』態度如風雲變，瀲水波成文，直因勢而然，必欲執一時之迹，以明定體，乃欲繫風捕影也。」〔註54〕陳氏所引者，只見於十二卷本卷七第二十三則：「歐陽文忠公言晉無文章，唯陶淵明〈歸去來兮〉一篇而已。予亦謂唐無文章，唯韓退之〈送李愿歸盤谷序〉一篇而已。平生欲效此作一文，每執筆，輒罷。因自笑曰：『不若且放，教退之獨步。』」〔註55〕或如洪邁（西元1123～1202年）《容齋隨筆》卷一〈白公詠史〉云：「《東坡志林》云：『白樂天嘗爲王涯所讒，貶江州司馬。甘露之禍，樂天有

〔註51〕見於（宋）蘇軾撰，（明）毛晉輯：《東坡題跋》，收錄於《增補津逮秘書》（第九冊）（京都市：株式會社中文出版社發行，1980年2月），卷四，〈記與君謨論書〉，頁6753。
〔註52〕見於同註47，（宋）蘇軾撰：《東坡志林》，卷十二，頁96。
〔註53〕見於同註47，（宋）蘇軾撰：《東坡志林》，卷九，頁77。
〔註54〕見於同註25，（宋）陳長方撰：《步里客談》，卷下，頁257。
〔註55〕見於同註47，（宋）蘇軾撰：《東坡志林》，卷七，頁68。

詩云:『當君白首同歸日,是我青山獨往時。』不知者以樂天爲幸之,樂天豈幸人之
禍者哉?蓋悲之也。』予讀《白集》有〈詠史〉一篇,……云者逍遙來者死,乃知
禍福非天爲,正爲甘露事而作,其悲之之意可見矣。」〔註56〕洪氏所引者,亦僅見
於十二卷本《東坡志林》卷一第十五則:「樂天爲王涯所讒,謫江州司馬。甘露之禍,
樂天在洛,適遊香山寺,有詩云:『當君白首同歸日,是我青山獨往時。』不知者以
樂天爲幸之,樂天豈幸人之禍者哉?蓋悲之也。」〔註57〕所以,此十二卷本自有其
價值,不可因輯刊不精,僞作成分高,而一語抹煞之。

　　從蘇軾有意撰寫《志林》,刻意收集「手澤」起,就開始受到世人的關注,期待
他有更能展現過人才華,與令人驚喜的著作產生,所以,《東坡志林》一書,可說是
在眾人的期盼下,編集了蘇軾史論與雜說之作而成的。雖然,《東坡志林》是蘇軾死
後才輯成的,輯入之作品亦是璑言小錄,卻能每每引人入勝。因此,自宋代以來,《東
坡志林》的卷數內容,愈來愈多,流傳的景況,愈來愈盛。

　　到了明代,《東坡志林》的流傳,達到高峰,共有一卷本、五卷本、十二卷本
等三個主要的版本。此外,《東坡志林》之名,亦約在此後,漸被定之。一卷本自
南宋左圭《百川學海》刊《東坡先生志林集》一卷後,開始流傳,此本僅有史論
十三篇,非足本之《東坡志林》。五卷本從明萬曆三十年(西元 1595 年),趙開美
刻《蘇東坡先生雜著》收《東坡先生志林》五卷後,被廣爲翻刻排印,是最普遍
流傳的版本。五卷本倍受歡迎,除了有精心的編輯,與精良的刊刻之外,更重要
的是,此本包含史論與雜說,與《東坡志林》的原貌最相近。十二卷本亦約於明
萬曆年間,首先見於商濬刊刻之《稗海》中,錄有《東坡先生志林》十二卷。這
十二卷本只有雜說,不錄史論,但雜說部分的內容,較其他版本搜羅者更廣,內
容也最豐富。可是十二卷本的雜說內容,編輯頗爲雜亂,時有重收互見之條。這
三種版本的《東坡志林》,僅有一卷本可自《東坡後集》卷十一之〈志林十三首〉,
確定爲眞作。其他五卷本或十二卷本,因含雜說,而難辨眞僞。其中十二卷本,
編刊不精,更難脫僞作之嫌。

　　清末張之洞(西元 1837～1909 年)曾於〈書目答問略例〉中,歸納出三條善本
書的要素:一是足本,二是精本,三是舊本。〔註58〕比較《東坡志林》的三個版本,

〔註56〕見於(宋)洪邁撰:《容齋隨筆》,收錄於《筆記小說大觀續編》(第三冊)(臺北市:
　　　　新興書局有限公司印行,1973 年 7 月),卷一,頁 1873。

〔註57〕見於同註47,(宋)蘇軾撰:《東坡志林》,卷一,頁 25。

〔註58〕詳見於張之洞主編:《書目答問》(臺北市:新文豐出版股份有限公司發行,1974 年
　　　　12 月,初版),〈略例〉,葉一右～葉二右。

以五卷本者，最符合張氏的要求。到了現代，更有北京中華書局出版的《東坡志林》
五卷，是依數書詳細點校完成的，是五卷本系統中，最精益求精的一本，這點就是
本文選擇此書爲底本的主要原因。

第三章　《東坡志林》之文體內容

　　《東坡志林》的編成，是合併蘇軾雜說和史論作品而來。雜說，是指蘇軾隨筆記錄的雜識、札記、筆談等等作品；史論，則指蘇軾對於歷史上的某些事件或人物，所提出的評論及看法。在雜說作品部分，它們皆為隨手而記，不經意為文，不以單篇流傳，總以成冊的面目問世，而且內容種類眾多。這也使得《東坡志林》，成為浩瀚的筆記文學中的一員。〔註 1〕而史論部分的作品，性質上均屬論說文，內容都以論古為主，學術性較高，與雜說部分有明顯的不同。《東坡志林》的內容種類多雜，在五卷本中，就將全書內容分為二十九種類別。除了內容之外，《東坡志林》的體裁屬類，也有分歧。《直齋書錄解題》與《文獻通考‧經籍考》將《東坡志林》歸入小說類，《四庫全書》將其歸入子部雜家類。我們先不設限《東坡志林》一書的文體屬類，單純從內容上來討論。因此，本章一開始先將《東坡志林》的內容，歸納為數種文類，再就各個文類，分析其中的內容。

第一節　《東坡志林》的文體分類

　　《東坡志林》是蘇軾的一部隨筆雜文的著作，與蘇軾豪放不羈的性格一樣，書中也漫佈著自由隨性的氣息，不論何種題材，用何種文體來呈現，都不受限制，一切隨作者喜好而成。甚至可以說《東坡志林》根本就是蘇軾性情的顯現，無論戲謔

〔註 1〕參考謝楚發《散文》一書云：「筆記指的是隨意筆錄的記敘文字。從其無所不記看，類似雜記，開初有人就曾將它們歸入雜記。但它們與雜記有著明顯的區別：一是它們均為隨手所記，不經意為文；二是它們不以單篇流傳，總以成冊的面目問世；三是品類繁多，數量驚人。以此後來就逐漸成為一種獨立而流行的文體。」見於謝楚發著：《散文》（北京市：人民文學出版社出版，1994 年 7 月，北京第一版第一次印刷），頁 73。

言笑、述怪記異、見事說理、評古論今，每個都是真實的蘇軾。趙用賢〈刻東坡先生志林小序〉嘗言：

> 東坡先生《志林》五卷，皆紀元祐、紹聖二十年中所身歷事，其間或名臣勳業，或治朝政教，或地里方域，或夢幻幽怪，或神僊伎術，片語單詞，諧謔縱浪，無不畢具。而其生平遷謫流離之苦，顛危困厄之狀，亦既略備。然而襟期寥廓，風流輝映，雖當群口見嫉、投荒瀕死之日，而灑然有以自適其適，固有不爲形骸彼我，宛宛然就拘束者矣。〔註2〕

用賢之語已道盡蘇軾的胸襟情懷，更言明《東坡志林》記錄蘇軾多舛的人生，與蘇軾有著深厚的關係，非蘇軾其他作品可及的。此外，用賢語也點明《東坡志林》的內容是雜而繁的，可歸納的文體亦多樣，正符合綜合類筆記的特性。謝楚發在《散文》中，云：

> 筆記的內容至爲龐雜，有搜神志怪、傳奇述異的，一般名之曰志怪類；有廣記人情物理、瑣事軼聞的，一般名之曰人事類；有辨證經史，考訂名物的，一般名之曰考證類；還有不專一類，兼收並蓄的，一般名之曰綜合類。志怪類荒誕不經，旨在以離奇詭怪的故事吸引人，文字不甚講究，大多可歸於小說；考證類，旨在考實訂誤，滯澀寡趣，大多可歸於學術短論。而人事類包羅甚廣，舉凡歷史舊聞、朝野瑣語、風土民情、名人軼事等等，無所不記。它們比較注意文字的修飾，結構的完整，是簡短地道的記敘文。
>
> 〔註3〕

謝氏在這段文字中，清楚的分析了筆記的文體與內容。《東坡志林》中兼含數種文體，記述著多種內容，所以，本文先將《東坡志林》分成小說文、小品文與論辯文三種文體，加以分析。〔註4〕

一、小說文類

「小說」一詞，最早是出現於《莊子·外物》：「飾小說以干縣令，其於大達亦遠矣。」〔註5〕指稱小說爲瑣碎之言，不具文體的意義。直到東漢桓譚，才給予小

〔註2〕見於（宋）蘇軾撰，王松齡點校：《東坡志林》（北京市：中華書局出版，1997年12月，第一版湖北第二次印刷），〈刻東坡先生志林小序〉，頁1。

〔註3〕見於同註1，謝楚發著：《散文》，頁75。

〔註4〕關於《東坡志林》內容的文體分類，與各類文體在書中的多寡比重情形，可參見本文末的附錄三：五卷本《東坡志林》文體分類表，本文頁139～140。

〔註5〕見於（周）莊周撰，（晉）郭象注：《莊子》（臺北市：臺灣中華書局發行，1967年5月，臺二版，《四部備要》本），卷九，〈外物〉，葉二右。

說獨立的文體地位。李善注《文選·李都尉》引用桓譚《新論》之語:「若其小說家,合叢殘小語,近取譬論,以作短書,治身理家,有可觀之辭。」〔註6〕桓譚《新論》又云:

> 「楊子雲何人耶?」答曰:「才智開通,能入聖道,漢興以來,未有此人也。」
> 國師子駿曰:「何以言之?」答曰:「才通著書以百數,惟太史公廣大,其餘叢殘小論,不能比之子雲所造《法書》、《太玄經》也。」〔註7〕

「叢殘小論」即為「叢殘小語」,從桓譚的言論中,小說一類的文章,有著短小、殘斷的形式,以取譬論述事理為旨,雖亦有治身理家之功,但仍不能與大部的學術著作相比。在此之後,班固也視小說為「小道」。班固作《漢書·藝文志》,其三曰《諸子略》,所錄者共十家。然而,可觀者九家,小說被置於九家之外。班固《漢書·藝文志》云:

> 小說家者流,蓋出於稗官,街談巷語,道聽途說者之所造也。孔子曰:「雖小道,必有可觀者焉,致遠恐泥。」是以君子弗為也,然亦弗滅也。閭里小知者之所及,亦使綴而不忘,如或一言可采,此亦芻蕘狂夫之議也。凡諸子百八十九家四千三百二十四篇。諸子十家,其可觀者九家而已,皆起於王道既微,諸侯力政,時君世主,好惡殊方,是以九家之說,蠭出並作,各引一端,崇其所善,以此馳說,取合諸侯,其言雖殊辟,猶水火相滅亦相生也。……仲尼有言禮失而求諸野,方今去聖久遠,道術缺廢,無所更索,彼九家者,不猶瘉於野乎?若能修六藝之術,而觀此九家之言,舍短取長,則可以通萬方之略矣。〔註8〕

班固雖言小說是「小道」,並且立下小說是「街談巷語,道聽途說的虛構微言」的定義。可是小說畢竟與立論為宗的諸子,並列十家當中,因此,小說應是同諸子一樣,也是為闡明事理而作。只是小說較其他諸子的論說著作,能有更具通俗性、想像性的內容呈現。

　　至今小說這個文體,除了以上所言,需有闡述的事理,內容富想像虛構的性質外,還要有情節、人物、背景等要素的講究。以《東坡志林》為例,此書是收集蘇

〔註6〕 見於(梁)蕭統撰,(唐)李善注:《文選》(板橋市:藝文印書館發行,1991年12月,第十二版),第三十一卷,〈江文通雜體詩三十首〉,頁453。

〔註7〕 見於(漢)桓譚撰,(清)孫馮翼輯注:《新論》(臺北市:臺灣中華書局發行,1966年3月,臺一版,《四部備要》本),葉二十一左。

〔註8〕 見於(漢)班固撰,(唐)顏師古注,(清)王先謙補注:《漢書補注》(臺北市:藝文印書館出版,1996年8月,初版四刷,《二十五史》本),第二冊,卷三十,《藝文志》,頁899。

軾的單篇隨記雜錄而成，其中的內容，可稱的上是「小說」者，與其他文類的作品，是有些區別的。吳禮權《中國筆記小說史·導論》即言：

> 概括起來說，所謂「筆記小說」，就是那些以記敘人物活動（包括歷史人物活動、虛構的人物及其活動）為中心，以必要的故事情節相貫穿、以隨筆雜錄的筆法與簡潔的文言、短小的篇幅為特點的文學作品。這裏我們應該特別強調指出的是，「筆記小說」是文學作品，是屬於小說範疇。〔註9〕

所以依照吳禮權的看法，在《東坡志林》中，同是記蘇轍夢境的作品：〈記子由夢〉、〈記子由夢塔〉，前者僅是筆記一則，後者卻可視為小說類的作品。〈記子由夢〉為蘇軾記其弟蘇轍，在夢中遇李士寧贈一絕句：

> 元豐八年正月旦日，子由夢李士寧，草草為具，夢中贈一絕句云：「先生惠然肯見客，旋買雞豚旋烹炙。人閒飲酒未須嫌，歸去蓬萊卻無喫。」明年閏二月六日為予道之，書以遺過子。〔註10〕

以上僅記下蘇轍夢見李士寧，與蘇轍所作絕句的內容。並沒有詳加敘述蘇轍遇見李士寧的經過，與贈詩的過程，其中亦不包含任何道理傳達，只是單純的記錄蘇轍作夢，贈李士寧詩之事。相較之下，〈記子由夢塔〉一則的內容就豐富多了。

> 明日兄之生日，昨夜夢與弟同自眉入京，行利州峽，路見二僧，其一僧鬢髮皆深青，與同行。問其向去災福，答云：「向去甚好，無災。」問其京師所需，「要好硃砂五六錢。」又手擎一小卵塔，云：「中有舍利。」兄接得，卵塔自開，其中舍利燦然如花，兄與弟請吞之。僧遂分為三分，僧先吞，兄弟繼吞之，各一兩，細大不等，皆明瑩而白，亦有飛送空中者。僧言：「本欲起塔，卻喫了！」弟云：「吾三人肩上各置一小塔便了。」兄言：「吾等三人，便是三所無縫塔。」僧笑，遂覺。覺後胸中噎噎然，微似含物。夢中甚明，故閒報為笑耳。〔註11〕

〈記子由夢塔〉是記述蘇轍在蘇軾生日前夕，夢見與蘇軾在入京城的途中，一僧人來和他們同行，三人還一起吞食卵塔舍利的奇妙經歷。這則文章雖記言夢，然而人物的形象、動作生動，當中亦有活潑對話，故事的情節也很連貫，末了又言「覺後胸中噎噎然，微似含物」，更多了幾分似真似夢的虛幻感，使人回味不已。而在故事中，蘇軾亦以「無縫塔」自詡，要做個正直的人，不給人趁縫鑽營的機會。所以，〈記

〔註9〕 詳見於吳禮權著：《中國筆記小說史》（臺北市：臺灣商務印書館股份有限公司出版，1995年5月，初版第二次印刷），頁2～4。

〔註10〕 見於同註2，（宋）蘇軾撰，王松齡點校：《東坡志林》，卷一，〈記子由夢〉，頁16。

〔註11〕 見於同註2，（宋）蘇軾撰，王松齡點校：《東坡志林》，卷一，〈記子由夢塔〉，頁16。

子由夢塔〉是相當符合小說性質的一篇。《東坡志林》屬小說類之文者，又如〈壽禪師放生〉：

> 錢塘壽禪師，本北郭稅務專知官，每見魚蝦，輒買放生，以是破家。後遂盜官錢爲放生之用，事發坐死，領赴市矣。吳越錢王使人視之，若悲懼如常人，即殺之；否，則捨之。禪師淡然無異色，乃捨之。遂出家，得法眼淨。禪師應以市曹得度，故菩薩乃現市曹以度之。學出生死法，得向死地走之一遭，抵三十年修行。吾竄逐海上，去死地稍近，當於此證阿羅漢果。〔註12〕

這篇壽禪師得度的故事，不只表示壽禪師心性慈悲，爲放生魚蝦而盜官錢。更重要的是，此文將壽禪師無懼死亡的形象，表現得十分鮮明，使人印象深刻。同時也把壽禪師先爲官，後出家得度的過程，描寫得非常清楚。蘇軾更以此文來闡示生死何懼，並認爲被貶海外，反倒是上天對他的試練，給他修行的機會，還有什麼事好看不開的呢！或如〈徐則不傳晉王廣道〉：

> 東海徐則隱居天台，絕粒養性。太極眞人徐君降之曰：「汝年出八十，當爲王者師，然後得道。」晉王廣聞其名，往召之。則謂門人曰：「吾年八十來召我，徐君之言信矣。」遂詣揚州。王請受道法，辭以時日不利。後數日而死，支體如生，道路皆見其徒步歸，云：「得放還山。」至舊居，取經書分遺弟子，乃去。既而喪至。予以謂徐生高世之人，義不爲煬帝所污，故辭不肯傳其道而死。徐君之言，蓋聊以避禍，豈所謂危行言遜者耶？
>
> 不然，煬帝之行，鬼所唾也，而太極眞人肯置之齒牙哉！〔註13〕

此文以記述徐則因不傳道於楊廣，以致不能得道而死。文中充滿虛構誇張的小說性質，徐則死後竟能肢體如生，行走於路上，甚至分送經書給弟子。此文亦有完整的情節，能將全事的始末，精要的描寫出來。文中有讚賞高潔之士，不願爲一己之私，而屈服小人之下，爲害世人之意。蘇軾更是以此「大丈夫有所爲，有所不爲」的胸懷，勉勵自己。總體而言，〈徐則不傳晉王廣道〉是一篇筆記小說。

在《東坡志林》當中，符合小說要素的作品不少，每篇都有其旨趣所在。這類的作品，爲《東坡志林》增添了許多奇幻的色彩，很容易就引起了閱讀者的興趣，因此，《東坡志林》就被一些學者，歸入小說的行列了。〔註14〕

〔註12〕見於同註2，（宋）蘇軾撰，王松齡點校：《東坡志林》，卷二，〈壽禪師放生〉，頁38。

〔註13〕見於同註2，（宋）蘇軾撰，王松齡點校：《東坡志林》，卷三，〈徐則不傳晉王廣道〉，頁55～56。

〔註14〕侯忠義、劉世林《中國文言小說史稿》將《東坡志林》歸入軼事小說。詳見於侯

二、小品文類

一提及「小品文」，往往使人聯想到晚明的小品文之作，甚至有人認爲「小品」一詞，應限用於晚明。陳萬益《晚明小品與明季文人生活》中云：「筆者建議使用『小品』一詞，應限於晚明，只作爲突顯時代風尚的語詞，和諸子散文、漢賦、六朝駢文、唐宋古文等作一對照。」〔註15〕雖說晚明時期是小品文最昌盛的時候，但小品文的出現，絕非偶然。因此，在晚明之前，出現同性質的作品，應該也能被允許稱爲「小品文」的。正是蔡造珉《蘇軾小品文研究》所言：「文體的成熟是有一定步驟的，絕非突然出現，故小品文之文體亦必早已有之，只是那時尚未以此命名罷了。如『散文』此一名稱不也是後代才有，但當提及先秦以前孟子、莊子的文章時，仍然稱之爲『散文』不是嗎？」〔註16〕

既然小品文早在晚明以前，就已存在，那麼小品文的由來爲何？又是一種怎樣的文體？「小品」原是佛家之語。在劉義慶《世說新語・文學》中，就曾多次言及「小品」一詞：

有北來道人好才理，與林公相遇於瓦官寺，講《小品》。〔註17〕

殷中軍讀《小品》，下二百籤，皆是精微，世之幽滯。嘗欲與支道林辯之，竟不得。今《小品》猶存。〔註18〕

于法開始與支公爭名，後精漸歸支，意甚不忿，遂遁跡剡下。遣弟子出都，語使過會稽。于時支公正講《小品》。〔註19〕

殷中軍被廢東陽，始看佛經。初視《維摩詰》，疑《般若波羅密》太多，

忠義、劉世林著：《中國文言小說史稿》（北京市：北京大學出版社出版，1993 年 5 月，第一版第二次印刷），下冊，頁 69～73。陳文新《中國筆記小說史》將《東坡志林》歸入軼事小說。詳見於陳文新著：《中國筆記小說史》（新店市：志一出版社出版，1995 年 3 月，初版），頁 365～423。吳禮權《中國筆記小說史》將《東坡志林》歸入雜俎派筆記小說。詳見於同註9，吳禮權著：《中國筆記小說史》，頁 185。

〔註15〕 見於陳萬益著：《晚明小品與明季文人生活》（臺北市：大安出版社發行，1992 年 5 月，第二版第二刷），頁 35。

〔註16〕 見於蔡造珉撰：《蘇軾小品文研究》（臺北市：中國文化大學中國文學研究所碩士論文，1999 年 6 月），頁 27。

〔註17〕 見於（宋）劉義慶著，（梁）劉孝標注，余嘉錫編撰：《世說新語箋疏》（臺北市：華正書局有限公司發行，1993 年 10 月），上卷下，〈文學第四〉，第三十條，頁 219。

〔註18〕 見於同註 17，（宋）劉義慶著，（梁）劉孝標注，余嘉錫編撰：《世說新語箋疏》，上卷下，〈文學第四〉，第四十三條，頁 229。

〔註19〕 見於同註 17，（宋）劉義慶著，（梁）劉孝標注，余嘉錫編撰：《世說新語箋疏》，上卷下，〈文學第四〉，第四十五條，頁 229。

後見《小品》，恨此語少。〔註20〕

原來「小品」的本義是佛經。劉孝標在〈文學〉第四十三條中，注云：「《釋氏辨空經》，有詳者焉，有略者焉。詳者為《大品》，略者為《小品》。」〔註21〕佛經有詳本與節略本，詳本稱「大品」，節略本稱「小品」。所以「大品」的篇幅龐大，「小品」則簡短精要，但這二者皆在記佛言，闡佛義。此後，「小品」篇幅短小，且言微義大的特質，就被保留下來了。而有這樣特質的文學作品，漸漸被稱之為「小品文」。到了明代，「小品」的稱謂，就已被普遍的使用在文人創作上。曹淑娟《晚明性靈小品研究》言：

> 在傳統載道文章之外，同時肯定小品文章自然適順人性，寓含有「道」，使「小品」與《小品經》之間，除篇幅簡短外，隱然存有另一種對應：《小品經》以精約的詞義說解般若智慧，「小品」則以精約的詞義來展現人的性情。〔註22〕

這裡說明了小品文不只篇幅簡短，內容自然，親切可愛，更重要的是，文中要蘊含道理，表現人生性情。曹氏的這段話，便是清楚的說出小品文這種文體的特徵了。陳書良與鄭憲春合著《中國小品文史》，也明確的道出小品文的內容，有三大特徵：其一、尺幅有千里之勢；其二、率爾而作，輕鬆隨意；其三、因小而見大，婉而多趣。〔註23〕這些特徵都可做為探討《東坡志林》中小品文類的指標。

蘇軾是宋代創作小品文的大家，明代王聖俞就編有《蘇長公小品》，以推崇蘇軾的小品文。由蘇軾隨意雜記所組成的《東坡志林》中，就時時可見蘇軾那平易近人的小品文，或為抒情，或為敘事，或為議論，各有其妙趣的呈現。如蘇軾的小品文名篇〈記承天夜遊〉：

> 元豐六年十月十二日夜，解衣欲睡，月色入戶，欣然起行。念無與樂者，遂至承天寺尋張懷民，懷民亦未寢，相與步於中庭。庭下如積水空明，水中藻荇交橫，蓋竹柏影也。何夜無月，何處無竹柏，但少閒人如吾兩人耳。
> 〔註24〕

全文有如一幅淡墨畫，將蘇軾的隨性自適，承天寺的月下景致、遊人情懷，用輕輕

〔註20〕見於同註17，（宋）劉義慶著，（梁）劉孝標注，余嘉錫編撰：《世說新語箋疏》，上卷下，〈文學第四〉，第五十條，頁234。

〔註21〕見於同註17，（宋）劉義慶著，（梁）劉孝標注，余嘉錫編撰：《世說新語箋疏》，上卷下，〈文學第四〉，第四十三條，頁229。

〔註22〕見於曹淑娟著：《晚明性靈小品研究》（臺北市：文津出版社出版，1988年7月），頁34。

〔註23〕詳見於陳書良、鄭憲春著：《中國小品文史》（臺北市：桂冠圖書股份有限公司出版，2001年9月，初版一刷），頁6～15。

〔註24〕見於同註2，（宋）蘇軾撰，王松齡點校：《東坡志林》，卷一，〈記承天夜遊〉，頁2。

幾筆，勾勒出來，同時也渲染出蘇軾的人生情調，而創造出特殊的意境。又如〈改
觀音呪〉：

> 《觀音經》云：「呪咀諸毒藥，所欲害身者，念彼觀音力，還著於本人。」
> 東坡居士曰：「觀音，慈悲者也。今人遭呪咀，念觀音之力而使還著於本
> 人，則豈觀音之心哉？」今改之曰：「呪咀諸毒藥，所欲害身者，念彼觀
> 音力，兩家總沒事。」〔註25〕

很顯然地，這則是蘇軾隨性而作的一篇小品文，記載著他不贊同《觀音經》呪咀之
說，並自改觀音呪之事。文中的語言平易實在，沒有超絕的情調展現，但卻可見到
蘇軾慈悲的胸懷，與率性可愛的一面。或如〈王濟王愷〉：

> 王濟以人乳蒸豚，王愷使妓吹笛，小失聲韻便殺之，使美人飲酒，客飲不
> 盡，亦殺之。時武帝在也，而貴戚敢如此，知晉室之亂也久矣。〔註26〕

蘇軾用簡練的筆法，敘述著晉朝滅亡前的徵兆，從小處見晉朝君臣的荒淫無度，也
隱略的表現出晉末的腐敗景況。此篇雖然只是蘇軾偶見史事，有感而發，但文中不
只有勸人鑑往知來的功用，亦有居安思危之義。

小品文的形式短小，但其包含的內容，卻是可以廣博普遍的，非常適合蘇軾這樣
任意揮灑，隨性而爲的寫作方式。在《東坡志林》之中，小品文就占了全書的大部分，
因此，最眞切自然的蘇軾，透過書中小品文類的作品，漸漸在讀者眼前具體化了。

三、論辯文類

論辯文，又稱論說文。在中國古代散文中，論辯文的數量是非常多的。這是因
爲論辯文的創作，不僅要使用大量的文學技巧來修飾文章，更重要的是，它可以闡
釋、論證爲文者欲表達的事理，所以論辯文可謂兼具形式與內容的一種文體。在劉
勰《文心雕龍》爲此文類，立名爲「論說」之時，亦詳細說明此文類的性質與寫作
特點。劉勰《文心雕龍・論說》中云：

> 聖哲彝訓曰經，述經敘理曰論。……論也者，彌綸群言，而研精一理者
> 也。……原夫論之爲體，所以辨正然否，窮于有數，究于無形，迹堅求通，
> 鉤深取極；乃百慮之筌蹄，萬事之權衡也。故其義貴圓通，辭忌枝碎；必
> 使心與理合，彌縫莫見其隙；辭共心密，敵人不知所乘；斯其要也。是以
> 論如析薪，貴能破理。〔註27〕

〔註25〕見於同註2，（宋）蘇軾撰，王松齡點校：《東坡志林》，卷二，〈改觀音呪〉，頁34。
〔註26〕見於同註2，（宋）蘇軾撰，王松齡點校：《東坡志林》，卷四，〈王濟王愷〉，頁92。
〔註27〕見於（梁）劉勰著，王利器校注：《文心雕龍校證》（臺北市：明文書局出版，1985

論說文最初是闡述聖人經典，敘證聖人哲理的文章。後來論說文被引伸，成爲經過博集眾說，精密研考，而得到唯一道理的述論文章。也就是說，論說文是一種辨正是非的文體，必須透過對客觀事物或現象，仔細深入的觀察，建立起一套嚴密健全的理論，最後將事物或現象背後的道理，清楚的描述出來。到了清代，姚鼐編纂《古文辭類纂》，又將此種文體改稱論辨文。姚鼐《古文辭類纂》中言：

> 論辨類者，蓋原於古之諸子，各以所學，著書詔後世。孔孟之道與文至矣。自老莊以降，道有是非，文有工拙。今悉以子家不錄，錄自賈生始。蓋退之著論，取於六經孟子；子厚取於韓非賈生；明允雜以蘇張之流；子瞻兼及於莊子。學之至善者神合焉；善而不至者貌存焉。惜乎子厚之才，可以爲其至，而不及至者，年爲之也。〔註28〕

姚鼐謂此文體爲論辨文，源自於春秋戰國時代的諸子散文。唐宋時期的古文大家，創作此類文體時，也常學習先秦諸子的寫作方法，其中蘇軾爲文，則是兼及莊子言微意深而曲折的特點。

雖言《東坡志林》是集蘇軾璣言小文之作而成，不過書中也收錄了他雄雋卓犖的論辯大作，完全展現出蘇軾積極致用的思想。這樣的論辯文章，正是蘇軾拿手的。例如〈秦廢封建〉一文：

> 秦初并天下，丞相綰等言：「燕、齊、荊地遠，不置王無以鎮之，請立諸子。」始皇下其議，羣臣皆以爲便。廷尉斯曰：「周文、武所封子弟同姓甚眾，然後屬疏遠，相攻擊如仇讐，諸侯（按：應爲「侯」）更相誅伐，天子不能禁止。今海內賴陛下神靈一統，皆爲郡縣，諸子功臣公賦稅重賞賜之，甚足易制。天下無異意，則安寧之術也，置諸侯不便。」始皇曰：「天下共苦戰鬪不休，以有侯王。賴宗廟天下初定，又復立國，是樹兵也，求其寧息，豈不難哉！廷尉議是。」分天下爲三十六郡，郡置守、尉、監。蘇子曰：聖人不能爲時，亦不失時。時非聖人之所能爲也，能不失時而已。三代之興，諸侯無罪不可奪削，因而君之雖欲罷侯置守，可得乎？此所謂不能爲時者也。周衰，諸侯相并，齊、晉、秦、楚皆千餘里，其勢足以建侯樹屏。至于七國皆稱王，行天子之事，然終不封諸侯，不立強家世卿者，以魯三桓、晉六卿、齊田氏爲戒也。久矣，世之畏諸侯之禍也，非獨李斯、始皇知之。始皇既并天下，分郡邑，置守宰，理固當然，如冬裘夏葛，時

年 10 月，二版），卷四，〈論說第十八〉，頁 126～127。

〔註28〕見於（清）姚鼐編纂，王文濡評註：《大字本評註古文辭類纂》（臺北市：華正書局有限公司發行，1990 年 9 月，初版），上冊，〈古文辭類纂序目〉，頁 4。

之所宜，非人之私智獨見也，所謂不失時者，而學士大夫多非之。漢高帝欲立六國後，張子房以爲不可，世未有非之者，李斯之論與子房何異？世特以成敗爲是非耳。高帝聞子房之言，吐哺罵酈生，知諸侯之不可復，明矣。然卒王韓、彭、英、盧，豈獨高帝，子房亦與焉。故柳宗元曰：「封建非聖人意也，勢也。」昔之論封建者，曹元首、陸機、劉頌，及唐太宗時魏徵、李百藥、顏師古，其後有劉秩、杜佑、柳宗元。宗元之論出，而諸子之論廢矣，雖聖人復起，不能易也。故吾取其說而附益之，曰：凡有血氣必爭，爭必以利，利莫大於封建。封建者，爭之端而亂之始也。自書契以來，臣弒其君，子弒其父，父子兄弟相賊殺，有不出於襲封而爭位者乎？自三代聖人以禮樂教化天下，至刑措不用，然終不能已篡弒之禍。至漢以來，君臣父父子相賊虐者，皆諸侯王子孫，其餘卿大夫不世襲者，蓋未嘗有也。近世無復封建，則此禍幾絕。仁人君子，忍復開之歟？故吾以爲李斯、始皇之言，柳宗元之論，當爲萬世法也。〔註29〕

在此篇論辯文中，蘇軾針對秦廢封建這個議題，以「不失時」一言，點明始皇此舉乃趁勢而爲，非常合宜。之後，他更就歷代施行封建與否，所造成的得失，以及諸位先賢對封建一事的看法，統整出一套卓越的見解，而認爲廢除封建，乃是王朝萬世之法。如此融會眾說，自史實中尋找例證的論言，又以精闢的文句，表現出論者氣勢之文，都足以顯示出，蘇軾創作論辯文的高超技巧。又有〈周東遷失計〉〔註30〕，以不守王都咨意遷都而亡者，如：周東遷洛、楚遷阪高、董卓挾帝遷長安……，與固守王都不遷而安者，如：晉王導謂遷都不可，各論其存亡得失，而推論出周東遷之謬。可見出蘇軾綜觀古今，見識淵博，能自成一說。或如〈司馬遷二大罪〉〔註31〕一文，蘇軾對於太史公言商鞅、桑弘羊有功之說，有不同的看法。蘇軾不只引用司馬光之言，又將變法以藥石作比喻，認爲秦孝公未善用商鞅、桑弘羊之術，終招致國破家亡的結果。在此文中，又可再次見到蘇軾獨樹一格的見解。

　　蘇軾在文學上的天份才華，長久累積的文史知識，以及其與眾不同的思維想法，都在論辯文中，得以盡情的發揮。《東坡志林》中論辯文類的作品，不同於其他類作品的是，蘇軾在這裡成了嚴謹的議論家，講述著他所認爲的眞理。因此，在這些文

〔註29〕 見於同註2，（宋）蘇軾撰，王松齡點校：《東坡志林》，卷五，〈秦廢封建〉，頁103～104。

〔註30〕 見於同註2，（宋）蘇軾撰，王松齡點校：《東坡志林》，卷五，〈周東遷失計〉，頁100～101。

〔註31〕 見於同註2，（宋）蘇軾撰，王松齡點校：《東坡志林》，卷五，〈司馬遷二大罪〉，頁107～109。

章中，很容易就能看出蘇軾的學術思想。

第二節　小說文類之內容

　　中國的文言小說，概略可分爲筆記體與傳奇體。《東坡志林》中唯有筆記體小說。筆記小說在魏晉南北朝時，就已經蓬勃發展了，並形成志人與志怪二大派別。志人小說是專拾人物軼事，以人情舊聞、近事的內容爲主；志怪小說是專收神怪異事，其內容多爲記述神仙、妖精、鬼怪、異聞等等不可思議之事。筆記小記的創作到唐宋時期，更是到達高峰，不僅作品數量龐多，敘述內容也更加多元化，藝術成就上亦有不凡的表現。《東坡志林》的創作，正好也在這個時期，書中包含了不少的小說內容，各篇皆有其可觀之處。本節承繼魏晉以來的筆記小說傳統，將《東坡志林》的小說類內容，分爲志人小說與志怪小說，個別探討之。

一、志人小說

　　蘇軾志人小說的敘述對象廣泛，上至一國之君，下至路邊乞丐，都能成爲蘇軾筆下的小說主角。只要題材夠生動，可以發人深省，蘇軾都不吝惜筆墨，將其記錄下來，這也是《東坡志林》中的志人小說特點。《東坡志林》中的志人小說，記述蘇軾前的歷代名人，或描寫與蘇軾同代之人，均有之，後面便分述討論。

（一）古人軼事

　　志人小說常常將歷史人物不見於史書中的軼事，加以記錄描寫，有助於後人了解這些歷史人物的人格品性，還能達到娛樂的功用。尤其是在史學發達的宋代〔註32〕，文人們在創作筆記小說之時，也受修撰史書的習氣影響，喜歡以歷代人物、史事軼聞爲題材，寫作出以歷史人物爲內容的作品。這樣的習性，在蘇軾《東坡志林》當中，亦可以見得。

　　《東坡志林》裡，有關古人軼事的小說作品不少，這些小說的創作，常是蘇軾爲了表現小說主角，不同於正史所見之形象而作。也有的是蘇軾見歷史人物之言行，觸發其感想而寫成小說，以做爲思緒的抒發。書中有〈論漢高祖羹頡侯事〉云：

　　　　高祖微時，嘗避事，時時與賓客過其丘嫂食。嫂厭叔與客來，陽爲羹盡轑
　　　　釜，客以故去。已而視其釜中有羹，由是怨嫂。及立齊、代王，而伯子獨

〔註32〕宋代自宋太祖以來，爲防止他人仿效趙匡胤奪取王位，而實行重文輕武的政策，並鼓勵文人參加史書的編纂。所以，自有宋以來，先後修成《五代史》、《新唐書》、《資治通鑑》等史書。

不侯。太上皇以爲言，高祖曰：「非敢忘之也，爲其母不長者。」封其子信爲羹頡侯。高祖號爲大度不記人過者，然不置轑釜之怨，獨不畏太上皇緣此記分杯之語乎？〔註33〕

這裡描寫漢高祖在還沒發跡的時候，與朋友到嫂嫂家吃飯。嫂嫂不喜歡高祖與朋友到家中，因而刮攪釜緣，假裝羹已食盡，鍋釜也已見底，高祖的朋友只好離開，高祖便因此懷恨在心。當高祖即位時，獨不封嫂嫂的兒子爲侯，直到太上皇開口，才封其爲「羹頡侯」，這麼一個有嘲諷意味的封號。這件事的披露，使得漢高祖「大度不記人過」的形象受損，反而更顯出漢高祖已位及人君，卻僅有小人般的狹小肚量，這才是最大的諷刺。蘇軾再更深一層的提及，高祖獨霸皇權，不容父親或任何人加以挑戰爭奪的權慾醜態。除了漢高祖外，郄超的孝子形象，在蘇軾〈郄超出與桓溫密謀書以解父〉一文中，也受到質疑。文中云：

> 郄超雖爲桓溫腹心，以其父愔忠於王室，不知之。將死，出一箱付門生，曰：「本欲焚之，恐公年尊，必以相傷爲斃。我死後，公若大損眠食，可呈此箱，不爾便燒之。」愔後果哀悼成疾，門生以指呈之，則悉與溫往反密計。愔大怒，曰：「小子死晚矣！」更不復哭矣。若方回者，可謂忠臣矣，當與石碏比。然超謂之不孝，可乎？使超知君子之孝，則不從溫矣。
> 東坡先生曰：超，小人之孝也。〔註34〕

此文言郄超隱瞞父親，與桓溫密謀。在其死前，危恐父親因其死去，而傷心不已，故留下一箱他與桓溫密謀的書信，以表明其死因。郄超之父見書信，果然大怒，恨他不能早死，且不再爲他難過。蘇軾認爲郄超這樣的行爲，不能算是孝順。郄超與桓溫共謀，反叛晉室，已是不忠，死後還將眞相示父，使父親知其因反叛罪而死，不只讓父親蒙羞，更要父親情何以堪。因此，郄超的孝順，只是小人之孝。

蘇軾記述古人事蹟，不只是爲顛覆史書上，一些人物的刻板印象，還能藉古人的行爲，闡明事理，當作借鏡。例如〈劉凝之沈麟士〉一文，蘇軾就藉劉凝之與沈麟士二人，言處事之道。

> 《南史》：劉凝之爲人認所著履，即與之，此人後得所失履，送還，不肯復取。又沈麟士亦爲鄰人認所著履，麟士笑曰：「是卿履耶？」即與之。鄰人得所失履，送還，麟士曰：「非卿履耶？」笑而受之。此雖小事，然

〔註33〕見於同註2，（宋）蘇軾撰，王松齡點校：《東坡志林》，卷四，〈論漢高祖羹頡侯事〉，頁84。

〔註34〕見於同註2，（宋）蘇軾撰，王松齡點校：《東坡志林》，卷四，〈郄超出與桓溫密謀書以解父〉，頁90。

處事當如麟士，不當如凝之也。〔註35〕

這則故事言劉凝之的鞋子，被人誤認了，劉凝之就把鞋給了那個人。後來那個人找到鞋子，並送還劉凝之的鞋子，劉凝之卻不肯接受。沈麟士也遇到同樣的情況，但他反而笑顏接受鄰人送還之鞋。蘇軾藉著二人之別，說處事就要像沈麟士。蘇軾的人生多起伏，事事都常以豁達的心境看待，所以，即使屢受危難，也能保有平常心。沈麟士正是比劉凝之多了平常心，對認錯鞋的人，不加計較，懂得以寬容的心，來面對各種情況。這樣的處事之道，也正是蘇軾渡過重重難關的秘訣。又如〈石普見奴爲祟〉：

石普好殺人，以殺爲娛，未嘗知暫悔也。醉中縛一奴，使其指使投之汴河，指使哀而縱之。既醒而悔，指使畏其暴，不敢以實告。居久之，普病，見奴爲祟，自以必死。指使呼奴示之，祟不復出，普亦愈。〔註36〕

石普暴虐，喜好殺人。有一次喝醉，縛綁了一個奴僕，並命人將他丟入汴河。但是，石普派去的人不忍心，而放了奴僕一命。石普酒醒後就後悔了，可是石普的手下，不敢告訴石普，奴僕沒死。後來，石普看到那個奴僕，以爲是鬼祟，而被嚇出病來，以爲自己快死了。直到石普手下說出實情，石普的病才痊癒。整個故事的情節，十分緊湊，將石普欺人怕鬼的樣子，描寫得非常生動。蘇軾寫石普的故事，主要是謂爲人要和善、寬大，石普爲惡殺人，最終作賊心虛，害到自己。反之，石普手下的寬大，救了奴僕一命，也救了石普一命。這雖然是個短小的故事，卻也深含著勸人爲善的大道理。

（二）時人近事

在蘇軾的志人小說裡，還有部分是關於那些與他同朝代的人物軼事，有的是蘇軾親身經歷，有的則是他從別處聽說而來。雖說蘇軾所述之人，離他不遠，但是，蘇軾仍然可以用小說的筆法，讓這些故事產生了距離的美感。如〈眞宗仁宗之信任〉一則，蘇軾就以描述群臣的對話，言出欲得君王的信任在於「無心」。

眞宗時，或薦梅詢可用者，上曰：「李沆嘗言其非君子。」時沆之沒，蓋二十餘年矣。歐陽文忠公嘗問蘇子容曰：「宰相沒二十年，能使人主追信其言，以何道？」子容言：「默以無心，故爾。」軾因贊其語，且言：「陳執中俗吏耳，特以至公猶能取信主上，況如李公之才識，而濟之無心耶！」

〔註35〕見於同註2，（宋）蘇軾撰，王松齡點校：《東坡志林》，卷四，〈劉凝之沈麟士〉，頁93～94。

〔註36〕見於同註2，（宋）蘇軾撰，王松齡點校：《東坡志林》，卷三，〈石普見奴爲祟〉，頁53。

時元祐三年興龍節，賜宴尚書省，論此。是日，又見王鞏云其父仲儀言：
「陳執中罷相，仁宗問：『誰可代卿者？』執中舉吳育，上即召赴闕。會
乾元節侍宴，偶醉坐睡，忽驚顧拊牀呼其從者。上愕然，即除西京留臺。」
以此觀之，執中雖俗吏，亦可賢也。育之不相，命矣夫！然晚節有心疾，
亦難大用，仁宗非棄材之主也。〔註37〕

宋眞宗時，宰相李沆死前，向眞宗言梅詢非可用之材。歐陽修疑惑李沆是如何使眞宗相信他的話，長達二十年之久。蘇子容說出是「無私己心」之故。蘇軾則言陳執中，亦是以「無心」得到仁宗的信任。陳執中罷相位，推薦吳育代替之。後來，只因吳育自己酒醉出醜，令仁宗驚愕不已，而去其相位。蘇軾藉著群臣言李沆與陳執中事，說出爲人臣者，只要行事不是出於私心，一切爲朝廷著想，就能夠得到君王的信任。在蘇軾與討論的群臣心中，「無心」就是爲人臣之道。另一則故事〈賈婆婆薦昌朝〉，也是敘述宋代當朝的軼事。

溫成皇后乳母賈氏，宮中謂之賈婆婆。賈昌朝連結之，謂之姑姑。臺諫論
其姦，吳春卿欲得其實而不可。近侍有進對者曰：「近日臺諫言事，虛實
相半，如賈姑姑事，豈有是哉！」上默然久之，曰：「賈氏實曾薦昌朝。」
非吾仁宗盛德，豈肯以實語臣下耶！〔註38〕

賈昌朝認溫成皇后乳母賈氏爲姑姑。有仁宗近侍，請問仁宗，賈婆婆薦昌朝之事，仁宗則據實相告之。蘇軾以這個小故事，來展現仁宗的盛德。仁宗知賈昌朝爲趨炎附勢，而認賈婆婆爲姑姑，又肯將此事示明，不怪罪諫論此事者，足顯仁宗之大量。

在朝廷以外的人事，蘇軾也多有著墨。蘇軾常常隨意記下，平日所聞的特別有趣人物。例如〈盜不劫幸秀才酒〉：

幸思順，金陵老儒也。皇祐中，沽酒江州，人無賢愚，皆喜之。時劫江賊
方熾，有一官人艤舟酒壚下，偶與思順往來相善，思順以酒十壺餉之。已
而被劫於蘄、黃閒，羣盜飲此酒，驚曰：「此幸秀才酒邪？」官人識其意，
即紿曰：「僕與幸秀才親舊。」賊相顧歎曰：「吾儕何爲劫幸老所親哉！」
斂所劫還之，且戒曰：「見幸慎勿言。」思順年七十二，日行二百里，盛
夏曝日中不渴，蓋嘗啖物而不飲水云。〔註39〕

〔註37〕見於同註2，（宋）蘇軾撰，王松齡點校：《東坡志林》，卷四，〈眞宗仁宗之信任〉，
頁85。

〔註38〕見於同註2，（宋）蘇軾撰，王松齡點校：《東坡志林》，卷三，〈賈婆婆薦昌朝〉，頁
68～69。

〔註39〕見於同註2，（宋）蘇軾撰，王松齡點校：《東坡志林》，卷三，〈盜不劫幸秀才酒〉，
頁69。

幸思順所賣之酒，人人都喜愛。有一官人得思順送十壺酒，不料遇到盜賊。盜賊挾人劫酒，飲其酒後，驚曉此爲幸秀才酒。官人自稱爲思順親舊，盜賊便放了官人，將酒歸還，並請官人勿將此事告知幸思順。文末略爲補述思順此人的特點。這個故事，並不直言幸思順的好，卻是藉著旁人的故事，來凸顯幸思順的酒與爲人，都有過人之處。再如〈記道人戲語〉：

> 紹聖二年五月九日，都下有道人坐相國寺賣諸禁方，緘題其一曰：賣「賭錢不輸方」。少年有博者，以千金得之。歸，發視其方，曰：「但止乞頭。」
> 道人亦善鬻術矣，戲語得千金，然亦未嘗欺少年也。〔註40〕

這則故事是以一個道士爲主角，道士在相國寺下賣「賭錢不輸方」，一少年以千金得之，才知其方就是要他戒賭。道人善於捕捉顧客的心理，又能做到童叟無欺，眞可謂擅於做買賣。若道士又眞能助少年戒賭，就更是功德無量了。蘇軾在市井中，還看到另一個特殊的人物。〈記張憨子〉云：

> 黃州故縣張憨子，行止如狂人，見人輒罵云：「放火賊！」稍知書，見紙輒書鄭谷雪詩。人使力作，終日不辭。時從人乞，予之錢，不受。冬夏一布褐，三十年不易，然近之不覺有垢穢氣。其實如此，至於土人所言，則有甚異者，蓋不可知也。〔註41〕

張憨子言行如狂人，竟能書鄭谷雪詩，是爲一奇。張憨子向人行乞，行人給他錢，他竟不要，是爲二奇。三十年來，張憨子終年不換布褐，卻仍無垢穢之氣，是爲三奇。這樣一個奇人，雖然是身處社會中最下層的人，但蘇軾並不輕視之，仍然將其收錄至自己的筆記中。由此可見，蘇軾能廣納各種奇人軼事的題材，以簡筆描摹販夫走卒，甚至乞丐瘋人，也都能激發蘇軾的寫作動機，而不加以貶抑排斥。

二、志怪小說

志怪小說的神鬼怪誕內容，自古以來，就被正統文人刻意忽視，不願提及。孔子曾說：「子不語怪、力、亂、神。」〔註42〕之後，以儒學爲道統的文人社會，亦少有人會大方的談論這些神異之事。蘇軾是個特別的人，其思想融儒、道、釋於一爐，並不侷限於儒家思想，對於奇異荒唐的志怪故事，更是毫不隱藏的展現出其滿懷的好奇心。葉夢得《避暑錄話》曾云：

〔註40〕見於同註2，（宋）蘇軾撰，王松齡點校：《東坡志林》，卷二，〈記道人戲語〉，頁37。
〔註41〕見於同註2，（宋）蘇軾撰，王松齡點校：《東坡志林》，卷三，〈記張憨子〉，頁57。
〔註42〕見於（魏）何晏集解，（宋）邢昺疏：《論語注疏》，收錄於《十三經注疏》（第八冊）（臺北市：藝文印書館出版，1997年8月，初版十三刷），卷七，〈述而〉，頁63。

子瞻在黃州及嶺表，每旦起，不招客相與語，則必出而訪客。所與游者，
亦不盡擇，各隨其人高下，談諧放蕩，不復爲畛畦。有不能談者，則強之
說鬼。或辭無有，則曰姑妄言之，於是聞者無不絕倒，皆盡歡而後去。設
一日無客，則欣然若有疾。其家子弟嘗爲予言之如此也。〔註43〕

從葉夢得這段話中發現，蘇軾喜歡聽人說些詼諧怪誕的神鬼傳說，而且談論這些奇
謬通俗之言，往往能夠達到賓主盡歡的局面，當然這是愛熱鬧的蘇軾所樂見的。而
蘇軾也自言自己是不怕鬼的人，「蘇門六君子」之一的李廌（約西元 1082 年前後在
世）曾於《濟南先生師友談記》中，提及蘇軾幾次遇鬼的經驗：

東坡先生居間闔門外，白家巷中。一夕，次子迨之婦歐陽氏，產後因病爲
祟所憑曰：「吾姓王氏名靜奴，滯魄在此，居久矣。」公曰：「吾非畏鬼人
也。且京師善符劍遣屬者甚多，決能逐汝。……公曰：「某平生屢與鬼神
辯論矣」。頃迨之幼，忽云：「有賊！」兒瘦而黑，衣以青。公使數人索之，
無有也。乳媼俄發狂，聲色俱怒，如卒伍輩唱喏甚大，公往視之，輒厲聲
曰：「某即瘦黑而衣青者也，非賊也，鬼也。欲此媼出，爲我作巫。」公
曰：「寧使其死，出不可得。」曰：「學士不令渠出，不奈何，只求少功德，
可乎？」公曰：「不可。」又曰：「求少酒食可乎？」公曰：「不可。」又
曰：「求少紙可乎？」公曰：「不可。」又曰：「只求一盃水可乎？」公曰：
「與之。」媼飲畢仆地而甦然。〔註44〕

蘇軾不只不怕鬼，還能與鬼對恃，甚至說理於鬼，將鬼從兒媳、乳媼身上驅離。或
許是蘇軾曾有過不少的特殊遭遇，使得他對鬼怪異事，更感興趣。正因如此，蘇軾
也創作了〈書鬼仙詩〉〔註45〕與〈記鬼詩〉〔註46〕。蘇軾在《東坡志林》中，更有
許多志怪類的小說作品，這些奇異的故事，在蘇軾精妙的文筆，與其愛言怪異的寫
作動機下，篇篇都精彩萬分。

（一）神仙鬼魅

長久以來，神鬼的力量就難以被人理解，可是卻又令人好奇不已，所以，神仙

〔註43〕見於（宋）葉夢得撰：《避暑錄話》，收錄於《筆記小說大觀三編》（第三冊）（臺北
市：新興書局有限公司印行，1974 年 5 月），卷上，頁 1575。

〔註44〕見於（宋）李廌撰：《濟南先生師友談記》，收錄於《筆記小說大觀九編》（第六冊）
（臺北市：新興書局有限公司印行，1975 年 11 月），頁 4120～4121。

〔註45〕詳見於（宋）蘇軾撰，（明）毛晉輯：《東坡題跋》，收錄於《增補津逮秘書》（第九
冊）（京都市：株式會社中文出版社發行，1980 年 2 月），卷三，〈書鬼仙詩〉，頁 6723
～6724。

〔註46〕詳見於同註45，（宋）蘇軾撰，（明）毛晉訂：《東坡題跋》，卷三，〈記鬼詩〉，頁 6738。

鬼怪的故事，很容易就廣泛流傳於民間。中國在晉代至隋代間，就曾出現大量的鬼神志怪之書，魯迅《中國小說史略》中云：「凡此，皆張皇鬼神，稱道靈異，故自晉訖隋，特多鬼神志怪之書。」〔註47〕時間到了宋代，在宋人筆記中，雖然記載的內容種類更加多元、豐富，可是志怪一類的內容，在數量方面，並沒有顯著的消減。在蘇軾《東坡志林》，這樣一部綜合類筆記裡，也可見到大量的記異故事。《東坡志林》中的志怪小說，有部分是延續六朝以來，記神仙鬼魅之類的內容，有些則記作者的奇幻夢景，或是在民間發生的奇怪事件。首先，是關於那些神仙鬼魅之事，其中有些異事，是蘇軾的親身經歷，如〈太白山舊封公爵〉一則：

> 吾昔爲扶風從事，歲大旱，問父老境內可禱者，云：「太白山至靈，自昔有禱無不應。近歲向傳師少師爲守，奏封山神爲濟民侯，自此禱不驗，亦莫測其故。」吾方思之，偶取《唐會要》看，云：「天寶十四年，方士上言太白山金星洞有寶符靈藥，遣使取之而獲，詔封山神爲靈應公。」吾然後知神之所以不悅者，即告太守遣使禱之，若應，當奏乞復公爵，且以瓶取水歸郡。水未至，風霧相纏，旗幡飛舞，髣髴若有所見。遂大雨三日，歲大熟。吾作奏檢具言其狀，詔封明應公。吾復爲文記之，且修其廟。祀之日，有白鼠長尺餘，歷酒饌上，嗅而不食。父老云：「龍也。」是歲嘉祐七年。〔註48〕

嘉祐七年（西元1062年）蘇軾初任鳳翔簽書判官，來到所屬郿縣。當地久旱，蘇軾便詢問父老，得知當地都向太白山神祈雨。可是太白山神在唐代時，被封爲「靈應公」，到了宋代，卻被降等封爲「濟民侯」，以致縣民求雨不靈。蘇軾知道事情的始末後，向太白山神祈雨，若山神眞靈驗降雨，他願爲山神請求詔封「明應公」。之後，果然天降甘霖，解除了郿縣的旱災。當縣民修葺山神廟的工程完成，在祭祀之日當天，見到有一大白鼠在祭品上，嗅而不食，父老都認爲那是龍的化身。太白山神果眞靈驗，而且還充滿人性，對人間的封號竟如此在意。無論如何，整件事都讓蘇軾覺得十分奇異，所以他特別將此事記錄下來。除太白山神一事外，蘇軾還曾遇過女仙。在〈記女仙〉中，蘇軾就記下了這段經歷。

> 予頃在都下，有傳太白詩者，其略曰：「朝披夢澤雲」，又云：「笠釣清茫茫。」此非世人語也，蓋有見太白在肆中而得此詩者。神仙之道，眞不可

〔註47〕見於魯迅著：《中國小說史略》（臺北市：風雲時代出版有限公司出版，1992年10月，五版），頁49。

〔註48〕見於同註2，（宋）蘇軾撰，王松齡點校：《東坡志林》，卷三，〈太白山舊封公爵〉，頁56～57。

以意度。紹聖元年九月，過廣州，訪崇道大師何德順，有神僊降於其室，自言女僊也。賦詩立成，有超逸絕塵語。或以其託於箕帚，如世所謂「紫姑神」者疑之。然味其言，非紫姑所能至。人有入獄鬼、羣鳥獸者託於箕帚，豈足怪哉；崇道好事喜客，多與賢士大夫為游，其必有以致之也哉？〔註49〕

蘇軾曾到廣州，尋訪友人崇道大師何德順。正好在那時，有一女仙降臨崇道的處所，仙女極富文才，能立即作出絕妙的詩賦。但蘇軾懷疑女仙，並非真是女仙，只是一般精怪的巧扮。雖然全文以述女仙為主，卻也不難看出，蘇軾之友崇道大師，也是一位愛好詩文才學的氣質之士，才會引來有才情的精魅。

《東坡志林》中，不只有蘇軾遇見神怪的親身接觸，更多的是，蘇軾自鄉里間，親友旁人口中，聽來的靈異傳說。這些傳說，在蘇軾的巧筆運作下，更顯得生動活脫，幾乎無法分辨這些靈異之事的真偽。有〈豬母佛〉一則，就是蘇軾的故鄉，眉州地區，所流傳的鄉野故事。

眉州青神縣道側有一小佛屋，俗謂之「豬母佛」，云百年前有牝豬伏於此，化為泉，有二鯉魚在泉中，云：「蓋豬龍也。」蜀人謂牝豬為母，而立佛堂其上，故以名之。泉出石上，深不及二尺，大旱不竭，而二鯉莫有見者。余一日偶見之，以告妻兄王愿，愿深疑，意余之誕也。余亦不平其見疑，因與愿禱於泉上曰：「余若不誕者，魚當復見。」已而二鯉復出，愿大驚，再拜謝罪而去。此地應為靈異。青神文及者，以父病求醫，夜過其側，有鬌而負琴者邀至室，及辭以父病，不可留，而其人苦留之，欲曉乃遣去。行未數里，見道傍有劫賊所殺人，赫然未冷也，否則及亦未免耳。泉在石佛鎮南五里許，青神二十五里。〔註50〕

「豬母佛」是眉州青神縣道旁的小佛屋，傳說是有一牝豬死在那裡，並化為泉水，有二鯉魚生活在泉水中，但二鯉並無人見過。蘇軾偶見之，並將此事告訴妻兄王愿，王愿不信，二人又再禱泉上，請鯉再現，以證蘇軾所言不假。二鯉果然復現，令蘇王二人驚奇不已。另有青神孝子文及，被豬母佛所救，避開被劫賊殺害之禍，足以顯示豬母佛的靈驗。還有〈李氏子再生說冥間事〉，這則言陰間鬼吏之事，是蘇軾聽當事人親口所述，加以修飾成文的，亦使人真假難分。

戊寅十一月，余在儋耳，聞城西民李氏處子病卒兩日復生。余與進士何旻同往見其父，問死生狀。云：初昏，若有人引去，至官府幕下。有言：「此

〔註49〕見於同註2，（宋）蘇軾撰，王松齡點校：《東坡志林》，卷三，〈記女仙〉，頁57～58。
〔註50〕見於同註2，（宋）蘇軾撰，王松齡點校：《東坡志林》，卷三，〈豬母佛〉，頁54～55。

誤追。」庭下一吏云：「可且寄禁。」又一吏云：「此無罪，當放還。」見
獄在地窟中，隧而出入。繫者皆儋人，僧居十六七。有一嫗身皆黃毛如驢
馬，械而坐，處子識之，蓋儋僧之室也。曰：「吾坐用檀越錢物，已三易毛
矣。」又一僧亦處子隣里，死已二年矣，其家方大祥，有人持盤餐及錢數
千，云：「付某僧。」僧得錢，分數百遺門者，乃持飯入門去，繫者皆爭取
其飯。僧飯，所食無幾。又一僧至，見者擎跪作禮。僧曰：「此女可差人速
送還。」送者以手擘牆壁使過，復見一河，有舟，使登之。送者以手推舟，
舟躍，處子驚而寤。是僧豈所謂地藏菩薩耶？書此爲世戒。〔註51〕

李氏子在病卒二日後復生，並對人說起這二日內，她到冥府發生的事。原來李氏子
因鬼吏的誤追，而到了地府。在地府中，她看到許多奇景，也遇見死去的鄉人與僧
人。後來，有一僧人使神力，讓李氏子穿牆至河邊，而登舟還陽。那位僧人即是地
藏菩薩。蘇軾將李氏子的這次經歷，記載得十分詳細，那似真似幻的情節，令人感
到非常驚異。此外，〈陳昱被冥吏誤追〉也是一則有關鬼吏誤追，錯抓好人的故事。

今年三月，有書吏陳昱者暴死三日而蘇，云：初見壁有孔，有人自孔擲一
物，至地化爲人，乃其亡姊也。攜其手自孔中出，曰：「冥吏追汝，使我
先。」見吏在旁，昏黑如夜，極望有明處，空有橋，榜曰「會明」。人皆
用泥錢，橋極高，有行橋上者。姊曰：「此生天也。」昱行橋下，然猶有
在下者，或爲鳥鵲所啄。姊曰：「此網捕者也。」又見一橋，曰「陽明」，
人皆用紙錢。有吏坐曹十餘人，以狀及紙錢至者，吏輒刻除之，如抽貫然。
已而見冥官，則陳襄述古也。問昱何故殺乳母，昱曰：「無之。」呼乳母
至，血被面，抱嬰兒，熟視昱曰：「非此人也，乃門下吏陳周。」官遂放
昱還，曰：「路遠，當給竹馬。」又使諸曹檢己籍，曹示之，年六十九，
官左班殿直。曰：「以平生不燒香，故不甚壽。」又曰：「吾輩更此一報，
即不同矣。」意謂當超也。昱還，道見追陳周往。既蘇，周果死。〔註52〕

陳昱一樣是暴死三日後復醒，對人說起了他這三日以來，在冥間發生的事。陳昱先
是遇見亡姊，接著冥吏亦追至。冥吏帶著陳昱去見冥官，途中，陳昱見到冥界的景
象奇異，與凡間相去甚遠。陳昱到了冥官面前，冥官向陳昱問罪，並令他與被殺乳
母對質，才知冥吏錯將陳昱誤認爲陳周，抓至冥界。後來陳昱還陽，陳周則死。從

〔註51〕見於同註 2，（宋）蘇軾撰，王松齡點校：《東坡志林》，卷二，〈李氏子再生說冥間事〉，頁46。
〔註52〕見於同註 2，（宋）蘇軾撰，王松齡點校：《東坡志林》，卷三〈陳昱被冥吏誤追〉，頁53～54。

《東坡志林》的志怪小說中發現，有關冥吏抓錯人的故事，應是宋時民間廣爲流傳的一類靈異傳說。這類故事，不但明確說出冥界的存在，與表現出陰間的可怕，更有警惕人們在世間，要多多行善的宗教意涵，值得世人深思。

（二）奇夢異事

《東坡志林》的志怪小說，還有部分是在記述奇異的夢境，與令人難以理解的怪異之事。這部分的故事，雖然少了超自然力量的神秘色彩。可是，在虛實眞假之間，它們依舊透露著志怪小說特有的迷幻氣氛。以〈夢中作祭春牛文〉一則爲例，蘇軾夢中的吏人，就給人虛實不明的奇妙感覺。

> 元豐六年十二月二十七日，天欲明，夢數吏人持紙一幅，其上題云：請〈祭春牛文〉。予取筆疾書其上，云：「三陽既至，庶草將興，爰出土牛，以戒農事。衣被丹青之好，本出泥塗；成毀須臾之間，誰爲喜慍？」吏微笑曰：「此兩句復當有慍者。」旁一吏云：「不妨，此是喚醒他。」〔註53〕

蘇軾在黃州，有一夜天快亮時，他夢見有幾個吏人來，請他作〈祭春牛文〉。吏人見到蘇軾所作之文，疑其中有慍怒之情，竟欲喚醒蘇軾，詢問之。在這樣的情況下，彷彿眞有吏人來請作文。對於這麼一個奇幻的夢境，蘇軾在半夢半醒間，也無法確認吏人的眞實性，只好將此夢寫下，以做紀念。相較於〈夢中作祭春牛文〉的朦朧不清，蘇軾還有一段，自知在夢寐中的夢境奇異之旅。〈記夢〉之二中云：

> 予在黃州，夢至西湖上，夢中亦知其爲夢也。湖上有大殿三重，其東一殿題其額云「彌勒下生。」夢中云：「是僕昔年所書。」衆僧往來行道，太半相識，辨才、海月皆在，相見驚異。僕散衫策杖，謝諸人曰：「夢中來游，不及冠帶。」既覺，亡之。明日得芝上人信，乃復理前夢，因書以寄之。〔註54〕

這次蘇軾身在黃州，但在夢境中，他卻來到了杭州西湖。在湖上大殿中，不僅見到自己所書之字，也見到不少與自己相交往來的僧人。蘇軾在夢中還跟這些人說，他是夢中來遊，所以衣冠不整。虛幻的夢境，常常使人流連回味，蘇軾也不例外，所以蘇軾記下自己的奇幻夢境，與人分享他這份神奇的感受。蘇軾記錄自己的夢，也記錄別人的夢，〈記夢〉之三有言：

> 宣德郎、廣陵郡王宅大小學教授眉山任伯雨德公，喪其母呂夫人，六十四日號踊稍閒，欲從事於佛。或勸誦《金光明經》，具言世所傳本多　，惟

〔註53〕見於同註2，（宋）蘇軾撰，王松齡點校：《東坡志林》，卷一，〈夢中作祭春牛文〉，頁17。

〔註54〕見於同註2，（宋）蘇軾撰，王松齡點校：《東坡志林》，卷一，〈記夢〉，頁18。

咸平六年刊行者最爲善本，又備載張居道再生事。德公欲訪此本而不可
得，方苫臥柩前，而外甥進士師續假寐於側，忽驚覺曰：「吾夢至相國寺
東門，有鬻薑者云：『有此經。』夢中問曰：『非咸平六年本乎？』曰：『然。』
『有《居道傳》乎？』曰：『然。』此大非夢也！」德公大驚，即使續以
夢求之，而獲觀鬻薑者之狀，則夢中所見也。德公舟行扶柩歸葬於蜀，余
方貶嶺外，遇弔德公楚、泗閒，乃爲之記。〔註55〕

故事敘述德公極欲得到咸平六年刊行的《金光明經》，其外甥師續有一次在他旁邊打
瞌睡，突然驚醒說，他在夢中，來到了相國寺東門，有個賣薑的人，擁有咸平六年
刊的《金光明經》，德公非常驚喜，要師續繼續作夢，去求得經書。後來，德公眞從
一位賣薑人那裡，得到經書，而賣薑人正是師續夢中所見之人。故事中，師續竟能
來去夢境與現實之間，最後德公竟也自夢中人處，求到經書，這事兒實在很神奇。
小說讓夢境和現實的時空交錯，給人一種另類的感官體驗。

在夢中，產生種種天馬行空的情景，隨著人們的清醒，一切也都會回復正常，
可能到最後，只剩作夢者的回味興嘆。但是，在現實生活中，有一些特殊的、不合
常理的事情發生，就很容易引起眾人的注意，而加以渲染傳說。蘇軾和眾人一樣，
也深深被怪異的事情吸引，而寫下了〈黃僕射〉這麼一件異事。

虔州布衣賴仙芝言：連州有黃損僕射者，五代時人。僕射蓋仕南漢官也，
未老退歸，一日忽遁去，莫知其存亡。子孫畫像事之，凡三十二年。復歸，
坐阼階上，呼家人。其子適不在，孫出見之。索筆書壁云：「一別人閒歲
月多，歸來人事已消磨。惟有門前鑑池水，春風不改舊時波。」投筆竟去，
不可留。子歸，問其狀貌，孫云：「甚似影堂老人也。」連人相傳知此。
其後頗有祿仕者。〔註56〕

蘇軾從賴仙芝那裡聽聞，有五代人黃損，爲僕射，突然有一天下落不明，不知其
生死。因此，三十二年來，黃損的子孫只能祭拜其畫像。有一天，黃損又突然回
來了，正巧他的兒子不在，僅有孫子出來相見。黃損之孫不識祖父，黃損便在壁
上留書，書畢即離去。後來，黃損之子回來，孫子言來人似是堂上畫像中的老人。
黃損的後代中，有任仕進祿者。這件怪異的事，在連州地區，流傳甚廣，就是無
人知曉黃損何去何來，一切都是個謎。怪異的事還有〈家中棄兒吸蟾氣〉，記述著
一名棄兒的特殊際遇。

富彥國在青社，河北大飢，民爭歸之。有夫婦襁負一子，未幾，迫於飢

〔註55〕見於同註2，（宋）蘇軾撰，王松齡點校：《東坡志林》，卷一，〈記夢〉，頁18～19。
〔註56〕見於同註2，（宋）蘇軾撰，王松齡點校：《東坡志林》，卷二，〈黃僕射〉，頁44。

因，不能皆全，棄之道左空冢中而去。歲定歸鄉，過此冢，欲收其骨，
則兒尚活，肥健愈於未棄時，見父母，匍匐來就。視冢中空無有，惟有
一竅滑易，如蛇鼠出入，有大蟾蜍如車輪，氣咻咻然，出穴中。意兒在
冢中常呼吸此氣，故能不食而健。自爾遂不食，年六七歲，肌膚如玉。
其父抱兒來京師，以示小兒醫張荊筐。張曰：「物之有氣者能蟄，燕蛇蝦
蟆之類是也。能蟄則能不食，不食則壽，此千歲蝦蟆也。決不當與藥，
若聽其不食不娶，長必得道。」父喜，攜去，今不知所在。張與余言，
蓋嘉祐六年也。〔註57〕

在宋朝當代，有一對河北夫婦，為避飢荒，不得已將襁褓中的小孩，棄置於道左的
空冢中。等到飢荒解除後，夫婦回鄉，經過空冢，欲為棄兒收屍，才發現棄兒不僅
存活下來，而且身體比夫婦丟棄他時，還要健壯。又發現空冢中有一洞竅，裡面有
一隻大蟾蜍，咻咻地吐著氣，才知棄兒吸蟾氣而活。從此以後，棄兒不再進食。京
師小兒醫張荊筐，對棄兒之父言棄兒吸了千歲蝦蟆之氣，若不食不娶，長大後必能
得道，棄兒之父便高興的帶棄兒回去了。由於這件奇事，就發生在蘇軾所處的時代，
蘇軾好聞怪異之事，所以一聽聞此事，他就將其詳細的記錄下來，成為一則小說。
由這個故事，可以略見宋代民間飢荒之苦，與貧窮之家的無奈，希望孩子能免於挨
餓受凍，僅能冀望得道成仙一途。蘇軾的筆記有傳聞中的怪異事件，也有發生在蘇
軾自家中的怪事。如〈先夫人不許發藏〉一則：

昔吾先君夫人僦宅於眉，為紗縠行。一日，二婢子熨帛，足陷於地。視之，
深數尺，有大甕覆以烏木板，先夫人急命以土塞之。甕有物如人咳聲，凡
一年乃已，人以為此有宿藏物欲出也。夫人之姪之問者，聞之欲發焉。會
吾遷居，之問遂僦此宅，掘丈餘，不見甕所在。其後某官於岐下，所居大
柳下，雪方尺不積；雪晴，地墳起數寸。軾疑是古人藏丹藥處，欲發之。
亡妻崇德君曰：「使吾先姑在，必不發也。」軾愧而止。〔註58〕

以前蘇家眉州的舊宅院中，有大甕深埋土中，以烏木板蓋住。偶然被婢子發現，蘇
母便趕緊命人，用土將甕塞住。因為甕中傳出如人咳嗽之聲，所以蘇母之姪之問，
想要將甕挖出來，結果挖掘一丈多，什麼也沒見到。後來，有一官人岐下住所的大
柳下，有一片奇怪的地皮，隆起數寸，蘇軾猜想那是古人藏丹藥的地方，想要挖掘

〔註57〕 見於同註2，（宋）蘇軾撰，王松齡點校：《東坡志林》，卷三，〈冢中棄兒吸蟾氣〉，
頁52。

〔註58〕 見於同註2，（宋）蘇軾撰，王松齡點校：《東坡志林》，卷三，〈先夫人不許發藏〉，
頁56。

看看。蘇軾的先妻王弗對他說，若是蘇軾母親還在，一定不讓他去挖掘，蘇軾因此才打消了掘地的想法。這段故事，最令人好奇的是，大甕中的東西究竟是什麼？是否真是古人的丹藥？爲什麼大甕會憑空消失？等等的問題，都增添了故事的懸疑性。敬母聽話的蘇軾，縱使充滿疑惑，也不敢違背母親之意，隨意挖掘別人的東西，眾人也只能爲此事感到驚異，卻不知所以然了！

《東坡志林》裡，廣收蘇軾所見所聞所經歷的故事，在經過蘇軾的修飾，成爲一篇篇動人的小說，其中不乏題材特殊，情節精彩之作，絕非魯迅在《中國小說史略》當中所言：「宋一代文人之爲志怪，既平實而乏文彩。」〔註59〕魯迅於此以「志怪」來指稱筆記小說，對宋人筆記小說給予頗低的評價，實是對宋人筆記小說沒有深入的了解。就《東坡志林》來說，小說類的內容，在全書的份量上，並不算多。可是，書中小說的故事題材繁多且特別，蘇軾撰寫故事內容也很用心。因此，對於這些小說類內容的文學價值，世人的確不應妄加輕言之。

第三節　小品文類之內容

中國文學裡，小品文類在王聖俞《蘇長公小品》一書出現前，都被視爲雜文之屬。〔註60〕小品文之所以歸屬於雜文中，不外乎是因爲小品文的內容雜瑣，文章體裁閒散不拘，難以給予其明確的定位，只好將其歸入雜文類。不過，小品文這樣的特點，正是其令人愛不釋手的原因。到了明代，這小巧可愛的小品文，成了文人描述生活的最佳媒介，小品文也因而得以在中國文壇，展露頭角。我們佩服蘇軾的眼光，在古文盛行的宋代，他選擇使用小品文，來描寫記述其生活中的人情事物，而創造出獨樹一幟的個人風格。其實，蘇軾與小品文是契合的，蘇軾有豐富的生活情趣，小品文正是可以將其全部包羅的寫作文體。蘇軾熱情豪放的天性，與小品文自由不拘的文學特性，更是不謀而合。所以，在《東坡志林》，這麼一本貼近蘇軾生活的書裡，隨處皆可見到小品文。小品文五花八門的內容，也拓展了全書的廣度。

小品文的題材繁雜，內容多元，所以王聖俞編《蘇長公小品》，就將蘇軾的小品

〔註59〕見於同註47，魯迅著：《中國小說史略》，頁133。
〔註60〕陳書良、鄭憲春著《中國小品文史》云：「佛經有了『小品』的正名，並不等於文學中的小品已經正名。在相當長的文學史上，從劉勰的《文心雕龍》到蕭統的《文選》、歐陽詢的《藝文類聚》，以及吳訥的《文章辨體》和徐師曾的《文體明辨》等等，均將小品視作雜文。明代出現的王聖俞所編輯的《蘇長公小品》，才標誌文學小品的正名。」見於同註23，陳書良、鄭憲春著：《中國小品文史》，頁6～7。

文，依性質分爲：賦、序、記、傳、啓、策問、尺牘、頌、偈、贊、銘、評史、雜著、題跋、詞、雜記等十六類。蔡造珉的《蘇軾小品文研究》，則將蘇軾的小品文，依題材內容分爲：貶謫心情、隱遁避世、人生飄忽、樂遊山水、款敘情誼、寄寓說理、品書論畫、志怪記異等八種，以下又各有小類。而本文面對《東坡志林》裡，豐富的小品文內容，就將其規劃爲：記遊小品、閒適小品、說理小品、交遊小品、知識小品等五種主要內容的小品文，分別作論述。

一、記遊小品

　　人生在世不如意者，十之八九。中國文學史上，多的是不得志的文人墨客，從屈原以降，司馬遷、杜甫、王昌齡等等諸多文人，因爲其失意人生，而將精神專注於創作上，才有如今這些膾炙人口的傳世之作，就連蘇軾，也都是他們其中的一員。但在失意文人當中，蘇軾是特別的一位。我們都知道，蘇軾多才多藝，著作深受世人喜愛，可是蘇軾最爲人稱道的，卻是不同於其他失意文人的樂觀豁達，安命隨緣的人生態度。蘇軾擁有的是將儒釋道文化融爲一體的超曠人格，其一生屢歷險境，九死一生，全靠他將儒家樂天知命、道家順應自然、佛家隨緣自適，這三家的處世精神，加以貫通與實踐。當蘇軾的失意官場人生，爲他帶來許多折磨與痛苦的同時，也爲他開啓一條通往山川美景的道路，當然這條道路需有蘇軾豁達的人生觀，才能發現的。

　　蘇軾多次遭貶至偏遠地區，甚至渡海到了當時蠻荒不已的儋州，是史上被貶謫最遠的一人。蘇軾的心裡雖深受打擊，但樂觀的天性，讓他即使身處偏遠地區，還是可以自在的享受生活，暢遊於充滿變化與驚奇的江水山林。由蘇軾遊歷山水間時創作的作品中發現，他一身的疲憊與風霜，漸漸的被褪去，多了幾分閒逸和愉悅，人類與大自然的呼應，就在此刻吧！

　　在蘇軾的貶謫生涯中，黃州五年，是其心境轉折的關鍵點。遭貶黃州之前，蘇軾是少年得志，積極進取，滿懷抱負。遭貶黃州後，蘇軾雖不見萬念俱灰或憤然歸隱的情緒，但心境上也漸轉爲平和達觀，隨遇而安。因此，蘇軾在黃州時，就可以呼朋引伴，盡情於山水之間，〈遊沙湖〉就在這樣的情調中創作出來。

> 黃州東南三十里爲沙湖，亦曰螺師店，予買田其間。因往相田得疾，聞麻橋人龐安常善醫而聾，遂往求療。安常雖聾，而穎悟絕人，以紙畫字，書不數字，輒深了人意。余戲之曰：「余以手爲口，君以眼爲耳，皆一時異人也。」疾愈，與之同遊清泉寺。寺在蘄水郭門外二里許，有王逸少洗筆泉，水極甘，下臨蘭溪，溪水西流。余作歌云：「山下蘭芽短浸溪，松間

> 沙路淨無泥，蕭蕭暮雨子規啼。　　誰道人生無再少？君看流水尚能西！
>
> 休將白髮唱黃雞。」是日劇飲而歸。〔註61〕

蘇軾與友人龐安常同遊清泉寺，並戲謔兩人皆一時異人。蘇軾見這清新的自然風光，還一時興起飲酒作歌。歌中表現出蘇軾對平凡人生的憧憬，也期盼有良好的精神生活。這淡雅的小品文中，簡略幾筆的點出景物，待於歌詞中，才將景物的形象，具體描寫出來，使焦點全聚在那寫景抒懷的歌詞上。蘇軾遊沙湖時的輕鬆與愉悅，在文中、歌中盡現無遺。另一篇是〈記遊松江〉，則是蘇軾憶起昔日與友人夜遊松江時的情景。當時的快樂，也讓蘇軾回味無窮。

> 吾昔自杭移高密，與楊元素同舟，而陳令舉、張子野皆從余過李公擇於湖，遂與劉孝叔俱至松江。夜半月出，置酒垂虹亭上。子野年八十五，以歌詞聞於天下，作〈定風波〉令，其略云：「見說賢人聚吳分，試問，也應傍有老人星。」坐客懽甚，有醉倒者，此樂未嘗忘也。今七年耳，子野、孝叔、令舉皆為異物，而松江橋亭，今歲七月九日海風架潮，平地丈餘，蕩盡無復孑遺矣。追思曩時，真一夢耳。元豐四年十二月十二日，黃州臨皋亭夜坐書。〔註62〕

蘇軾遭貶黃州，行動受到拘限，不免想起過去與友人自由自在的遊玩情景。偶然在夜裡記下，從前和友人同遊松江時的快樂時光。蘇軾他們一行五、六人，來到松江垂虹亭，飲酒作樂，填詞歌唱，好不快活。但如今人事全非，空留蘇軾的追思興嘆。〈記遊松江〉文中並未詳寫松江的景色，反而將蘇軾一行人開懷歡樂的樣子，仔細的敘述出來，足見蘇軾對好友們的思念，與對往日時光的眷戀。雖然豁達如蘇軾，也不免對此人生際遇，心生感慨。在離開黃州以後，蘇軾造訪了幽奇壯偉的中國名山之一——廬山。蘇軾即將此次遊廬山的經驗，寫成了〈記遊廬山〉一文：

> 僕初入廬山，山谷奇秀，平生所未見，殆應接不暇，遂發意不欲作詩。已而見山中僧俗，皆云：「蘇子瞻來矣！」不覺作一絕云：「芒鞋青竹杖，自挂百錢遊。可怪深山裏，人人識故侯。」既自哂前言之謬，又復作兩絕云：「青山若無素，偃蹇不相親。要識廬山面，他年是故人。」又云：「自昔憶清賞，初遊杳靄間。如今不是夢，真箇是廬山」。是日有以陳令舉〈廬山記〉見寄者，且行且讀，見其中云徐凝、李白之詩，不覺失笑。旋入開元寺，主僧求詩，因作一絕云：「帝遣銀河一派垂，古來惟有謫仙辭。飛流濺沫知多少，不與徐凝洗惡詩。」往來山南北十餘日，以為勝絕不可勝

〔註61〕見於同註2，（宋）蘇軾撰，王松齡點校：《東坡志林》，卷一，〈遊沙湖〉，頁2。
〔註62〕見於同註2，（宋）蘇軾撰，王松齡點校：《東坡志林》，卷一，〈記遊松江〉，頁3。

談，擇其尤者，莫如漱玉亭、三峽橋，故作此二詩。最後與摠老同遊西林，
又作一絕云：「橫看成嶺側成峯，到處看山了不同。不識廬山眞面目，只
緣身在此山中。」僕廬山詩盡於此矣。〔註63〕

廬山不愧爲名山，山上的氣象萬千，山光雲氣變化無窮，使原本打定主意，此行不
作詩的蘇軾，也難以抗拒廬山的魅力，一口氣作了五首詩，以描摹廬山的美景，表
現出他對廬山千變萬化的景致，充滿著驚喜與讚嘆。這一趟廬山行，蘇軾可眞是忘
卻了之前烏臺詩案時，所受文字獄的驚恐與傷害了。從這詩文合一的創作裡，發現
蘇軾正盡情享受著人間奇景。

　　度過在黃州的五年後，蘇軾再度回到朝廷，但這次返朝，卻將他帶向一個更險
惡的困境。蘇軾受到政敵的攻擊，再次遭到貶謫，一路向南而去，翻越大庾嶺到達
惠州，最後還被貶至海南儋州。這一路走來的艱辛，是旁人難以體會的。然而，蘇
軾早已對官場的爭鬥與黑暗，感到厭倦，對於這遠離朝廷的局面，頗能安居自處。
當他來到惠州時，仍不改好動的本性，四處遊歷，他就曾與幼子遊白水佛迹院，並
作有〈遊白水書付過〉：

紹聖元年十月十二日，與幼子過遊白水佛迹院，浴於湯池，熱甚，其源殆
可熟物。循山而東，少北，有懸水百仞，山八九折，折處輒爲潭，深者磓
石五丈，不得其所止。雪濺雷怒，可喜可畏。水厓有巨人迹數十，所謂佛
迹也。暮歸倒行，觀山燒火，甚俛仰，度數谷。至江山月出，擊汰中流，
掬弄珠璧。到家二皷，復與過飲酒，食餘甘煮菜，顧影頹然，不復甚寐，
書以付過，東坡翁。〔註64〕

蘇軾於文中，詳細描寫白水佛迹院附近的風光，隨著天色的日夜變化，而有不同的
風貌。在自然景色中，蘇軾的心靈得以洗滌，顯得特別神采奕奕。這篇小品文僅言
景物與行程，不發議論，不言抒懷，這平順的情調，正呼應著蘇軾當時的心理狀態。
後來蘇軾來到儋州，隨遇而安的態度，使他在那窮僻小城中，也能自得其樂。〈儋耳
夜書〉中言：

己卯上元，余在儋耳，有老書生數人來過，曰：「良月佳夜，先生能一出
乎？」予欣然從之。步城西，入僧舍，歷小巷，民夷雜揉，屠酤紛然，歸
舍已三鼓矣。舍中掩關熟寢，已再鼾矣。放杖而笑，孰爲得失？問先生何
笑，蓋自笑也，然亦笑韓退之釣魚，無得更欲遠去。不知釣者，未必得大

〔註63〕見於同註2，（宋）蘇軾撰，王松齡點校：《東坡志林》，卷一，〈記遊廬山〉，頁4。
〔註64〕見於同註2，（宋）蘇軾撰，王松齡點校：《東坡志林》，卷一，〈遊白水書付過〉，頁
　　　　3。

　　魚也。〔註65〕

只要打開心胸，處處是美景，處處有樂趣。蘇軾和儋耳的幾位老書生，夜遊儋耳，僧舍、小巷都是好景觀，夜間遊城，另有一番風趣。蘇軾是遊人自有體會，平凡無奇的小地方，也能引起他的玩心。足以證明，蘇軾的人格已相當成熟，心情也相當穩定，不再輕易被外物所干擾，一切都操之在己。

二、閒適小品

　　關於蘇軾的人生感悟與處世態度，在他的閒適小品中，有更為清楚的表現。蘇軾用輕簡的筆調，平易的語句，描繪出他生活裡的景況。其中有蘇軾生活諧趣的表現，也有平日閒情的抒寫。最真實、親切的蘇軾，就在這些閒適小品中。蘇軾面對困窘的生活，一直保持著他隨遇而安的一貫基調。偶來的怨艾，也只見於他的自我嘲謔中，往往使人會心一笑，戲笑之後，仍是一片碧海藍天。這和蘇軾達觀的人生態度有關，蘇軾好戲謔，眾所皆知，晁說之（西元1059～1129年）《晁氏客語》云：「蘇東坡好戲謔。」〔註66〕孫宗鑑《西畬瑣錄》亦云：「東坡喜嘲謔。」〔註67〕曾敏行（西元1117～1175年前在世）《獨醒雜志》也云：「東坡多雅謔。」〔註68〕蘇軾擅長以不同角度觀察事物，他能戲謔看待人生逆境，確實比正面與逆境發生衝突，更能排解身心的傷痛與苦悶。蘇軾還是個非常自主的人，他不願受外在的事物影響，自己的喜怒哀樂，要由自己做主。

　　所以，蘇軾平淡生活中的詼諧趣味，往往創造於他嘲謔人生的習性當中，不但使蘇軾的閒適小品多了許多色彩，也讓蘇軾顯得更加平易近人。蘇軾一生多次遭人毀謗，甚至引來烏臺詩獄。當他受到這般打擊之時，竟仍能從容以對，並逗笑於妻子。〈書楊朴事〉中云：「余在湖州，坐作詩追赴詔獄，妻子送余出門，皆哭。無以語之，顧語妻曰：『獨不能如揚子雲處士妻作詩送我乎？』妻子不覺失笑，余乃出。」〔註69〕真宗曾訪隱者楊朴，欲得之。楊朴臨行前，其妾贈詩一首云：「更休落魄耽盃酒，且莫猖狂愛詠詩。今日捉將官裏去，這回斷送老頭皮。」真宗知道後，大笑

〔註65〕見於同註2，（宋）蘇軾撰，王松齡點校：《東坡志林》，卷一，〈儋耳夜書〉，頁5。
〔註66〕見於（宋）晁說之撰：《晁氏客語》，收錄於《筆記小說大觀六編》（第三冊）（臺北市：新興書局有限公司印行，1975年2月），卷上，頁1660。
〔註67〕見於（宋）孫宗鑑撰：《西畬瑣錄》，收錄於《筆記小說大觀六編》（第三冊）（臺北市：新興書局有限公司印行，1975年2月），頁1715。
〔註68〕見於（宋）曾敏行撰：《獨醒雜志》，收錄於《筆記小說大觀正編》（第一冊）（臺北市：新興書局有限公司印行，1973年4月），卷五，頁232。
〔註69〕見於同註2，（宋）蘇軾撰，王松齡點校：《東坡志林》，卷二，〈書楊朴事〉，頁32。

並放楊朴歸山。〔註70〕蘇軾在充滿驚恐的時刻，還想到這段趣事，並藉此事安慰妻子，不要太過擔心。在危急之時，蘇軾尚仍保持如此鎮定的態度，還幽默的苦中作樂。況乎在平日生活中，更能以輕鬆詼諧的觀點，面對人生的不如意。蘇軾於〈退之平生多得謗譽〉一文，就開了自己與韓愈的玩笑。

> 退之詩云：「我生之辰，月宿直斗。」乃知退之磨蝎爲身宮，而僕乃以磨
> 蝎爲命，平生多得謗譽，殆是同病也。〔註71〕

由於蘇軾發現韓愈與他，有不少的巧合。蘇軾與韓愈不但生辰相近，同以磨蝎爲身宮，而且他們平生也都同樣受人謗毀與讚譽，因此，蘇軾覺得他眞是與韓愈同病相憐。蘇軾一時倒與前代名人韓愈，成了患難兄弟了。蘇軾也喜歡開開朋友的玩笑，好友馬夢得就是他的對象之一，〈馬夢得同歲〉中云：

> 馬夢得與僕同歲月生，少僕八日。是歲生者，無富貴人，而僕與夢得爲窮
> 之冠。即吾二人而觀之，當推夢得爲首。〔註72〕

馬夢得曾是蘇軾的幕僚，他與蘇軾同年同月生，僅長蘇軾八日。蘇軾笑稱那年出生的人，都是窮人，其中以他和夢得最窮，但是兩人相較之下，則以夢得爲窮困之首。雖然馬夢得自己不充裕，可是當蘇軾來到黃州時，他仍幫蘇軾請領土地，讓蘇軾得以耕作謀生，反倒是幫了蘇軾一個大忙。有時，生活上發生一些小插曲，蘇軾也是玩戲待之。如蘇軾於〈梁上君子〉言：

> 近日頗多賊，兩夜皆來入吾室。吾近護魏王葬，得數千緡，略已散去，此
> 梁上君子當是不知耳。〔註73〕

家中遭小偷，蘇軾不見憤怒、擔心的神情，反而暗自慶幸，小偷不知他已將護魏王葬所得的錢，都已花盡。蘇軾的逆向思考，常使人哭笑不得。蘇軾這樣輕看人生事，並能讓所有不好的事情，都在談笑間灰飛煙滅。如此的處世態度，說來輕鬆，做起來卻相當困難，足見蘇軾確有過人之處。

由於蘇軾能夠安貧樂道的過日子，偶而，還能自我嘲諷、調劑一番，生活還算清靜平淡，這樣的狀態下，蘇軾的精神生活，在品質上就得到了提昇，更不時的在作品當中，展露其平日生活的閒情逸致。蘇軾在〈請廣陵〉中，就表現出他在廣陵閒居時，便趁機回到故鄉眉州，歡喜的修整果園，以待弟弟蘇轍回鄉來，一同在此

〔註70〕詳見於同註2（宋）蘇軾撰，王松齡點校：《東坡志林》，卷二，〈書楊朴事〉，頁32。
〔註71〕見於同註2，（宋）蘇軾撰，王松齡點校：《東坡志林》，卷一，〈退之平生多得謗譽〉，頁20～21。
〔註72〕見於同註2，（宋）蘇軾撰，王松齡點校：《東坡志林》，卷一，〈馬夢得同歲〉，頁21。
〔註73〕見於同註2，（宋）蘇軾撰，王松齡點校：《東坡志林》，卷三，〈梁上君子〉，頁70。

養老的興致與心願。

> 今年吾當請廣陵，暫與子由相別。至廣陵逾月，遂往南郡，自南郡詣梓州，
> 泝流歸鄉，盡載家書而行，迤邐致仕，築室種果於眉，以須子由之歸而老
> 焉：不知此願遂否？言之悵然也。〔註74〕

此文以很快速的筆調，將蘇軾自廣陵到眉州的路程，簡略帶過。但卻用較多的句子，來抒寫蘇軾種果養老的心願，對田園生活充滿憧憬。蘇軾的這小小心願，說來簡單，但他自己也知道，要達成心願，畢竟不太容易。不過，蘇軾不曾因而破壞了他的閒逸心情，即使在夢中，也能和好友談詩作答。〈記夢參寥茶詩〉中云：

> 昨夜夢參寥師攜一軸詩見過，覺而記其〈飲茶詩〉兩句云：「寒食清明都
> 過了，石泉槐火一時新。」夢中問：「火固新矣，泉何故新？」答曰：「俗
> 以清明淘井。」當續成詩，以紀其事。〔註75〕

蘇軾夢參寥作〈飲茶詩〉，並與參寥談詩。清明時，槐火換新是宋代習俗。但「泉新」之事，蘇軾卻不甚理解。參寥則認為清明淘井，或許泉水也換新了。這雖然是件小事，不過，此事不僅表現了蘇軾思友之情，也暗示著蘇軾的生活，平靜無擾。蘇軾夢寐時，無惡夢擾人，而是出現與他平日休閒貼近的夢境。可見夢中的情境，也大略是蘇軾真實生活的情況。在〈臨皋閒題〉一文中，更能夠使人體會到蘇軾的生活閒適。

> 臨皋亭下八十數步，便是大江，其半是峨嵋雪水，吾飲食沐浴皆取焉，何
> 必歸鄉哉！江山風月，本無常主，閒者便是主人。聞范子豐新第園池，與
> 此孰勝？所以不如君子，上無兩稅及助役錢爾。〔註76〕

在黃州期間，蘇軾閒居時，曾到臨皋附近遊玩，一時心情大好，覺得身心不再受拘束，所有的閒適雅致，全都一股腦的表現出來，而說出「江山風月，本無常主，閒者便是主人。」這麼一句有哲理的話。這句話也是蘇軾可以享受生活，體驗人生的最好寫照。能夠悠閒從容的生活，不去為俗事煩惱操心，凡事隨遇而安，豁達待之，就是蘇軾的處世之道，更是蘇軾一生波折，所得到的感悟。

三、說理小品

宋代是理學盛行的時代，依宋晞〈宋代學術與宋學精神〉中所言：「理學是儒學與佛、道二家學說長時期相互交流、相互攝取的產物，西方學者以『新儒學』

〔註74〕見於同註2，（宋）蘇軾撰，王松齡點校：《東坡志林》，卷二，〈請廣陵〉，頁31。

〔註75〕見於同註2，（宋）蘇軾撰，王松齡點校：《東坡志林》，卷一，〈記夢參寥茶詩〉，頁15。

〔註76〕見於同註2，（宋）蘇軾撰，王松齡點校：《東坡志林》，卷四，〈臨皋閒題〉，頁79。

（New-Confucianism）名之。佛、道二家偏重在義理與心性修養方面，儒家除討論義理與心性修養之外，還注重經世致用。」〔註77〕所以，理學不僅講究義理與心性修養，還需能經世致用。當時的文人多受理學的影響，認為即使作文章，也要讓文章內容有所用。所以為文時，常會發表議論，闡述哲理，以對世人能有所啓發。因此，宋代就出現了許多說理的作品，成為宋代文學的一大特色。一代文豪蘇軾，也受到這時代的風潮感染，經常創作一些說理的小品文。然而，蘇軾這類說理的文章，又不如論說文的嚴肅僵硬，而是用一種較易親近的口吻，將事理輕輕的注入人心當中。甚至還有利用寓言方式，讓心中欲說解的道理，透過較生動活潑的手法，一下子就使人了解而接納。最高明的說理功力，莫過於這種使人信服於無形，吸收於自然的情形。蘇軾作字為文，往往在輕描淡寫之間，就能讓人體會到高深的事理，不時還有意外的驚喜。

蘇軾有許多的哲理，皆是從其一生歷練裡得來的，對我們而言，這或許僅是哲理，但對於蘇軾而言，這更是他的人生體悟。如蘇軾的〈人生有定分〉言：

> 吾無求於世矣，所須二頃田以足饘粥耳，而所至訪問，終不可得。豈吾道方艱難，無適而可耶？抑人生自有定分，雖一飽亦如功名富貴不可輕得也？〔註78〕

一生多貧困的蘇軾，時常想求一塊田地，以自給自足，卻不能如願。蘇軾解釋說，不是田地難求，而是人一生的所得，早已注定，強求不來。所以蘇軾自嘲，原來求一溫飽，與功名富貴，一樣的難得。這篇小品文，對「人生自有定分」的道理，沒有多加闡述，是因為其中知足常樂，與珍惜擁有勝於貪求無有的深意，已是眾所皆知，不用多費口沫，有心人自能體會。久歷官場的蘇軾，對於為官之樂與為官之苦，也有一番見解，〈賀下不賀上〉所言即是。

> 賀下不賀上，此天下通語。士人歷官一任，得外無官謗，中無所愧於心，釋肩而去，如大熱遠行，雖未到家，得清涼館舍，一解衣漱濯，已足樂矣。況於致仕而歸，脫冠佩，訪林泉，顧平生一無可恨者，其樂豈可勝言哉！余出入文忠門最久，故見其欲釋位歸田，可謂切矣。他人或苟以藉口，公發於至情，如飢者之念食也，顧勢有未可者耳。觀與仲儀書，論可退之節三，至欲以得罪、病而去。君子之欲退，其難如此，可以為進者之戒。〔註79〕

「賀下不賀上」是蘇軾為官多年來的心得。經過多次貶官、還朝的過程，蘇軾體會

〔註77〕見於宋晞：〈宋代學術與宋學精神〉，《華岡文科學報》第二十期（1995年4月），頁11。

〔註78〕見於同註2，（宋）蘇軾撰，王松齡點校：《東坡志林》，卷一，〈人生有定分〉，頁21。

〔註79〕見於同註2，（宋）蘇軾撰，王松齡點校：《東坡志林》，卷二，〈賀下不賀上〉，頁32。

到當個外官，較不會受到朝廷鬥爭風暴的波及，也較不會做出有愧於心的事情。若君主能夠讓他歸返山林，那就更好了。可惜，世事往往是與願相違，人在官場，身不由己。因此，蘇軾覺得官場上應賀人卸任去職，不該賀人受封陞遷。不明事理者可能會以為蘇軾幸災樂禍，不過，深入了解蘇軾官場經歷後，就能了解他官場人生的苦衷，而對他這特別的見解，表示贊同。

　　《東坡志林》中的說理小品文，不僅有蘇軾自人生體驗，而述言的哲理，還有透過寓言的表現，以間接的手法，將事理傳達給世人。這種寓言式的說理方法，是運用帶有勸諭或諷刺意味的小故事，將較深奧的道理，簡單的表現出來，即是「言在彼而意在此」的道理。〔註80〕蘇軾的說理小品〈別石塔〉，就是用來譏諷世間小人，闡述人在世間，如螻蟻般渺小，何必汲汲營營，辛苦度日。

　　　石塔別東坡，予云：「經過草草，恨不一見石塔。」塔起立云：「遮著是堛浮圖耶？」予云：「有縫塔。」塔云：「若無縫，何以容世間螻蟻？」予首肯之。〔註81〕

蘇軾藉著人與石塔的對話，給予專事鑽營的小人，最苛刻的嘲諷。也藉石塔縫小，螻蟻體小，對比出世間的廣大，勸戒世人，也該放寬心胸，就會發現其他有意義的事物。像這樣妙趣橫生，卻含義深奧的說理小品，還有〈三老語〉一則：

　　　嘗有三老人相遇，或問之年。一人曰：「吾年不可記，但憶少年時與盤古有舊。」一人曰：「海水變桑田時，吾輒下一籌，爾來吾籌已滿十間屋。」一人曰：「吾所食蟠桃，棄其核於崑崙山下，今已與崑崙齊矣。」以余觀之，三子者與蜉蝣朝菌何以異哉？〔註82〕

有三個老人，互相較勁，吹盡牛皮，只為證明自己是最年長、最長壽的人。三老人的誇大言語，實在可笑，但在蘇軾眼中，這三人都只如細小的蜉蝣朝菌一般。其實，人類短暫的一生，在這無垠的蒼穹底下，未嘗不是蜉蝣朝菌，那麼又有什麼好計較、爭奪的呢！能夠把握短暫的生命，創造有意義的人生價值，才是生為人的目的。

　　這些說理小品文，所揭示的都不是教忠教孝的大道理，多是蘇軾體驗於人生中的生活哲理，看似不太重要。若能仔細體會，這些哲理都是能充實人生的寶貴建言，能夠讓我們活出自我，而不虛此生。蘇軾說理小品文的迷人之處，就在它們不會使人感到負擔，輕易的就能融入於生活當中。

〔註80〕有關寓言的定義、特色，詳見於陳蒲清著：《寓言文學理論・歷史與應用》（板橋市：駱駝出版社出版，1992年10月），頁1～45。
〔註81〕見於同註2，（宋）蘇軾撰，王松齡點校：《東坡志林》，卷一，〈別石塔〉，頁22。
〔註82〕見於同註2，（宋）蘇軾撰，王松齡點校：《東坡志林》，卷二，〈三老語〉，頁47～48。

四、交遊小品

縱觀蘇軾的生平史，蘇軾這一生，物質生活十分貧乏，但精神生活可是相當豐富。其中最重要的因素之一，是蘇軾擁有非常多的朋友，即使仕途不順，仍有眾多親友相伴。甚至蘇軾到了地處偏僻，語言不通的儋州，他仍能展開胸懷，積極的融入當地生活，與儋州的土著人民，成為好朋友。此外，更有蘇軾貶儋之前的多位友人，捎來書信問候。其中有僧人參寥，還曾計畫攜徒沙彌，渡過危海來探望蘇軾，幸好在蘇軾的勸阻下作罷。由此可見，蘇軾平易近人，四方都有朋友，而且與友人的情誼，更是深切感人。

蘇軾交遊廣闊，無論是俗世間的貴人里民，或是俗世外的高僧道人，都能與他相交甚歡，同樂暢談。蘇軾因為有這麼多的友人，所以在《東坡志林》的小品文裡，專述蘇軾與友人交遊的作品，就有不少。因此，在交遊小品的部分裡，又細分親朋摯友與方外友人二點，詳加敘述。

（一）親朋摯友

自幼就聰慧活潑的蘇軾，一出眉州來到京城，就得到當時文壇首領歐陽修的賞識，而其文才盛名，也就被越傳越廣，天下人都欲得蘇軾一面，即使向蘇軾求得隻字片語也好。蘇軾由於盛名在外，又需過著四處流離遷居的為官生活，自然而然，就有許多機會，可以遇見到各式各樣的人。而且蘇軾為人豪邁熱情，親切幽默，與他相交過的人中，不少人都成為他的一生摯友。有了這些朋友的扶持，讓蘇軾的失意仕途，增添許多溫暖，不會感到孤單。重感情的蘇軾，十分重視朋友，並會時常想起，過去與友相聚時的情景。像〈記劉原父語〉一篇，就是蘇軾懷念友人，而寫下的小品文。

> 昔為鳳翔幕，過長安，見劉原父，留吾劇飲數日。酒酣，謂吾曰：「昔陳季弼告陳元龍曰：『聞遠近之論，謂明府驕而自矜。』元龍曰：『夫閨門雍穆，有德有行，吾敬陳元方兄弟；淵清玉潔，有禮有法，吾敬華子魚；清修疾惡，有識有義，吾敬趙元達；博聞強記，奇逸卓犖，吾敬孔文舉；雄姿傑出，有王霸之略，吾敬劉玄德。所敬如此，何驕之有？餘子瑣瑣，亦安足錄哉！』」因仰天太息。此亦原父之雅趣也。吾後在黃州，作詩云：「平生我亦輕餘子，晚歲誰人念此翁？」蓋記原父語也。原父既沒久矣，尚有貢父在，每與語，今復死矣，何時復見此俊傑人乎？悲夫！〔註83〕

在蘇軾任官鳳翔時，曾訪劉原父，當時蘇軾與原父暢談，深知原父之雅趣。後來蘇軾謫居黃州，還為原父當時的那席話，寫下詩句為紀念。蘇軾回想當年，與原父交遊甚

〔註83〕 見於同註2，（宋）蘇軾撰，王松齡點校：《東坡志林》，卷一，〈記劉原父語〉，頁6。

歡，又反觀如今，原父已故，貢父亦不在，令蘇軾不禁感慨。雖然，友人的去世，常使蘇軾傷感、難過，可是每次與友人分離道別之時，卻是最令蘇軾難受的。〈別文甫子辯〉就將蘇軾初到黃州，文甫子辯來訪後，別離的不捨之情，很鮮明的描述出來。

> 僕以元豐三年二月一日至黃州，時家在南都，獨與兒子邁來，郡中無一人舊識者。時時策杖在江上，望雲濤渺然，亦不知有文甫兄弟在江南也。居十餘日，有長髯者惠然見過，乃文甫之弟子辯。留語半日，云：「迫寒食，且歸東湖。」僕送之江上，微風細雨，葉舟橫江而去。僕登夏隩尾高邱以望之，髣髴見舟及武昌，步乃還。爾後遂相往來，及今四周歲，相過殆百數。遂欲買田而老焉，然竟不遂。近忽量移臨汝，念將復去，而後期未可必。感物悽然，有不勝懷。浮屠不三宿桑下者，有以也哉。七年三月九日。〔註84〕

當年蘇軾初到黃州，無一熟識，只好整日看江望雲，其孤獨的身影，使人不忍。後來，子辯匆匆來訪，僅留語半日，即與蘇軾道別。蘇軾不捨子辯，離情依依，一路目送子辯所乘之舟，接近武昌，才願回家。此後，文甫子辯兄弟就常常來訪。現在蘇軾又要遷居臨汝，想起以後，不知還能不能見到文甫子辯兄弟，又使蘇軾感傷了起來。這篇文章的情感真摯，將蘇軾重友的性情，表露無遺，也描寫出蘇軾對於與朋友萍聚不定的情況，感到一股深深的無力感。蘇軾真誠的與人結交，讓其友人也感動不已，並報以真情。在蘇軾以罪臣的身份，遭貶至惠州時，其友人仍不畏險阻，千里來訪。〈別王子直〉就言王原來訪之事。

> 紹聖元年十月三日，始至惠州，寓於嘉祐寺松風亭，杖履所及，雞犬相識。明年，遷於合江之行館，得江樓豁徹之觀，忘幽谷窈窕之趣，未見其所休戚，嶠南、江北何以異也！虔州鶴田處士王原子直不遠千里訪予於此，留七十日而去。東坡居士書。〔註85〕

這一回蘇軾被貶到惠州，在心境上已較貶黃州時，平靜許多。王原來訪七十日，與蘇軾同遊惠州山水。對蘇軾而言，有好友相伴，身在何處，也就不那麼重要了。只是好友不遠千里而來，對於這份情誼，蘇軾只能銘記在心。蘇軾人緣好，還有友人想與他作鄰居，好能常常相見。〈太行卜居〉云：

> 柳仲舉自共城來，搏大官米作飯食我，且言百泉之奇勝，勸我卜鄰。此心飄然已在太行之麓矣！元祐三年九月七日，東坡居士書。〔註86〕

〔註84〕見於同註2，（宋）蘇軾撰，王松齡點校：《東坡志林》，卷一，〈別文甫子辯〉，頁23。
〔註85〕見於同註2，（宋）蘇軾撰，王松齡點校：《東坡志林》，卷一，〈別王子直〉，頁22。
〔註86〕見於同註2，（宋）蘇軾撰，王松齡點校：《東坡志林》，卷四，〈太行卜居〉，頁78。

有友柳仲舉自共城來，勸蘇軾卜鄰。蘇軾雖未因而遷居，但一顆心早已隨仲舉之言，飄至太行山了。可見蘇軾心有此意，無奈身不由己，好友的一片心意，只好心領了。蘇軾謫官生涯的艱辛，所幸有這些親朋摯友的關心與陪伴，帶給了蘇軾無比的安慰與支持，使他能勇敢的面對各種險峻的考驗。

（二）方外友人

在蘇軾交遊的對象當中，較為特別的是，蘇軾還與許多俗世外的僧人道士，成為摯友，這點是歷代文人所不及的。與這些方外友人的往來，對蘇軾有很大的影響。這些僧人和道士，因為受宗教的薰陶，與自身的修練，而產生了與俗世凡人不同的處世態度。所以，蘇軾謫居後，在想法、態度上的轉變，和他與方外友人的交遊，有著莫大的關係。最後，蘇軾能融儒、道、佛三家思想於一爐，達到超然的人生感悟與處世態度，都多虧有其高僧、道士朋友的陶冶。而蘇軾也樂與方外之士交遊，因為與他們結交，比較不用有防備的心理。輕鬆真誠的交友，更能讓蘇軾得到心靈的體悟與澄清。如蘇軾到惠州時，曇秀曾來拜訪他，〈曇秀相別〉中言：

> 曇秀來惠州見予，將去，予曰：「山中見公還，必求一物，何以與之？」秀
> 曰：「鵝城清風，鶴嶺明月，人人送與，只恐它無著處。」予曰：「不如將幾
> 紙字去，每人與一紙，但向道：此是言《法華》書裏頭有災福。」〔註87〕

曇秀要離去時，蘇軾想起還有其他的僧人朋友，正愁不知要託曇秀帶什麼回去給他們。曇秀戲稱送其清風明月即可，於是蘇軾想到贈他們幾紙字。但贈字時，要對他們說：這是要告訴他們《法華》書裏有災福。由這篇小品文中得知，蘇軾結交的佛門僧友有很多，而且對他一直都很關心。僧友們對於蘇軾的關懷，都是不求回報的，卻讓蘇軾念念不忘。在〈付僧惠誠游吳中代書十二〉中，更能清楚的見到，蘇軾與僧人們的交遊情況。

> 妙摠師參寥子，予友二十餘年矣，世所知獨其詩文，所不知者，蓋過於詩
> 文也。獨好面折人過失，然人知其無心，如虛舟之觸物，蓋未嘗有怒者。
> 徑山長老維琳，行峻而通，文麗而清。始，徑山祖師有約，後世止以甲乙
> 住持。予謂以適事之宜而廢祖師之約，當於山門選用有德，乃以琳嗣事。
> 衆初有不悅其人，然終不能勝悅者之多且公也，今則大定矣。
> 杭州圓照律師，志行苦卓，教法通洽，晝夜行道二十餘年矣，無一念頃有
> 作相。自辨才歸寂，道俗皆宗之。
> ……

〔註87〕見於同註2，（宋）蘇軾撰，王松齡點校：《東坡志林》，卷一，〈曇秀相別〉，頁22。

法穎沙彌，參寥子之法孫也，七八歲事師如成人。上元夜予作樂滅慧，穎
坐一夫肩上顧之。予謂曰：「出家兒亦看燈耶？」穎愀然變色，若無所容，
啼呼求去。自爾不復出嬉游，今六七年矣，後當嗣參寥者。

予在惠州，有永嘉羅漢院僧惠誠來謂曰：「明日當還浙東，」問所欲幹者，
予無以答之。歐念吳、越多名僧，與予善者常十九，偶錄此數人以授惠
誠，使歸見之，致予意，且謂道予居此起居飲食狀，以解其念也。信筆
書紙，語無倫次，又當尚有漏落者，方醉不能詳也。紹聖二年東坡居士
書。〔註88〕

永嘉羅漢院僧惠誠到惠州見蘇軾，臨別前，蘇軾寫信託惠誠帶回，以向關心他的吳、越名僧們致意，並簡述自己的起居飲食，以免他們太過擔心。在這裡，蘇軾就提到了他與僧友的交遊，這些僧友有：參寥子、維琳長老、圓照律師、楚明長老……，蘇軾過去常與他們談論詩詞文章，與經法佛事，而建立起深厚的情誼。即使蘇軾後來被貶到儋州，他的佛門朋友，仍是不畏艱苦，排除萬難的來見他。蘇臺定惠院淨人卓契順就是一例，〈卓契順禪話〉記述云：

蘇臺定惠院淨人卓契順，不遠數千里，陟嶺渡海，候無恙於東坡。東坡問：
「將甚麼土物來？」順展兩手。坡云：「可惜許數千里空手來。」順作荷
擔勢，信步而去。〔註89〕

卓契順千里渡海來訪，蘇軾戲稱契順不辭路遠至儋，竟是空手而來，所以契順離去時，就作荷擔之勢，信步而去，以表示他是滿載而歸。其實對蘇軾而言，契順的造訪，哪裡是空手而來！契順帶來了定惠院僧人們對蘇軾的關切心意，帶給蘇軾滿懷的暖意，比任何土物的意義更重大。契順作荷擔勢而去，也表示蘇軾要對眾僧們，回以最大的謝意。

蘇軾與佛門僧人交友相遊，也與道教的道士們有很深的淵源情誼，原來蘇軾幼年時的老師與同窗，就都是道士。從〈道士張易簡〉一文，即可得知。文中云：「吾八歲入小學，以道士張易簡為師。童子幾百人，師獨稱吾與陳太初者。太初，眉山市井人子也。余稍長，學日益，遂第進士制策，而太初乃為郡小吏。其後余謫居黃州，有眉山道士陸惟忠自蜀來，云：「太初已尸解矣。……焚之，舉城人見烟焰上眇眇焉有一陳道人也。」〔註90〕早在蘇軾八歲時，就與道教有所接觸。當時他以道士

〔註88〕見於同註2，（宋）蘇軾撰，王松齡點校：《東坡志林》，卷二，〈付僧惠誠游吳中代書十二〉，頁40～41。
〔註89〕見於同註2，（宋）蘇軾撰，王松齡點校：《東坡志林》，卷二，〈卓契順禪話〉，頁39。
〔註90〕見於同註2，（宋）蘇軾撰，王松齡點校：《東坡志林》，卷二，〈道士張易簡〉，頁46

張易簡為師，那時的求學同伴陳太初，後來也成為一名道士。所以，在蘇軾的交遊
小品裡，亦可見到他與道人們的往來情形。〈陸道士能詩〉就描述了眉山陸道士，與
蘇軾兄弟的交遊。

> 陸道士惟忠字子厚，眉山人，好丹藥，通術數，能詩，蕭然有出塵之姿，
> 久客江南，無知之者。予昔在齊安，蓋相從游，因是謁子由高安，子由大
> 賞其詩。會吳遠遊之過彼，遂與俱來惠州，出此詩。〔註91〕

陸道士精擅道教法門，好丹藥且通術數，而且還能作詩。蘇軾曾與他往來，而蘇轍
更讚賞他的詩作。可證明蘇氏兄弟曾與陸道士，有過一段相遊甚歡的時光。此外，
蘇軾也與都嶠邵道士有往來。蘇軾就曾書字以贈予邵道士，〈贈邵道士〉云：

> 耳如芭蕉，心如蓮花，百節疏通，萬竅玲瓏。來時一，去時八萬四千。此
> 義出《楞嚴》，世未有知之者也。元符三年九月二十一日，書贈都嶠邵道
> 士。〔註92〕

蘇軾以佛教經典《楞嚴經》中之義，寫成字書，贈給邵道士，欲邵道士解其義。蘇
軾的這個舉動，說明了他亦佛亦道的態度，甚至認為佛、道教中的哲理，是可以相
通的。

　　《東坡志林》裡，收錄蘇軾的交遊小品，其描寫的交遊對象，多是遠離官場的
小人物，若非他們出現在蘇軾的文章中，我們將無法得知他們的存在。雖然，這些
人在整個中國文學史中，是微不足道的。然而，在蘇軾的心中，他們都是無價的。
蘇軾就是有眾多的朋友支持，才能克服各種險阻，完成他這不平凡的一生。間接而
觀，蘇軾的朋友對他的文學創作、為人處世等諸多方面，都是有一定的重要性。

五、知識小品

　　「知識小品」，顧名思義，就是記述各項知識為主的小品文。蘇軾學問淵博，見
聞豐富，因此《東坡志林》中，就有許多用以記錄其學識見聞的小品文。這些小品
文能擴充讀者的眼界，也可增加此書的深度，對於讀者與書本都有正面的功用。但
值得說明的是，蘇軾《東坡志林》不像沈括的科學小品集《夢溪筆談》，專述一方面
的知識。《東坡志林》中的知識小品，主要可分為歷史時政、文物遺跡、修性養生、
科技訣竅等四方面的知識，由於各方面的知識，差別甚明，所以宜分別論述，以究

〔註91〕見於同註2，（宋）蘇軾撰，王松齡點校：《東坡志林》，卷二，〈陸道士能詩〉，頁37
　　　　～38。
〔註92〕見於同註2，（宋）蘇軾撰，王松齡點校：《東坡志林》，卷二，〈贈邵道士〉，頁36。

各知識的精要所在。

（一）歷史時政

　　蘇軾是個思考非常靈活的人，他博覽群書，對於書籍中所記載的史事，常常抱持著保留的態度，徹底實踐了「盡信書不如無書」的精神。蘇軾擅於活用書裡的知識，對於錯誤或有疑問之處，他從不輕易的忽略之，反而實事求是的，提出問題，加以改正，並在現實生活中，適時的展現所學。平時，蘇軾也會將其讀書的心得感想，記錄下來，甚者更讓書籍中，長久以來都沒發現的問題，得以釐訂，還原事實的真相，導正錯誤的想法。如蘇軾在〈堯舜之事〉一文，就重新思考了史書對堯讓位許由之事的評價。

　　　　夫學者載籍極博，猶考信於六藝。《詩》、《書》雖闕，然虞、夏之文可知
　　　　也。堯將遜位，讓於虞舜，舜、禹之閒，岳牧咸薦，乃試之於位，典職數
　　　　十年，功用既興，然後授政。示天下重器，王者大統，傳天下若斯之難也。
　　　　而說者曰堯讓天下於許由，由不受，恥之，逃隱。及夏之時，有卞隨、務
　　　　光者。此何以稱焉？東坡先生曰：士有以簞食豆羹見於色者。自吾觀之，
　　　　亦不信也。〔註93〕

堯曾讓舜試政數十年後，才授其實權，禪讓王位。然而，在堯禪位舜前，有意讓位許由，許由恥之，而逃隱不受。因此，後人都稱讚許由的志向、節操高尚，到夏朝時，還有卞隨、務光追隨許由的後塵。蘇軾認為這些事沒有什麼好稱道的。這樣的想法，也給了我們另一角度的思考空間。同樣地，蘇軾對於史書上稱「張儀欺楚商於地」之事，也頗有意見。蘇軾在〈張儀欺楚商於地〉文中言：

　　　　張儀欺楚王以商於之地六百里，既而曰：「臣有奉邑六里。」此與兒戲無
　　　　異，天下無不疾張子之詐而笑楚王之愚也，夫六百里豈足道哉！而張又非
　　　　楚之臣，為秦謀耳，何足深過？若後世之臣欺其君者，曰：「行吾言，天
　　　　下舉安，四夷畢服，禮樂興而刑罰措。」其君之所欲得者，非欲六百里也，
　　　　而卒無絲毫之獲，豈特無獲，所喪已不勝言矣。則其所以事君者，乃不如
　　　　張儀之事楚。因讀〈晁錯傳〉，書此。〔註94〕

世人多因張儀欺楚王以商於地六百里之事，而疾惡張儀的奸詐，與譏笑楚王的愚蠢。但蘇軾認為張儀是秦國的謀臣，這樣對待楚王，沒有什麼不當的。又視後世之臣欺其君者，讓其君主所喪失的，更甚於楚王所失去的，而諷刺這些欺君之臣，連張儀

〔註93〕見於同註2，（宋）蘇軾撰，王松齡點校：《東坡志林》，卷四，〈堯舜之事〉，頁83。
〔註94〕見於同註2，（宋）蘇軾撰，王松齡點校：《東坡志林》，卷四，〈張儀欺楚商於地〉，
　　　　頁87。

事楚都不如。蘇軾在此略洗張儀之冤，亦籲後人看待事情要全面，不可以偏概全。蘇軾除了對歷史的人物事件，有獨到的看法之外，蘇軾對於軍事政治，也有特別的想法。〈匈奴全兵〉內容即是言蘇軾對於匈奴兵的觀察。

> 匈奴圍漢平城，羣臣上言：「胡者全兵，請令強弩傅兩矢外鄉，徐行出圍。」李奇注「全兵」云：「惟弓矛，無雜仗也。」此說非是。使胡有雜仗，則傅矢外鄉之策不得行歟？且奇何以知匈奴無雜仗也？匈奴特無弩耳。全兵者，言匈奴自戰其地，不致死，不得與我行此危事也。〔註95〕

在此文中，蘇軾駁斥史書中，李奇對「匈奴全兵」的注解，認爲李奇對匈奴兵不夠了解，而妄言匈奴不打雜仗。全兵之意應是指匈奴爲爭地而戰，若不能消滅他們，將對我方將造成極大的危險。此處雖只是描述蘇軾改訂史書注解之事，卻可以看出他的爲學之道，與不諉過的精神。

　　蘇軾對書籍經典的知識，要求嚴格，在現實生活中，也秉持著一貫的態度。譬如王安石的變法施行時，蘇軾就針對事實的狀況，多次反對王安石的不當政治措施，而惹惱了以王安石爲首的新政派。最後，蘇軾黨爭失敗，淪爲地方官職，無力可回天，只能同情百姓的痛苦，〈唐村老人言〉就是創作於這樣的背景之下：

> 儋耳進士黎子雲言：城北十五里許有唐村，莊民之老曰允從者，年七十餘，問子雲言：「宰相何苦以青苗錢困我？於官有益乎？」子雲言：「官患民貧富不均，富者逐什一益富，貧者取倍稱，至鬻田質口不能償，故爲是法以均之。」允從笑曰：「貧富之不齊，自古已然，雖天公不能齊也，子欲齊之乎？民之有貧富，由器用之有厚薄也。子欲磨其厚，等其薄，厚者未動，而薄者先穴矣！」元符三年，子雲過予言此。負薪能談王道，正謂允從輩耶？〔註96〕

這段文章裡，唐村老人所訴者，就是百姓受青苗法之累，而痛苦不堪的情景。青苗法的目的，本來是爲縮小貧富的差距，可是其政策失當，而適得其反，使貧困者愈加貧困，富庶者愈加富庶。文中老人更以器有厚薄爲比喻，言青苗法的實施，使貧困者生活更加困苦了。唐村老人所言甚是，無奈蘇軾失勢，僅能記下老人語，暗自嘆息。蘇軾除了對變法之事感到憂心外，也對當時盛行的告訐風氣，覺得不妥，而寫下〈記告訐事〉一文。

> 元豐初，白馬縣民有被殺者，畏賊，不敢告，投匿名書於縣。弓手甲得之

〔註95〕見於同註2，（宋）蘇軾撰，王松齡點校：《東坡志林》，卷二，〈匈奴全兵〉，頁27。
〔註96〕見於同註2，（宋）蘇軾撰，王松齡點校：《東坡志林》，卷二，〈唐村老人言〉，頁27～28。

而不識字，以示門子乙。乙爲讀之，甲以其言捕獲賊，而乙爭其功。吏以
爲法禁匿名書，而賊以此發，不敢處之死，而投匿名者當流，爲情輕法重，
皆當奏。蘇子容爲開封尹，方廢滑州，白馬爲畿邑，上殿論奏：「賊可減
死，而投匿名者可免罪。」上曰：「此情雖極輕，而告訐之風不可長。」
乃杖而撫之。子容以謂賊不干己者告捕，而變主匿名，本不足深過，然先
帝猶恐長告訐之風，此所謂忠厚之至。然熙寧、元豐之閒每立一法，如手
實、禁鹽、牛皮之類，皆立重賞以勸告訐者，皆當時小人所爲，非先帝本
意。時范祖禹在坐，曰：「當書之《實錄》。」〔註97〕

原來在元豐初年，白馬縣出現了一件官員告訐爭功的事，事情還傳到神宗那裡。神
宗忠厚，對相關人等不加重罰，但也深感告訐之風不可長。在神宗年間的告訐風盛，
並非神宗喜人告訐，而是當時小人所爲。由此事件，可以見得當時告訐的情況嚴重。
然而，在朝廷裡，當權的大臣們，不知改善，任由此風越演越烈，未善盡輔佐君主
的重任，才是蘇軾所要批判的。

　　蘇軾直書敢言的個性，從少到老，未曾改變。不論在其評論史事，或是抨擊時
政，都是一樣的眞切直率。蘇軾這樣的性格，只是隨著年紀的增長，而漸漸的內化，
鮮少表現人前，其實蘇軾還是有顆積極熱忱的心，見到不合理的事情，仍會產生激
昂的情緒。

（二）文物遺跡

　　古有云：「行萬里路，勝讀萬卷書。」蘇軾這一生行跡遍佈許多地方，也見多了
各種形形色色的人事物，對於其見聞知識的增長，有莫大的助益。在《東坡志林》
裡，就有部分的作品，是敘述蘇軾在遊歷途中，獲得的一些有關文物遺跡的知識。
這類的作品，單純以記述知識爲目的，在《東坡志林》中，是較爲特殊的部分。如
〈辨眞玉〉：

今世眞玉甚少，雖金鐵不可近，須沙碾而後成者，世以爲眞玉矣，然猶未
也，特珉之精者。眞玉須定州磁芒所不能傷者，乃是云。問後苑者老玉工，
亦莫知其信否。〔註98〕

這裡所言者，是民間流傳的辨眞玉方法。眞玉稀少，須是沙碾而成，且珉精者。更
有甚傳，眞玉須是定州磁芒不能傷者。蘇軾曾問於老玉工，亦不知此說可信否。雖
然，蘇軾無法確定民間辨眞玉方法的眞假，但他確是眞實的將這民間常識，記錄下

〔註97〕見於同註2，（宋）蘇軾撰，王松齡點校：《東坡志林》，卷二，〈記告訐事〉，頁28。
〔註98〕見於同註2，（宋）蘇軾撰，王松齡點校：《東坡志林》，卷四，〈辨眞玉〉，頁76。

來，有記實之功。〈紅絲石〉亦有相同之功。

> 唐彥猷以青州紅絲石爲甲。或云：「惟堪作骰盆，蓋亦不見佳者。」今觀
> 雪菴所藏，乃知前人不妄許爾。〔註99〕

蘇軾觀唐彥猷之言，得知青州紅絲石最佳，但用來作骰盆的，應該就不是佳者。後
來，蘇軾見過雪菴收藏的紅絲石，才知前人是不隨便讚許的。關於這些物體的辨識，
是一門專門的學問，即使博學的蘇軾，亦不能深入了解。所謂「學無止境」的原因，
也就在於知識是無窮無盡的。即使是戲禮，也有其深層的意義，〈八蜡三代之戲禮〉
一文云：

> 八蜡，三代之戲禮也。歲終聚戲，此人情之所不免也，因附以禮義。亦曰：
> 「不徒戲而已矣，祭必有尸，無尸曰『奠』，始死之奠與釋奠是也。」今蜡
> 謂之『祭』，蓋有尸也。猫虎之尸，誰當爲之？置鹿與女，誰當爲之？非倡
> 優而誰！葛帶榛杖，以喪老物，黃冠草笠，以尊野服，皆戲之道也。子貢觀
> 蜡而不悅，孔子譬之曰：「一張一弛，文、武之道」，蓋爲是也。〔註100〕

八蜡是三代時的戲禮，在此戲禮中，倡優完整做出符合祭禮的儀式，而且戲禮中也
兼附著禮義的教化。甚至孔子也覺得，觀八蜡戲禮，是能學得禮義之道的。蘇軾記
八蜡戲禮之事，不僅闡示了這項民間習俗的深義，也爲此留下了文獻記錄。

自各處得來的知識，終究比不上自己親身經驗，來的深刻。蘇軾喜好遊歷，常
有造訪歷史遺跡的機會。加上蘇軾個人對歷史知識，充滿興趣，因此，蘇軾對於遺
跡的由來和建設，特別有深入的探討與觀察。三國時代，諸葛亮所築的八陣圖，就
令蘇軾感到好奇。蘇軾〈八陣圖〉言：

> 諸葛亮造八陣圖於魚復平沙之上，壘石爲八行，相去二丈。桓溫征譙縱，
> 見之，曰：「此常山蛇勢也。」文武皆莫識。吾嘗過之，自山上俯視，百
> 餘丈凡八行，爲六十四蕝，蕝正圓，不見凹凸處，如日中蓋影。予就視，
> 皆卵石，漫漫不可辨，甚可怪也。〔註101〕

諸葛亮依照五行八卦之理，築設八陣圖。蘇軾曾經親見此八陣圖，自山上俯視，八
陣圖型，排列清楚，有如日中蓋影。就近視之，卻僅是卵石罷了，不覺有何特別設
計的陣型，非常的怪異。雖然，蘇軾只是將其所見，加以描述而已，可是就蘇軾所
述，亦能使人略知諸葛亮八陣圖的神奇之處。蘇軾還到過陳州「鐵墓」、「厄臺」一

〔註99〕 見於同註2，（宋）蘇軾撰，王松齡點校：《東坡志林》，卷四，〈紅絲石〉，頁76。
〔註100〕 見於同註2，（宋）蘇軾撰，王松齡點校：《東坡志林》，卷二，〈八蜡三代之戲禮〉，
　　　　 頁26。
〔註101〕 見於同註2，（宋）蘇軾撰，王松齡點校：《東坡志林》，卷二，〈八陣圖〉，頁27。

帶遊玩，對「鐵墓」和「厄臺」的由來，作了一番探討，〈鐵墓厄臺〉記述道：

> 余舊過陳州，留七十餘日，近城可游觀者無不至。柳湖旁有邱，俗謂之「鐵墓」，云陳胡公墓也，城濠水往嚙其址，見有鐵錮之。又有寺曰「厄臺」，云孔子厄於陳、蔡所居者，其說荒唐，在不可信。或曰東漢陳愍王寵「散弩臺」，以控黃巾者，此說爲近之。〔註102〕

「鐵墓」傳說是陳胡公墓，由於墓址受城濠之水長久的沖刷，便以鐵錮塞其空隙，因此得名。「厄臺」俗稱孔子厄於陳、蔡的居所，又有傳說稱其爲東漢陳愍王寵「散弩臺」，用以控制黃巾之亂的。應以第二種說法，較爲合理。蘇軾遊觀遺跡，探究其源由之外，也有澄清俗傳誤解者的功用，〈黃州隋永安郡〉就是在澄清黃州永安城，被誤傳的由來之說。

> 昨日讀《隋書・地理志》，黃州乃永安郡。今黃州都十五里許有永安城，而俗謂之「女王城」，其說甚鄙野。而《圖經》以爲春申君故城，亦非是。春申君所都，乃故吳國，今無錫惠山上有春申廟，庶幾是乎？〔註103〕

蘇軾從《隋書》中，得知黃州隋時稱永安郡。在黃州附近有永安城，俗謂「女王城」，又《圖經》稱此地是春申君故城，二者皆非是。春申君的故城，應在無錫才是。

關於文物遺跡的知識，若非深入研究，任何人都是無法盡知的。蘇軾文物史跡的相關知識，或是有興趣而加以探究的所得，或自他人傳說而得知。無論如何，蘇軾都將這些知識，妥善的記錄下來，同時也累積了自己的學識，這點亦是蘇軾能博學多聞的原因之一。

（三）修性養生

在歷代這麼多談修性養生的文人中，蘇軾可算是最擅此道的一位。劉文剛的〈蘇軾的養生〉中說：「他知識淵博，善於創造，在總結民族傳統養生的甚礎上，吸收時代的養生精華，辛勤探索，形成了自己的養生思想與方法體系。」〔註104〕的確，蘇軾非常講究養生，在養生之前，更得修身養性，因爲蘇軾認爲品德與修養俱佳的人，才能養生。〔註105〕所以精神上的修練，成爲蘇軾養生理論中，十分重要的一環。

〔註102〕見於同註2，（宋）蘇軾撰，王松齡點校：《東坡志林》，卷四，〈鐵墓厄臺〉，頁74。

〔註103〕見於同註2，（宋）蘇軾撰，王松齡點校：《東坡志林》，卷四，〈黃州隋永安郡〉，頁74。

〔註104〕見於劉文剛：〈蘇軾的養生〉，《宗教學研究》第三期（2002年），頁13。

〔註105〕劉文剛還說：「蘇軾不僅認爲養生應該先養心，而且認爲只有品德和修養俱佳的人，才能養生。特別是像道教修煉那樣高級的養生，沒有崇高的思想和品德，完全不行。他在給張安道的信中說：『神仙至術，有不可學者：一忿躁，二陰險，三貪欲。公雅量清德，無此三疾，切謂可學。』不僅如此，蘇軾還認爲，人一生的作爲，包括

在蘇軾《東坡志林》當中，就敘述一些修養的方法與要點，同時也說明了養生的重要，蘇軾在〈論修養帖寄子由〉中云：

任性逍遙，隨緣放曠，但盡凡心，別無勝解。以我觀之，凡心盡處，勝解卓然。但此勝解不屬有無，不通言語，故祖師教人到此便住。如眼翳盡，眼自有明，醫師只有除翳藥，何曾有求明藥？明若可求，即還是翳。固不可於翳中求明，即不可言翳外無明。而世之昧者，便將頹然無知認作佛地，若如此是佛，猫兒狗兒得飽熟睡，腹搖鼻息，與土木同，當恁麼時，可謂無一毫思念，豈謂猫狗已入佛地？故凡學者，觀妄除愛，自麤及細，念念不忘，會作一日，得無所住。弟所教我者，是如此否？因見二偈警策，孔君不覺聳然，更以聞之。書至此，牆外有悍婦與夫相毆，詈聲飛灰火，如猪嘶狗嗥。因念他一點圓明，正在猪嘶狗嗥裏面，譬如江河鑒物之性，長在飛砂走石之中。尋常靜中推求，常患不見，今日鬧裏忽捉得些子。元豐六年三月二十五日。〔註106〕

在這段文字的一開始，蘇軾就提到了修養的重點，在於「任性消遙，隨緣放曠，但盡凡心，別無勝解」。人的生理與心理是相互依存的，若是心靈得到了平靜，能夠隨性自在，無拘自樂，身體也會在心定神暢之際，得到舒張輕緩，而保持健康。蘇軾還說明修養應是自內而外，全靠個人的修練，非外力、他人所能幫助的。個人於平常生活中，就可以自我修練，只要有意提昇自己的精神與心靈，處處都是訓練修養的好地方。只是，修身養性時，還有一個困難的考驗，往往會使修練之人，功虧一簣，〈養生難在去慾〉就說明了，慾念對於養生修練的傷害。

昨日太守楊君采、通判張公規邀余出遊安國寺，坐中論調氣養生之事。余云：「皆不足道，難在去慾。」張云：「蘇子卿齧雪啖氈，蹈背出血，無一語少屈，可謂了生死之際矣。然不免爲胡婦生子，窮居海上，而況洞房綺疏之下乎？乃知此事不易消除。」眾客皆大笑。余愛其語有理，故爲記之。〔註107〕

他是否有『陰功』（默默做善事），都直接影響到養生的效果。他在給陳季常的信中說：『某雖竊食靈芝，而君爲國鑄造，藥力縱在君前，陰功必在君後也。』由此可以看出，蘇軾始終把品德放在養生的最突出的位置上。」詳見於同註104，劉文剛：〈蘇軾的養生〉，頁13。
〔註106〕見於同註2，（宋）蘇軾撰，王松齡點校：《東坡志林》，卷一，〈論修養帖寄子由〉，頁8～9。
〔註107〕見於同註2，（宋）蘇軾撰，王松齡點校：《東坡志林》，卷一，〈養生難在去慾〉，頁10。

蘇軾與眾人談論調氣養生之事，提到了去除慾念，是養性修身時，最難達到的一個
步驟。眾人雖是就此談笑戲謔，但對於蘇軾這樣專心修養之人而言，慾念的干擾，
確實是非常惱人的。人非聖賢，都有七情六慾，外在這麼多的誘惑，一再地引發人
們心中的慾望。可是養生時，需要有平定和緩的心靈，更要求簡單平淡的生活型態，
因此慾念控制對有心養生者，是一大考驗。

　　在通過了慾念的考驗，能夠真正做到修身養性後，就可進一步的從事養生的動
作，蘇軾在〈贈張鶚〉中，提供了一帖養生的藥方：

> 張君持此紙求僕書，且欲發藥，君當以何品？吾聞戰國中有一方，吾服之
> 有效，故以奉傳。其藥四味而已：一曰無事以當貴，二曰早寢以當富，三
> 曰安步以當車，四曰晚食以當肉。夫已饑而食，蔬食有過於八珍，而既飽
> 之餘，雖芻豢滿前，惟恐其不持去也。若此可謂善處窮者矣，然而於道則
> 未也。安步自佚，晚食為美，安以當車與肉為哉？車與肉猶存於胸中，是
> 以有此言也。〔註108〕

蘇軾的這一方：無事以當貴，早寢以當富，安步以當車，晚食以當肉。是言能夠自
得其樂，珍惜自己擁有的，就是養生時最基本的態度。他告訴張鶚要知足常樂，安
貧樂道，凡事順其自然，足夠即止，修養之道如此而已。此外，還有〈記三養〉，是
述蘇軾安身處世的三個要訣。

> 東坡居士自今日以往，不過一爵一肉。有尊客，盛饌則三之，可損不可增。
> 有召我者，預以此先之，主人不從而過是者，乃止。一曰安分以養福，二
> 曰寬胃以養氣，三曰省費以養財。元符三年八月。〔註109〕

一直過著窮困日子的蘇軾，沒有多餘的物質享受，在這樣的生活裡，蘇軾體會出了
一套生活哲學：安分以養福，寬胃以養氣，省費以養財。這三養說來容易，卻是蘇
軾受盡貶謫之苦，心境上歷盡幾番轉折，才能做到的。這時的蘇軾，已然成為一位
心性超凡的智者了。除了心靈上的提昇，養生也講究身體的保健，所以蘇軾也提倡，
身體要適量的運動，並配合佛、道二家的吐納法，可以養性，亦能健身。蘇軾〈養
生說〉道：

> 已饑方食，未飽先止。散步逍遙，務令腹空。當腹空時，即便入室，不拘
> 晝夜，坐臥自便，惟在攝身，使如木偶。常自念言：「今我此身，若少動搖，
> 如毛髮許，便墮地獄！如商君法，如孫武令，事在必行，有犯無恕！」又
> 用佛語及老聃語，視鼻端白，數出入息，綿綿若存，用之不勤。數至數百，

〔註108〕見於同註2，（宋）蘇軾撰，王松齡點校：《東坡志林》，卷一，〈贈張鶚〉，頁12。
〔註109〕見於同註2，（宋）蘇軾撰，王松齡點校：《東坡志林》，卷一，〈記三養〉，頁12。

此心寂然，此身兀然，與虛空等，不煩禁制，自然不動。數至數千，或不
能數，則有一法，其名曰「隨」；與息俱出，復與俱入，或覺此息，從毛竅
中，八萬四千，雲蒸霧散，無始以來，諸病自除，諸障漸滅，自然明悟。
譬如盲人，忽然有眼，此時何用求人指路！是故老人言盡於此。〔註110〕

此文所述，是蘇軾養生的方法。在飲食方面，蘇軾認爲餓了就當吃，吃到八分飽即
止。飯後要散步，待腹中食物，消化完畢，就可入室了。在室內，坐臥自便，然後
呼吸要配合吐納法，漸漸地心靈就會得到平靜，身體將得以放鬆，讓病痛隨著氣息
的吐出，而離開身體，再將清新的空氣吸回體內，完成養生修性的功夫。

蘇軾這麼多的養生修性的方法，是綜合各家的精華，及集其生活中的體悟而來。
它們對蘇軾的心理慰藉與處世態度，有很大的幫助。最後，蘇軾能夠有超然於物外
的節操，也多與其平時注重養生修練有關。

（四）科技訣竅

宋代在中國歷史上，稱得上是個科學發達的時代，許多宋人筆記當中，就記載
著當時的科技狀況。蘇軾雖是一名文學家，然而他亦是有科學精神的，在科技方面，
也有所建樹。蘇軾曾在杭州，興作水利工程，爲百姓解決水災問題。此外，蘇軾學
習道家修練養生之法，常常會使用植物、礦物等，令其產生化學作用，以增加煉成
丹藥的機會。所以，蘇軾在某個層面上，也能算是一位科學家。

《東坡志林》這部記錄蘇軾才識、學問的著述裡，同時也記載著蘇軾的科學知
識，與多年來煉丹，而獲得的技術訣竅。如書中〈筒井用水鞴法〉一文，就是敘述
蘇軾的故鄉蜀地，特有的取水方法。

蜀去海遠，取鹽於井。陵州井最古，清井、富順鹽亦久矣，惟邛州蒲江縣
井，乃祥符中民王鸞所開，利入至厚。自慶曆、皇祐以來，蜀始創「筒井」，
用圜刃鑿如碗大，深者數十丈，以巨竹去節，牝牡相銜爲井，以隔橫入淡
水，則鹹泉自上。又以竹之差小者出入井中爲桶，無底而竅其上，懸熟皮
數寸，出入水中，氣自呼吸而啓閉之，一筒致水數斗。凡筒井皆用機械，
利之所在，人無不知。《後漢書》有「水鞴」，此法惟蜀中鐵冶用之，大略
似鹽井取水筒。太子賢不識，妄以意解，非也。〔註111〕

蜀地多鹽井，當地居民創「筒井」，用來自鹽井中取出鹵水。據蘇軾的敘述，筒井的
作法與結構是：先鑿出深有數十丈，寬有碗口大的井，再將各個打通節隔的長竹竿，

〔註110〕 見於同註2，（宋）蘇軾撰，王松齡點校：《東坡志林》，卷一，〈養生說〉，頁7～8。
〔註111〕 見於同註2，（宋）蘇軾撰，王松齡點校：《東坡志林》，卷四，〈筒井用水鞴法〉，
頁76～77。

加以銜接，成為筒井。接著，在筒井內裝置一小竹桶，小竹桶沒有底，而且上面有小氣孔，再掛上熟皮數寸。小竹桶出入水中，則有氣自氣孔出入，而筒井就會自動啟閉。每一次的操作，可得到鹵水數斗。其實蘇軾這個稱作「筒井」的機械，是利用空氣負壓將水吸入筒井內，而自動升上地面，與唧筒〔註112〕的原理相同。此外，蘇軾在水利科技方面，也有〈汴河斗門〉一篇，談論斗門的建設。

> 數年前朝廷作汴河斗門以淤田，識者皆以為不可，竟為之，然卒亦無功。方樊山水盛時放斗門，則河田墳墓廬舍皆被害，及秋深水退而放，則淤不能厚，謂之「蒸餅淤」，朝廷亦厭之而罷。偶讀白居易〈甲乙判〉，有云：「得轉運使以汴河水淺不通運，請築塞兩河斗門，節度使以當管營田悉在河次，在斗門築塞，無以供軍。」乃知唐時汴河兩岸皆有營田斗門，若運水不乏，即可沃灌。古有之而不能，何也？當更問知者。〔註113〕

宋代時，為了讓汴河可以淤積較多營養的河泥，而建築了斗門，可惜徒勞無功。原來，當樊山水量多時，放下斗門，造成河水不能宣洩，使得附近河田、墳墓、廬舍，受到損害。等到秋天的時候，水都退了，放下斗門，水量不足，則不能使河泥淤積的厚一點。後來蘇軾也從白居易〈甲乙判〉中得知，唐時汴河兩側，都有營田斗門，如果水量不匱乏時，就能夠用以灌溉、肥沃營田。蘇軾因而疑惑，唐代能善用斗門，為何宋代時不能。從蘇軾〈汴河斗門〉中，了解到斗門的設計，本來就是用來調節水量，讓河水能夠發揮較大的功用，甚至能夠防止水患。

以上所述者，皆是蘇軾物理方面的知識。而蘇軾的化學知識，可自其學習道家修練方法，其中關於煉丹技術的部分說起。其實煉丹的技術，在於將各金石藥物，作精確的調配，使其產生化學變化，形成丹藥。事實上，中國的化學發展，可說是始於煉丹術。至於蘇軾的化學知識，在其流傳的煉丹訣竅裡，就可窺見。如蘇軾〈陰丹訣〉中，提到的煉丹方法：

> 取首生男子之乳，父母皆無疾恙者，并養其子，善飲食之，日取其乳一升，少只半升已來亦可。以硃砂銀作鼎與匙，如無硃砂銀，山澤銀亦得。慢火熬煉，不住手攪如淡金色，可丸即丸如桐子大，空心酒吞下，亦不限丸數。此名陰丹陽煉。世人亦知服秋石，然皆非清淨所結；又此陽物也，須復經火，經火之餘皆其糟粕，與燒鹽無異也。世人亦知服乳，乳，陰物，不經火煉則冷滑而漏精氣也。此陽丹陰煉、陰丹陽煉，蓋道士靈智妙用，沈機

〔註112〕唧筒在古代主要是用於軍事作戰防城的滅火器，在宮廷，為了消防功用，也設有唧筒的裝置。

〔註113〕見於同註2，（宋）蘇軾撰，王松齡點校：《東坡志林》，卷四，〈汴河斗門〉，頁77。

> 捷法，非其人不可輕泄，慎之！慎之！〔註114〕

蘇軾的這個煉丹方法，甚是奇怪。他取首胎生男之母乳，使用以硃砂銀或山澤銀做成的鍋鼎和湯匙盛裝。然後，以慢火熬煉，還得不停攪拌這液體。漸漸地液體會呈淡金色，而結成丸狀，這就是所謂的「陰丹陽煉」。這個煉丹法，是利用高溫，將金屬容器裡的物質容熔出，而與乳汁混合，產生化學變化，結成丹藥。蘇軾還自有一套特殊的說法，認為人乳是陰物，所以須經火煉，否則給人服用後，會使人精氣洩漏。蘇軾又在〈論雨井水〉中，說到一些煉丹的素材，及其療效。

> 時雨降，多置器廣庭中，所得甘滑不可名，以瀹茶煮藥，皆美而有益，正
> 爾食之不輟，可以長生。其次井泉甘冷者，皆良藥也。〈乾〉以九二化，〈坤〉
> 之六二為〈坎〉，故天一為水。吾聞之道士，人能服井花水，其熱與石硫
> 黃鍾乳等，非其人而服之，亦能發背腦為疽，蓋嘗觀之。又分、至日取井
> 水，儲之有方，後七日輒生物如雲母狀，道士謂「水中金」，可養鍊為丹，
> 此固常見之者。此至淺近，世獨不能為，況所謂玄者乎！〔註115〕

在宋代，人們認為雨、井水是最潔淨的，用雨、井水來泡茶、煮藥，也是最恰當的。蘇軾說明雨井水的好處之後，又提到「井花水」，只有修道之人才能服用。井花水就是清晨第一遍汲取的井水，此時的井水異常的清淨，水質極佳。但是，井花水與石硫黃、鍾乳一樣性熱，一般人服用後，可能會使背部、頭部，長出疽瘡。此外，蘇軾還言在二十四節氣中的分、至日，汲取井水，妥善儲存，待七日後，就會出現像雲母狀的生物，稱之為「水中金」，可以養煉為丹。水中金似是一種礦物，浮含於水中，等水靜止一段時間後，自然就會沉澱於水底。蘇軾認為井花水、水中金都十分易得，有意修練之人，若連此素材都不能得到，就不用說要修練更高深的道法了。

　　《東坡志林》當中，提到的科技訣竅之文，都是蘇軾留心平日見聞得來的，有些還是相當奇特的科學知識。從這些小品文中，也可以略見，蘇軾的興趣廣泛，而且十分好學，即使身為一位文人，也不曾看輕這些科學的工法與技術。這或許也是受到宋時社會風氣的影響。話說回來，蘇軾記下的這些科技訣竅，也是有傳承技術的貢獻。

第四節　論辯文類之內容

　　中國的論辯文源遠流長，據謝楚發《散文》中所言：「論辯文是一種早熟的文體。大致可以說，它萌芽於《尚書》，成熟於先秦諸子，至唐宋達於極盛，以後便漸趨衰

〔註114〕見於同註2，（宋）蘇軾撰，王松齡點校：《東坡志林》，卷一，〈陰丹訣〉，頁11。
〔註115〕見於同註2，（宋）蘇軾撰，王松齡點校：《東坡志林》，卷一，〈論雨井水〉，頁8。

落。」〔註116〕宋代重文輕武，崇尚文學的社會趨勢，是有助於論辯文的發展。也因為文武不均衡的發展，使得宋代外患不斷，國內則為了與敵國，或戰或和，變法圖強與否等問題，爭鬥的非常激烈。論辯文在爭鬥中，成了相互攻訐，闡述己見的媒介。此外，以理學著稱的宋代，說理的風尚，也深深影響當時的文學創作，造成論辯文的大盛。所以，論辯文在內容與形式上，都有卓越的進展。蘇軾為一代文壇領袖，亦創作了許多令人讚賞的論辯文。蘇軾《東坡志林》雖然以記述生平雜言、瑣事為主，然而，書中也收錄了蘇軾精彩的論辯之作。蘇軾的這些論辯文，不只篇幅大於其小品文與短篇小說，在文章的氛圍基調上，更有顯著的不同。以下則個別探討，蘇軾的史論文與辯體文。

一、史論文

　　蘇軾的史論與策論等類的學術論文，在北宋當時，就非常受到重視，是大家競相模仿的對象，周國林〈評蘇軾的人物史論〉云：「這些文章和蘇軾的其他策論在當時流傳甚廣，北宋中葉以後竟成為了應第舉子的必修之課，因而在當時的生員中流傳著『蘇文熟，吃羊肉；蘇文生，吃菜羹』的口頭禪，可見在當時地位之高。」〔註117〕蘇軾《東坡志林》裡，也有十三篇史論散文，自成體系。它們的流傳從《東坡後集》的〈志林十三首〉，演變到《東坡志林》卷五「論古」類的十三篇散文，內容與順序上毫無改變，只是〈志林十三首〉各篇無篇名。《東坡志林》的十三篇史論文，與蘇軾應制科試所作的進論文章相較，是有其特別之處的。謝敏玲《蘇軾史論散文研究》中云：

> 若單就形式言之，《志林》和進論中史論諸篇形式作法不同處，約可列出下
> 列數點：第一點，蘇軾進論之史論諸作多是用一題目敍一人或一事，縱有
> 旁及他人者，實因行文手法所致，為求突顯主題而用賓主相襯，……但《志
> 林》中之史論則合敍者多。……第二點，《志林》中史論篇章首段以實事敍
> 述，和進論中之史論篇章以虛筆議論大為不同。……第三點，《志林》論文
> 之作，最多雜引古事，敍議兼行，且敍事篇幅所佔極多，係以事實貫串議
> 論，即以「敍事為議論之法」和進論中之論史篇章很不相同。〔註118〕

由謝敏玲之言，可以瞭解到晚年的蘇軾，人格思想已趨於成熟，能夠就事論事，藉

〔註116〕見於同註1，謝楚發著：《散文》，頁87。

〔註117〕見於周國林：〈評蘇軾的人物史論〉，《長沙電力學院學報》（社會科學版）第十六卷第二期（2001年5月），頁91。

〔註118〕詳見於謝敏玲著：《蘇軾史論散文研究》（臺北市：萬卷樓圖書有限公司出版，2000年5月，初版），頁144～146。

敘述史實，闡發事理。而且此時蘇軾見識歷練的累積豐富，可以從多個相似的人事物，歸納出一套經驗法則。因此，《東坡志林》的十三篇史論文，是蘇軾史論文中，內容較爲錯綜、議論較爲老練的作品。

在內容上，《東坡志林》的史論文，自先秦時代，到唐宋時期，人物或史事的評論，皆有之。蘇軾著眼的時代長遠，論及的人物史實繁多。然而，蘇軾爲文目的，就是要借古鑑今，給世人警惕。〈七德八戒〉就是如此，在文中，蘇軾藉言管仲相齊桓公之盛德事，而引出歷史上值得效法的七人，與戒惕的八人之事。

> 鄭太子華言於齊桓公，請去三族而以鄭爲內臣，公將許之，管仲不可。公曰：「諸侯有討於鄭，未捷，苟有釁，從之不亦可乎？」管仲曰：「君若綏之以德，加之以訓辭，而率諸侯以討鄭，鄭將覆亡之不暇，豈敢不懼？若總其罪人以臨之，鄭有辭矣。」公辭子華，鄭伯乃受盟。蘇子曰：大哉，管仲之相桓公也！辭子華之請而不違曹沫之盟，皆盛德之事也，齊可以王矣。恨其不學道，不自誠意正身以刑其國，使家有三歸之病而國有六嬖之禍，故桓公不王，而孔子小之。然其予之也亦至矣，曰：「桓公九合諸侯不以兵車，管仲之力也。如其仁，如其仁！」曰：「仲尼之徒無道桓、文之事者」，孟子蓋過矣。〔註119〕

蘇軾先言管仲輔佐齊桓公，一方面辭拒鄭氏成爲齊內臣，又能不違背曹沫之盟；一方面助齊桓公九合諸侯，不費兵車，不引戰事，都是盛德之事。即使管仲自家有三歸之病，國家有六嬖之禍，也不可忽視其對齊國的功勞。接著蘇軾就開始發表，他讀史書而產生的一些意見。

> 吾讀《春秋》以下史而得七人焉，皆盛德之事，可以爲萬世法，又得八人焉，皆反是，可以爲萬世戒，故具論之。太公之治齊也，舉賢而上功。周公曰：「後世必有篡弒之臣」，天下誦之，齊其知之矣。田敬仲之始生也，周史筮之，其奔齊矣，齊懿氏卜之，皆知其當有齊國也。篡弒之疑，蓋萃於敬仲矣，然桓公、管仲不以是廢之，乃欲以爲卿，非盛德能如此乎？故吾以爲楚成王知晉之必霸而不殺重耳，漢高祖知東南之必亂而不殺吳王濞，晉武帝聞齊王攸之言而不殺劉元海，符堅信王猛而不殺慕容垂，唐明皇用張九齡而不殺安祿山，皆盛德之事也。而世之論者，則以爲此七人者皆失於不殺以啓亂，吾以謂不然。七人者皆自有以致敗亡，非不殺之過也。齊景公不繁刑重賦，雖有田氏，齊不可取；楚成王不用子玉，雖有晉文公，兵不敗；漢景帝不害吳

〔註119〕見於同註2，（宋）蘇軾撰，王松齡點校：《東坡志林》，卷五，〈七德八戒〉，頁117。

太子，不用晁錯，雖有吳王濞，無自發；晉武帝不立孝惠，雖有劉元海，不能亂；苻堅不貪江左，雖有慕容垂，不能叛；明皇不用李林甫、楊國忠，雖有安祿山，亦何能爲？秦之由余，漢之金日磾，唐之李光弼、渾瑊之流，皆蕃種也，何負於中國哉？而獨殺元海、祿山！且夫自今而言之，則元海、祿山死有餘罪，自當時而言之，則不免爲殺無罪。豈有天子殺無罪而不得罪於天者？上失其道，塗之人皆敵也，天下豪傑其可勝既乎？漢景帝以鞅鞅而殺周亞夫，曹操以名重而殺孔融，晉文帝以臥龍而殺嵇康，晉景帝亦以名重而殺夏侯玄，宋明帝以族大而殺王彧，齊後主以讒言而殺斛律光，唐太宗以讖而殺李君羨，武后以讒言而殺裴炎，世皆以爲非也。此八人者，當時之慮豈非憂國備亂，與憂元海、祿山者同乎？久矣，世之以成敗爲是非也！故夫嗜殺人者，必以鄧侯不殺楚子爲口實。以鄧之微，無故殺大國之君，使楚人舉國而仇之，其亡不愈速乎？〔註120〕

從《春秋》以下的史書中，蘇軾得到齊桓公、管仲、楚成王、漢高祖、晉武帝、苻堅、唐明皇等七人有盛德之事，可以爲萬世效法。世人皆論此七人，都因爲不殺禍害之人，而招致戰亂。蘇軾不以爲然，認爲此七人後來會導致敗亡，不殺禍害之人並非主要原因，還得考量各人當時的情勢，才可斷言之。若是爲了防止禍害的生成，而預殺無罪者，反而會造成更大的災禍。蘇軾因此又舉出八人之事，以爲深戒：漢景帝殺周亞夫、曹操殺孔融、晉文帝殺嵇康、晉景帝殺夏侯玄、宋明帝殺王彧、齊後主殺斛律光、唐太宗殺李君羨、武后殺裴炎。蘇軾認爲這八人都是憂國備亂，但是世人皆以成敗論是非，所以不言此八人之過。蘇軾因而又提出治天下如養生，憂國備亂如服藥的說法，他說：

吾以謂爲天下如養生，憂國備亂如服藥：養生者不過慎起居飲食，節聲色而已，節慎在未病之前，而服藥於已病之後。今吾憂寒疾而先服烏喙，憂熱疾而先服甘遂，則病未作而藥殺人矣。彼八人者，皆未病而服藥者也。
〔註121〕

治天下有若養生，應該是要慎思謹行政事、妥善處置臣將、專注國家發展等諸多方面，而不是未病先服藥預防，世局未亂，就大動作的誅殺可疑之人，引發全國的恐慌，而造成眞正的爭亂。

另外，〈遊士失職之禍〉也是一篇發人省思的議論之作，蘇軾藉秦漢遊士之事，

〔註120〕見於同註2，（宋）蘇軾撰，王松齡點校：《東坡志林》，卷五，〈七德八戒〉，頁117～118。

〔註121〕見於同註2，（宋）蘇軾撰，王松齡點校：《東坡志林》，卷五，〈七德八戒〉，頁118。

言遊士對國家的深遠影響。

> 春秋之末，至于戰國，諸侯卿相皆爭養士。自謀夫說客、談天雕龍、堅白
> 同異之流，下至擊劍扛鼎、雞鳴狗盜之徒，莫不賓禮，靡衣玉食以館於上
> 者，何可勝數。越王句踐有君子六千人；魏無忌、齊田文、趙勝、黃歇、
> 呂不韋，皆有客三千人；而田文招致任俠姦人六萬家於薛，齊稷下談者亦
> 千人；魏文侯、燕昭王、太子丹，皆致客無數。下至秦、漢之間，張耳、
> 陳餘號多士，賓客廝養皆天下豪傑，而田橫亦有士五百人。其略見於傳記
> 者如此，度其餘，當倍官吏而半農夫也。此皆姦民蠹國者，民何以支而國
> 何以堪乎？蘇子曰：此先王之所不能免也。國之有姦也，猶鳥獸之有鷙猛，
> 昆蟲之有毒螫也。區處條理，使各安其處，則有之矣，鋤而盡去之，則無
> 是道也。吾考之世變，知六國之所以久存而秦之所以速亡者，蓋出於此，
> 不可以不察也。〔註122〕

春秋戰國之時，各諸侯卿相都有養士的習慣，這樣的情況，到了秦漢時仍然持續。
但是這些食客遊士，如水一般，能載舟亦能覆舟，這也是六國能久存，秦朝會快速
滅亡的原因了。所以，接下來，蘇軾就開始談論妥善安置遊士的功用，與遊士失職
引起的禍端。

> 夫智、勇、辨、力，此四者皆天民之秀傑者也，類不能惡衣食以養人，皆
> 役人以自養者也，故先王分天下之富貴與此四者共之。此四者不失職，則
> 民靖矣。四者雖異，先王因俗設法，使出于一：三代以上出於學，戰國至
> 秦出於客，漢以後出於郡縣吏，魏、晉以來出於九品中正，隋、唐至今出
> 於科舉，雖不盡然，取其多者論之。六國之君虐用其民，不減始皇、二世，
> 然當是時百姓無一人叛者，以凡民之秀傑者多以客養之，不失職也。其力
> 耕以奉上，皆椎魯無能為者，雖欲怨叛，而莫為之先，此其所以少安而不
> 即亡也。始皇初欲逐客，因李斯之言而止。既并天下，則以客為無用，於
> 是任法而不任人，謂民可以恃法而治，謂吏不必才取，能守吾法而已。故
> 墮名城，殺豪傑，民之秀異者散而歸田畝。向之食於四公子、呂不韋之徒
> 者，皆安歸哉？不知其能槁項黃馘以老死於布褐乎？抑將輟耕太息以俟時
> 也？秦之亂雖成於二世，然使始皇知畏此四人者，有以處之，使不失職，
> 秦之亡不至若是速也。縱百萬虎狼於山林而饑渴之，不知其將噬人，世以
> 始皇為智，吾不信也。楚、漢之禍，生民盡矣，豪傑宜無幾，而代相陳豨

〔註122〕見於同註2，（宋）蘇軾撰，王松齡點校：《東坡志林》，卷五，〈遊士失職之禍〉，
頁110～111。

從車千乘，蕭、曹爲政，莫之禁也。至文、景、武之世，法令至密，然吳王濞、淮南、梁王、魏其、武安之流，皆爭致賓客，世主不問也。豈懲秦之禍，以爲爵祿不能盡縻天下士，故少寬之，使得或出於此也耶？若夫先王之政則不然，曰：「君子學道則愛人，小人學道則易使也。」嗚呼，此豈秦、漢之所及也哉！〔註123〕

蘇軾言若能讓智、勇、辯、力這四類有特殊才能的人民，能恪守職份，就可以使天下富貴安定。爲使這四類的人民能得到他們應有的職份，所以自古以來，各朝各代，就設立了各種拔擢的方法，給予適當的工作。如此一來，遊士就會爲國家服務，這就是妥善安置遊士的功用。反之，如秦朝時，收留了許多遊士，可是天下平定統一後，沒有好好安置他們，不但加速了秦朝的敗亡，這遊士之禍還延續到楚、漢間。因此，蘇軾會說君子學習道理而能夠兼愛眾人，小人學習道理，而較易被人驅使。遊士也要讓他們有所教養、安置，以爲國用，不爲國患。

　　《東坡志林》中，不只有敘事的史論文，也有評論人物的作品，同樣可以見到蘇軾獨到的見解。如蘇軾〈武王非聖人〉一文，就直言周武王，非一代聖人，並舉孔子家法，來加以論證：

武王克殷，以殷遺民封紂子武庚祿父，使其弟管叔鮮、蔡叔度相祿父治殷。武王崩，祿父與管、蔡作亂，成王命周公誅之，而立微子於宋。蘇子曰：武王非聖人也。昔孔子蓋罪湯、武，顧自以爲殷之子孫而周人也，故不敢，然數致意焉，曰：大哉，巍巍乎，堯、舜也！「禹，吾無閒然」。其不足於湯、武也亦明矣，曰：「武盡美矣，未盡善也。」又曰：「三分天下有其二，以服事殷，周之德，其可謂至德也已矣。」伯夷、叔齊之於武王也，蓋謂之弒君，至恥之不食其粟，而孔子予之，其罪武王也甚矣。此孔氏之家法也，世之君子苟自孔氏，必守此法。國之存亡，民之死生，將於是乎在，其孰敢不嚴？而孟軻始亂之，曰：「吾聞武王誅獨夫紂，未聞弒君也。」自是學者以湯、武爲聖人之正若當然者，皆孔氏之罪人也。使當時有良史如董狐者，南巢之事必以叛書，牧野之事必以弒書。而湯、武仁人也，必將爲法受惡。周公作《無逸》曰：「殷王中宗，及高宗，及祖甲，及我周文王，茲四人迪哲。」上不及湯，下不及武王，亦以是哉？〔註124〕

〔註123〕見於同註 2，（宋）蘇軾撰，王松齡點校：《東坡志林》，卷五，〈遊士失職之禍〉，頁111～112。

〔註124〕見於同註 2，（宋）蘇軾撰，王松齡點校：《東坡志林》，卷五，〈遊士失職之禍〉，頁98～99。

孔子稱讚堯舜之聖賢，而言湯武仍有不足之處。孔子認爲武王盡美，能在三分天下有其二的局勢下，奉服殷商，是有至德，但未盡善。此外，孔子贊同伯夷、叔齊反對武王伐紂的行爲，顯有指責武王之意。又周公《無逸》中說殷王中宗、高宗、祖甲、周文王都是聖哲，但未言及商湯和周武王，亦可知周公不認爲武王是聖哲。蘇軾先是以聖人孔子、周公的看法，來強化「武王非聖人」的論點，接著才就己見，對武王伐紂之事，加以闡述。

> 文王之時，諸侯不求而自至，是以受命稱王，行天子之事，周之王不王，不計紂之存亡也。使文王在，必不伐紂，紂不見伐而以考終，或死於亂，殷人立君以事周，命爲二王後以祀殷，君臣之道，豈不兩全也哉！武王觀兵於孟津而歸，紂若改過，否則殷人改立君，武王之待殷亦若是而已矣。天下無主，有聖人者出而天下歸之，聖人所以不得辭也。而以兵取之，而放之，而殺之，可乎？漢末大亂，豪傑並起。荀文若，聖人之徒也，以爲非曹操莫與定海內，故起而佐之。所以與操謀者，皆王者之事也，文若豈教操反者哉？以仁義救天下，天下既平，神器自至，將不得已而受之，不至不取也，此文王之道，文若之心也。及操謀九錫，則文若死之，故吾嘗以文若爲聖人之徒者，以其才似張子房而道似伯夷也。殺其父，封其子，其子非人也則可，使其子而果人也，則必死之。楚人將殺令尹子南，子南之子棄疾爲王馭士，王泣而告之。既殺子南，其徒曰：「行乎？」曰：「吾與殺吾父，行將焉入？」「然則臣王乎？」曰：「棄父事讎，吾弗忍也！」遂縊而死。武王親以黃鉞誅紂，使武庚受封而不叛，豈復人也哉？故武庚之必叛，不待智者而後知也。武王之封，蓋亦有不得已焉耳。殷有天下六百年，賢聖之君六七作，紂雖無道，其故家遺民未盡滅也。三分天下有其二，殷不伐周，而周伐之，誅其君，夷其社稷，諸侯必有不悅者，故封武庚以慰之，此豈武之意哉？故曰：武王非聖人也。〔註125〕

文王時，雖居諸侯之位，行天子之事，但也不計較紂王的存亡。所以文王若在，必不伐紂，讓紂王可以壽終，或死於殷朝自己的內亂。這樣一來，殷人就會自立新王來效忠周朝，也能讓文、武二王受到殷人的祀奉，君臣之道得以兩全。可是武王以兵力伐商紂，非以德服人，所以殷人會等待機會，趁機反抗，造成武庚反叛及管蔡之亂。蘇軾認爲武王已有天下三分之二的勢力，又討伐其君王，必引起其他諸侯的不悅，因而封武庚以平撫眾怒，並非爲尊敬武庚，而安置殷朝臣民。蘇軾因此說武王非聖人。

〔註125〕 見於同註 2，（宋）蘇軾撰，王松齡點校：《東坡志林》，卷五，〈遊士失職之禍〉，
頁 99～100。

　　又例如〈論范增〉一篇，也是有關歷史人物的史論文。此文是談論范增輔佐項羽爭天下，最後遭項羽猜忌，這之間的一些議題。

> 漢用陳平計，間疏楚君臣。項羽疑范增與漢有私，稍奪其權。增大怒曰：「天下事大定矣，君王自爲之，願賜骸骨歸卒伍！」歸未至彭城，疽發背死。蘇子曰：增之去，善矣，不去，羽必殺增，獨恨其不蚤耳。然則當以何事去？增勸羽殺沛公，羽不聽，終以此失天下：當於是去耶？曰：否。增之欲殺沛公，人臣之分也，羽之不殺，猶有君人之度也，增曷爲以此去哉？《易》曰：「知幾其神乎」，《詩》曰：「相彼雨雪，先集維霰。」增之去，當以羽殺卿子冠軍時也。陳涉之得民也，以項燕、扶蘇；項氏之興也，以立楚懷王孫心。而諸侯叛之也，以弒義帝也。且義帝之立，增爲謀主矣，義帝之存亡，豈獨爲楚之盛衰，亦增之所以同禍福也，未有義帝亡而增獨能久存者也。羽之殺卿子冠軍也，是弒義帝之兆也。其弒義帝，則疑增之本心也，豈必待陳平哉！物必先腐也而後蟲生之，人必先疑也而後讒入之，陳平雖智，安能間無疑之主哉？吾嘗論義帝，天下之賢主也。獨遣沛公入關而不遣項羽，識卿子冠軍於稠人之中，而擢以爲上將，不賢而能如是乎？羽既矯殺卿子冠軍，義帝必不能堪，非羽弒帝，則帝殺羽，不得待智者而後知也。增始勸項梁立義帝，諸侯以此服從，中道而弒之，非增之意也。夫豈獨非其意，將必力爭而不聽也。不用其言，殺其所立，項羽之疑增必自是始矣。方羽殺卿子冠軍，增與羽比肩而事義帝，君臣之分未定也。爲增計者，力能誅羽則誅之，不能則去之，豈不毅然大丈夫也哉？增年已七十，合則留，不合則去，不以此時明去就之分，而欲依羽以成功，陋矣。雖然，增，高帝之所畏也，增不去，項羽不亡。嗚呼，增亦人傑也哉！〔註126〕

漢軍陣營，以陳平的計謀，離間楚軍君臣，使得項羽懷疑范增暗通漢軍。後來，范增在往彭城途中，疽發而死。一般人都認爲，當項羽不聽范增之勸，未能在鴻門宴時，殺掉劉邦，就注定了項羽失敗的命運。而范增在此時，即應離開項羽，或可明哲保身。但蘇軾認爲，范增在項羽殺了卿子冠軍宋義時，離開楚營，才是最適當的時機。因爲項羽殺宋義，勢必引起楚懷王的憤怒，局勢將變爲不是項羽殺楚懷王，就是楚懷王殺項羽。此時，若范增能殺掉項羽就去殺，不能的話就應迅速離開。所以范增應是以「合則留，不合則去。」爲考量，不應以項羽能否成功，來決定去留。

〔註126〕見於同註 2，（宋）蘇軾撰，王松齡點校：《東坡志林》，卷五，〈遊士失職之禍〉，頁 109～110。

蘇軾也認為，范增是個人才，劉邦畏懼他。范增不離開項羽，項羽就不會滅亡。

對於歷史人物或事件的評論，蘇軾都有其特殊的見解，其議論的過程，引用經典、聖人之說、或相似史實等諸多佐證，以加強其論述觀點的合理性。雖然，後世之人對其論述之合理性，多有質疑〔註127〕。然而，蘇軾創作史論文章，博採眾說，評議流暢，論說精彩，都是大家有目共睹的。所以，這些史論文，不會因為蘇軾議說上的瑕疵，而埋沒了文章的文采與寫作的技巧。

二、辯體文

在《東坡志林》的論辯文中，除有史論文外，還有辯體文。所謂的辯體文，是指藉著駁倒敵對觀點，以樹立自己觀點的說理方式。謝楚發《散文》一書中，提到辯體文的主要重點有二：

> 一要善於「知言」。駁論文貴在破理，要駁到對方的言論，首先就要看準對方言論的破綻所在，攻其不備，讓他招架不住，這就叫做「知言」。……
> 二要反覆辯正。這就是說在找出敵論的漏洞和錯誤以後，還不能簡單地指陳了事，還必須多方面反覆辯正，才有說服力。〔註128〕

因此，辯體文的說理，是由雙方的辯駁言論所形成的，經過雙方來往的言詞駁說，事理將愈辯愈明，最後得到的結果，也最具說服力。

《東坡志林》裡的辯體文不多，僅有〈雪堂問潘邠老〉一篇，是記敘蘇軾於大雪中，築成「雪堂」，又在雪堂四壁繪上雪景，使雪堂處處可見雪。蘇軾居住其間，彷若真的居於雪中，十分的自適愉悅。後來，潘邠老來訪，藉雪堂闡釋道理，與蘇軾展開了一場辯論。潘邠老首先發問：

> 客有至而問者，曰：「子世之散人耶？拘人耶？散人也而未能，拘人也而嗜慾深。今似繫馬止也，有得乎？而有失乎？」……客曰：「嘻，是矣！子之欲為散人而未得者也。予今告子以散人之道：夫禹之行水，庖丁之提刀，避眾礙而散其智者也。是故以至柔馳至剛，故石有時以泐；以至剛遇至柔，故未嘗見全牛也。予能散也，物固不能縛；不能散也，物固不能釋。子有惠矣，用之於內可也，今也如蝟之在囊，而時動其脊脅，見於外者不

〔註127〕有關蘇軾史論文受人質疑之處，可參考謝敏玲《蘇軾史論散文研究》一書的第七章〈蘇軾史論散文可議之處〉，其中論及《東坡志林》史論文，可議的篇章有：〈武王非聖人〉、〈秦廢封建〉、〈論子胥種蠡〉、〈司馬遷二大罪〉、〈論范增〉、〈遊士失職之禍〉、〈趙高李斯〉、〈七德八戒〉等等。詳見於同註118，謝敏玲著：《蘇軾史論散文研究》，頁201～229。

〔註128〕見於同註1，謝楚發著：《散文》，頁111～112。

特一毛二毛而已。風不可搏，影不可捕，童子知之。名之於人，猶風之與影也，子獨留之。故愚者視而驚，智者起而軋。吾固怪子爲今日之晚也，子之遇我，幸矣！吾今邀子爲藩外之游，可乎？」……客曰：「甚矣，子之難曉也！夫勢利不足以爲藩也，名譽不足以爲藩也，陰陽不足以爲藩也，人道不足以爲藩也，所以藩子者，特智也爾。智存諸內，發而爲言，則言有謂也，形而爲形，則行有謂也。使子欲嘿不欲嘿，欲息不欲息，如醉者之恚言，如狂者之妄行，雖掩其口，執其臂，猶且喑嗚踢蹴之而已。則藩之於人，抑又固矣。人之爲患以有身，身之爲患以有心。是圓之構堂，將以佚子之身也，是堂之繪雪，將以佚子之心也。身待堂而安，則形固不能釋，心以雪而警，則神固不能凝。子之知既焚而燼矣，燼又復然，則是堂之作也，非徒無益，而又重子蔽蒙也。子見雪之白乎？則恍然而目眩。子見雪之寒乎？則竦然而毛起。五官之爲害，惟目爲甚，故聖人不爲。雪乎雪乎，吾見子知爲目也，子其殆矣！」〔註129〕

潘邠老認爲人要修練得道，得先成爲散人，並避眾礙而散其智，才能不受外物干擾，達到超然的境界。像蘇軾在雪堂中繪雪，雖然身體可安居其中，但心神卻易被雪景束縛。潘邠老更直言，蘇軾這樣藉雪堂，來求形釋神凝，是不可得的，反而會離道途愈來愈遠。但蘇軾不以爲意，而提出自己的看法：

蘇子曰：「子之所言是也，敢不聞命？然未盡也，予不能默，此正如與人訟者，其理雖已屈，猶未能絕辭者也。子以爲登春臺與入雪堂，有以異乎？以雪觀春，則雪爲靜，以臺觀堂，則堂爲靜。靜則得，動則失。黃帝，古之神也，游乎赤水之北，登乎崑崙之邱，南望而還，遺其玄珠焉。游以適意也，望以寓情也，意適於游，情寓於望，則意暢情出而忘其本矣，雖有良貴，豈得而寶哉？是以不免有遺珠之失也。雖然，意不久留，情不再至，必復其初而已矣，是又驚其遺而索之也。余之此堂，追其遠者近之，收其近者內之，求之眉睫之閒，是有八荒之趣。人而有知也，升是堂者，將見其不遡而僾，不寒而慄，淒凜其肌膚，洗滌其煩鬱，既無炙手之譏，又免飲冰疾。彼其趨趨利害之途，猖狂憂患之域者，何異探湯執熱之俟濯乎？子之所言者，上也；余之所言者，下也。我將能爲子之所爲，而子不能爲我之爲矣。譬之厭膏粱者與之糟糠，則必有怨詞；衣文繡者被之以皮弁，則必有愧色。子之於道，膏粱文繡之謂也，得其

<hr>

〔註129〕見於同註 2，（宋）蘇軾撰，王松齡點校：《東坡志林》，卷四，〈雪堂問潘邠老〉，頁 80～81。

上者耳。〔註130〕

蘇軾則認為築雪堂、繪雪景，可以安居，可以忘憂，更不會為了賞雪，而凍壞身體，這麼多的好處，能夠使自己快樂滿足，沒有什麼不好的，也不必為了修道，而刻意壓抑自己，尋求全面的空靈超脫。不論是入世或出世，蘇軾都不特別去強求計較，凡事隨緣隨性，結合實際的人生，樂天知命的生活，這樣的態度，就是蘇軾得以泰然面對人生困境的關鍵所在。

在五卷本的《東坡志林》中，將二百餘篇的內容，分為二十九類，可說是分類詳細。然而，這樣的分類，是有可再斟酌的空間。第一，內容放置不當。全書分為五卷，其中異事一類，被分置於卷二末與卷三首，異事類因而被分為「異事上」、「異事下」。第二，內容重覆分類的情況。道釋類已包含道教與佛教的人事內容，卻再多設了佛教一類。〔註131〕第三，內容分類不實之嫌。如記遊類的內容應以記遊為主，但其中也收錄憶友的〈憶王子立〉、〈黎檬子〉、〈記劉原父語〉等。第四，內容分類過於雜細。如學問類中，僅有〈記六一語〉一篇，其他如懷古、祭祀、兵略、時事、賊盜、玉石、井河等類中，也各僅收錄二篇文章。當年為《東坡志林》做內容分類的人，已不可考究。但是，從他將《東坡志林》分二十九類的形式來看，是可以了解當初分類者的用意。面對既雜又廣的書中內容，他是盡力想讓每篇文章，都能找到自己的歸屬，讓全書看起來更具條理性。不過，《東坡志林》原本的內容分類，確實有很多值得商榷的地方，所以本文才會以另一不同的方式，來探討《東坡志林》的內容。

《東坡志林》本來就是蘇軾的一本筆記集，隨手記錄之作，通常是不拘文體，不拘內容，因此，《東坡志林》中包含了蘇軾的小說文、小品文、論辯文。在內容主題上，更是包羅萬象，小說文中，就可分為志人與志怪小說；論辯文中，也可分為史論文與辯體文；小品文的內容，更是豐富，有記遊小品、閒適小品、說理小品、交遊小品、知識小品等。本文將《東坡志林》的內容做這樣的分類，主要的目的，是為凸顯《東坡志林》不單單是蘇軾的筆記集，更是蘇軾的作品集。書中有蘇軾各種文類的寫作表現，各種主題的敘述發揮，相當具有可觀性。《東坡志林》的內容多元，也反映了蘇軾個人的各個面向。在此書裡，不但能夠見識蘇軾的才華洋溢，更能體驗蘇軾待物處事的態度，人生歷練的感悟，進而深入認識蘇軾一人。

〔註130〕 見於同註 2，（宋）蘇軾撰，王松齡點校：《東坡志林》，卷四，〈雪堂問潘邠老〉，頁 81～82。

〔註131〕 清蔡士英刊《東坡全集》一百一十五卷，亦是《四庫全書》著錄的版本，其中有《志林》五卷，與五卷本《東坡志林》內容一樣。但蔡氏刊本《東坡全集》中的《志林》，佛教類是併入道釋類當中，與五卷本《東坡志林》不同。

第四章　《東坡志林》之寫作特色與技巧

　　若言文體內容的分析，是從《東坡志林》中，分別出各個不同的部分，寫作特色與技巧的探討，就是從書中，歸納出主要且共同的特徵。蘇軾自己曾在〈自評文〉云：

> 吾文如萬斛泉源，不擇地皆可出。在平地滔滔汩汩，雖一日千里無難，及其與山石曲折，隨物賦形，而不可知也。所可知者，常行於所當行，常止於不可止，如是而已矣，其他雖吾亦不能知也。〔註1〕

這段話中，大致道出蘇軾為文的藝術特徵：隨物賦形，而姿態橫生；行雲流水，而文理自然。蘇軾又在〈書子由超然臺賦後〉云：

> 子由之文，詞理精確，有不及吾；而體氣高妙，吾所不及。雖各欲以此自勉，而天資所短，終莫能脫。至於此文，則精確、高妙，殆兩得之，尤為可貴也。〔註2〕

更可知蘇軾散文創作，追求的是「詞理精確」與「體氣高妙」的兼備，在講究詞理意涵的通達時，也重視體性氣勢的高超。

　　蘇軾已自言其為文的藝術特徵與審美理想，從此之後，依蘇軾歸納的特徵為基礎，討論其各種作品的藝術特色、風格等的文論，就時常可見，如黃美娥《蘇軾文論及其散文藝術研究》中，探究「蘇軾散文藝術」之章，歸納出（一）辭采豐富，語言鮮明（二）文勢騰涌，才氣縱橫（三）題材多樣，觸處生春（四）隨物賦形，妙造自然（五）變化莫測，奇縱高妙（六）文富理趣，隨機生發（七）

〔註1〕　見於（宋）蘇軾撰，（明）毛晉輯：《東坡題跋》，收於《增補津逮秘書》（第六冊）（京都市：株式會社中文出版社發行，1980 年 2 月），卷一，〈自評文〉，頁 6683。
〔註2〕　見於同註1，（宋）蘇軾撰，（明）毛晉輯：《東坡題跋》，卷一，〈書子由超然臺賦後〉，頁 6677。

點染意境，韻味雋永（八）美是理念之感性顯現等藝術特色，多受蘇軾自言的爲文特色所影響。本文在《東坡志林》的寫作特色與技巧一章中，則將焦點集中至《東坡志林》一書上，就書中普遍的特色與技巧，詳加討論。《東坡志林》有位鼎鼎大名的作者，若因爲蘇軾本身的光芒，遮掩了其作品的藝術價值，可就失去了研究作品特色的原意了。

第一節　《東坡志林》的寫作特色

作者與作品不可分離，是無庸置疑的。只是，此處談論的寫作特色，將不以一般人熟知的蘇文藝術特徵爲要項，來討論《東坡志林》裡的文章。而是根據《東坡志林》各篇的文章特色，加以歸納爲數點，做爲全書寫作特色的討論重點。這樣的作法，是爲了讓《東坡志林》的主題性，能更凸顯。接下來，即就言簡意深、文兼議理、韻散夾雜、載時記日、贊語運用等特色，做個別的探討。

一、言簡意深

古典散文的創作，往往被要求達到精要、簡練的境界，如此一來，文章就會具有美感了。劉勰於《文心雕龍・銘箴》言：「義典則弘，文約爲美。」〔註3〕即是強調文章簡約，含義深遠的重要。到了宋代，歐陽修亦有「言簡意深」的主張發表，他在〈與杜訢論祁公墓誌書〉中云：「文字簡略，止記大節。」〔註4〕，又於〈論尹師魯墓誌〉言：「故師魯之誌，用意特深而語簡，蓋爲師魯文簡而意深。」〔註5〕，此處不只稱贊尹師魯的墓誌文，也道出他對寫作文章的看法。歐陽修認爲文章應該簡潔有內涵，反對文章過於冗繁支雜，並以自然流露爲原則，他在〈與澠池徐宰〉即表明此見：「少去其繁，則峻潔矣。然不必勉強。勉強簡節之，則不流暢，須待自然之至，其如常宜在心也。」〔註6〕這種尚簡的趨向，也影響了蘇軾的創作。此外，《東坡志林》中的作品，原本就是隨筆雜著爲主，常是蘇軾於心有所感的瞬間，隨

〔註3〕見於（梁）劉勰著，王利器校注：《文心雕龍校證》（臺北市：明文書局出版，1985年10月，二版），卷三，〈銘箴第十一〉，頁75。

〔註4〕見於（宋）歐陽修著：《歐陽修全集》（臺北市：華正書局發行，1975年4月，臺一版），上冊，卷三，《居士外集二》，〈與杜訢論祁公墓誌書〉，頁516。

〔註5〕見於同註4，（宋）歐陽修著：《歐陽修全集》，上冊，卷三，《居士外集二》，〈論尹師魯墓誌〉，頁548。

〔註6〕見於同註4，（宋）歐陽修著：《歐陽修全集》，下冊，卷六，《書簡》，〈與澠池徐宰〉，頁1309。

意的草書成文，言簡意深的傾向，也就更顯而易見。

　　一般而言，《東坡志林》裡的作品，都先是以簡略的語句，敘述引發蘇軾感觸的事物，最後再以精簡的一、二句話，表現出其心裡的想法，不只文章的深意，得以含蓄的流露，也留給讀者們寬闊的思考空間。例如〈僧文葷食名〉一文，簡略敘述僧人們，對酒、魚、雞等戒食之葷物的別稱，文末又僅以一言，道出蘇軾自己心中的想法。

　　　　僧謂酒爲「般若湯」，謂魚爲「水梭花」，雞爲「鑽籬菜」，竟無所益，但

　　　　自欺而已，世常笑之。人有爲不義而文之以美名者，與此何異哉！〔註7〕

僧人對於佛門嚴戒的葷食，改用素食名稱之。物體的本質未曾改變，只是飾以美名，自瞞自欺罷了。然而，人世間更多的是，以巧名飾不義者。對於不善之舉、不義之行，人們總能狡言巧辯，甚至將之合理化。事物的本相，常常就被埋沒於這些美言之下，久而久之，人們就忽略或忘記事實真相了。此文深含警惕的意味，告誡人們觀察事物，不能侷限於形式、表面的了解，應該仔細考察事物深層的意涵。又如〈劉聰吳中高士二事〉，以劉聰與吳中高士的對比，說明人們的常性。

　　　　劉聰聞當爲須遮國王，則不復懼死，人之愛富貴，有甚於生者。月犯少微，

　　　　吳中高士求死不得，人之好名，有甚於生者。〔註8〕

此文中，劉聰與吳中高士，一人好求富貴，一人好求美名，二人都是重視其偏好者，更甚於個人生命。「人之愛富貴，有甚於生者；人之好名，有甚於生者。」就是蘇軾從此二人身上，得到的感觸。將富貴名利擺在個人生命之前的人，何只劉聰、吳中高士二人！在這紅塵俗世中，人們總會受到各式各樣的外物誘惑，而觸發心中的貪嗔之念，嚴重一點的，就會深陷其中，不可自拔。這樣生活的人們，已失去了生存的意義，與行屍走肉無異。外在物質的需求，足夠就好，無窮無盡的貪求，只會使生命更加空虛，心靈更加空洞。

　　又如〈記養黃中〉一篇，是蘇軾自述養黃中之氣的情景，不過，他於文章結束前，也簡單的表露出對於海外生活的閒散，頗有自己的一番體會。

　　　　元符三年，歲次庚辰；正月朔，戊辰；是日辰時，則丙辰也。三辰一戊，

　　　　四土會焉，而加丙與庚：丙，土母，而庚其子也。土之富，未有過於斯時

　　　　也。吾當以斯時肇養黃中之氣，過此又欲以時取薤薑蜜作粥以啖。吾終日

〔註7〕見於（宋）蘇軾撰，王松齡點校：《東坡志林》（北京市：中華書局出版，1997年12月，第一版湖北第二次印刷），卷二，〈僧文葷食名〉，頁39。

〔註8〕見於同註7，（宋）蘇軾撰，王松齡點校：《東坡志林》，卷四，〈劉聰吳中高士二事〉，頁90。

默坐，以守黃中，非謫居海外，安得此慶耶？東坡居士記。〔註9〕

蘇軾於此文末說的「非謫居海外，安得此慶耶？」一言，含義多層，有自我感慨的情懷，或是自我揶揄的用意，也是歷盡滄桑的感悟。元符三年（西元 1100 年），蘇軾已經六十五歲，流落海外，回顧一生，是該慶幸這份得來不易的閒適。蘇軾面對波折不斷的人生，晚年這片刻的平靜，也就心滿意足了。《東坡志林》中，能見到蘇軾作文意深的一面，與其見微知廣的文章敘述，如〈石崇家婢〉云：

王敦至石崇家如廁，脫故著新，意色不怍。廁中婢曰：「此客必能作賊也。」

此婢能知人，而崇乃令執事廁中，殆是無所知也。〔註10〕

這段文字中，只言石崇將能知人的婢子，派至廁中，服侍客人，顯示石崇沒有識人之能，不懂得善用人才，並批評王敦人格低微。但是石崇卻款待品行低劣的王敦，而不識家婢的知人之能，可見石崇才識不足，不能成就大事。文中充滿蘇軾暗諷石崇的意味，也暗示石崇後來的失敗，其來有自。

中國文言文的文句簡潔短小，是明顯的特徵，有時文中的一、二字，就可以表達出全篇文章要表現的深層意義，例如《史記·李將軍列傳》中「數奇」二字，就說明李廣一生功績彪炳，卻不能封侯，最後還落得自殺的下場，都是因為運氣不佳所致的全文主旨。其實，文言文迷人之處，就在於它的言簡意深，讓人可以一再的細細品味。《東坡志林》是為文能手蘇軾之作，書中亦多文言短語，所以更能將言簡意深的特點，發揚光大。

二、文兼議理

《東坡志林》中有專以說理為主旨的篇章，可是擅長議論的蘇軾，不但在說理文章中闡意述見，也會在其他主題的文章裡，兼述哲理，隨機發議。蘇軾這樣一時的靈光乍現、剎那頓悟，而突發哲理議談的寫作方式，使得《東坡志林》書中，理趣橫溢，帶給人意想之外的奇妙感受。

這種文兼議理的寫作特色，在《東坡志林》裡十分尋常，如〈記遊松風亭〉，主要是記述蘇軾閒居時，登嘉祐寺、遊松風亭的情景，再轉而寄言，當時心領神會的靈感。

余嘗寓居惠州嘉祐寺，縱步松風亭下，足力疲乏，思欲就林止息。望亭宇尚在木末，意謂是如何得到？良久忽曰：「此間有甚麼歇不得處！」由是如挂鈎之魚，忽得解脫。若人悟此，雖兵陣相接，鼓聲如雷霆，進則死敵，

〔註 9〕見於同註7，（宋）蘇軾撰，王松齡點校：《東坡志林》，卷一，〈記養黃中〉，頁 14。
〔註10〕見於同註7，（宋）蘇軾撰，王松齡點校：《東坡志林》，卷三，〈石崇家婢〉，頁 69。

退則死法，當甚麼時也不妨熟歇。〔註11〕

本是平常的登山遊歷，蘇軾於半途中，短暫的休息時，臨時得到隨遇而安、隨處自愉的領悟，「此閒有甚麼歇不得處！」一句，也就成為全文的關鍵所在，自此開始發表議論。心靈的解脫，總在一念之間；生活的自在，則因有豁達自適的處世態度。所以，只要順心自然，何處不能尋得妙趣，何處不可安閒歇息呢？〈記遊松風亭〉文中，兼議生活哲理，使得文章更有佛、道二家的超然韻味。蘇文深富哲理，連描述醫治眼齒的尋常事，也能兼言治兵御民的道理。蘇軾的〈治眼齒〉云：

歲日，與歐陽叔弼、晁無咎、張文潛同在戒壇。余病目昏，數以熱水洗之。
文潛曰：「目忌點洗。目有病，當存之，齒有病，當勞之，不可同也。治
目當如治民，治齒當如治軍，治民當如曹參之治齊，治軍當如商鞅之治秦。」
頗有理，故追錄之。〔註12〕

在這裡，蘇軾記述自己患眼疾，經數次以熱水洗眼。張文潛因此言治眼疾與治齒病，各有不同，而發議論說治民、治軍之別，各有其巧妙、道理存在。由此得知，宋人喜藉題發揮，好談論議理，所以，也不難了解蘇軾文中，常兼述議理的情形，是有其依循由來的。

好議理的習性，可以讓人腦力得以激盪，思考得以清晰，因此，蘇軾才會常有異於他人的新穎想法產生。〈辨荀卿言青出於藍〉一文，就是最佳實例。

荀卿云：「青出於藍而青於藍，冰生於水而寒於水。」世之言弟子勝師者，
輒以此為口實，此無異夢中語！青即藍也，冰即水也。釀米為酒，殺羊豕
以為膳羞，曰「酒甘於米，膳羞美於羊」雖兒童必笑之，而荀卿以是為辨，
信其醉夢顛倒之言！以至論人之性，皆此類也。〔註13〕

「青出於藍而青於藍，冰生於水而寒於水。」一句，為人耳熟能詳，沒想到竟是一個不合常理的現象。蘇軾卻是看得透徹，道出此言之不合理，又以米酒、羊豕膳羞為喻，發表議論，證明荀卿錯得離譜。這裡不只譏荀卿之語，是糊塗顛倒之言，也說道人性多是如此。有時候，蘇軾在文章中，提到的哲理議論，是較具宗教色彩的勸世警言。例如蘇軾居海南時，到天慶觀，求靈簽，卜吉凶之事，就記載於〈信道智法說〉中，其中也兼議修道、術法的道理。

〔註11〕見於同註7，（宋）蘇軾撰，王松齡點校：《東坡志林》，卷一，〈記遊松風亭〉，頁4～5。

〔註12〕見於同註7，（宋）蘇軾撰，王松齡點校：《東坡志林》，卷一，〈治眼齒〉，頁14～15。

〔註13〕見於同註7，（宋）蘇軾撰，王松齡點校：《東坡志林》，卷四，〈辨荀卿言青出於藍〉，頁86。

> 東坡居士遷於海南，憂患之餘，戊寅九月晦，遊天慶觀，謁北極眞聖，探
> 靈籤，以決餘生之禍福吉凶。其辭曰：「道以信爲合，法以智爲先。二者
> 不離析，壽命不得延。（按：「壽命不得延」，應改爲「壽命乃得延」。）」
> 覽之竦然，若有所得，書而藏之，以無忘信道法智二者不相離之意。軾恭
> 書：古之眞人未有不以信人者，子思則曰：「自誠明謂之性」，此之謂也。
> 孟子曰：「執中無權，由執一也。」法而不智，則天下之死法也。道不患
> 不知，患不凝；法不患不立，患不活。以信合道，則道凝；以智先法，則
> 法活。道凝而法活，雖度世可也，況延壽乎？〔註14〕

上文中，蘇軾說信道法智不可分，還舉用子思、孟子之言，強調修道需合信，術法需存智。修道要精神專凝，術法要合時活用，這樣信道智法，才能度世延壽。蘇軾因爲自靈籤辭句中，得到信道法智的哲發，進而兼述道法之理，使得簡單的求籤問卜之事，變得有意義了。

　　蘇軾是個熱情奔放的人，對於周遭事物，都深表關心，且有話直說，不矯揉造作，而多有議理之作，這樣的情況在《東坡志林》裡，是顯而易見的。再加上宋代理學盛行，說理議論更成爲當時風尚，這也使得《東坡志林》的文章，具有文兼議理的特色，與警惕勸勉的作用。

三、韻散夾雜

　　宋代文學發展蓬勃，詩、詞、散文、話本小說、戲曲等，在此時都有傑出的表現。文學形式的多元發展，容易使得單一文學作品中，兼具了數種文學形式，其中以小說包含的形式最爲自由、多樣。自唐代傳奇小說以來，小說中雜用歌、詩、詞的情況，就很頻繁。到了宋代話本小說出現，詩、詞等韻文，更成爲小說中不可或缺的部分。話本小說的「入話」、「篇尾」部分，幾乎都是以韻文形式來呈現，即使在「正話」裡，韻文的出現，也都有提示情節的功能。蘇軾生於文學昌盛的時代，本身又具備多項才能，詩、詞、文、書、畫……無一不精通，各方面的成就，也都非常可觀，往往在不經意之間，就展現出其過人的才學。如在《東坡志林》裡，常常都能發現他韻散文的完美結合。這種現象的形成，不但是因爲蘇軾受到宋代文學發展，與個人才學的影響，也是其自由不拘的性格使然。

　　韻散夾雜在《東坡志林》裡，是一大特色。有時韻文在作品裡，扮演主角的地位，以〈記夢賦詩〉爲例，蘇軾作此文，主要就是爲了記下他在夢中，唐明皇命令

〔註14〕見於同註7，（宋）蘇軾撰，王松齡點校：《東坡志林》，卷三，〈信道智法說〉，頁63
～64。

他創作的〈太眞妃裙帶詞〉內容。

> 軾初自蜀應舉京師，道過華清宮，夢明皇令賦〈太眞妃裙帶詞〉，覺而記
> 之。今書贈何山潘大臨邠老，云：「百疊漪漪水皺，六銖縰縰雲輕。植立
> 含風廣殿，微聞環佩搖聲。」元豐五年十月七日。〔註15〕

此詞頗佳，蘇軾也將之書贈潘邠老。又如在〈記鬼〉這篇鬼故事裡，韻文有著重要
的提示功能，讓事情發生的過程，更爲明朗。

> 秦太虛言：寶應民有以嫁娶會客者，酒半，客一人竟起出門。主人追之，
> 客若醉甚將赴水者，主人急持之。客曰：「婦人以詩招我，其辭云：『長橋
> 直下有蘭舟，破月衝煙任意游。金玉滿堂何所用，爭如年少去來休。』倉
> 皇就之，不知其爲水也。」然客竟亦無他。夜會說鬼，參寥舉此，聊爲之
> 記。〔註16〕

僅見此篇的散文部分，眾人只能看到遇鬼客人，起身出門，急赴水中的情形，卻無
法察覺，客人究竟受到什麼樣的蠱惑，爲何有如此怪異舉動。直到客人詠出鬼婦的
詩辭內容，才讓人恍然大悟，客人當時眼前出現長橋、蘭舟的幻象，又受鬼婦的言
語所惑，使得他倉皇地朝水邊奔去。全文以散文描述旁人見到的景象，以韻文呈現
客人見到的幻象，韻散文的精心設計，互相配合，令整個故事雖然情節迷幻，而事
件經過卻是相當清楚。

散文中的韻文，除了對文章的行文有直接的貢獻，韻文辭句簡約，情意含蓄，
將其置於散文中，能夠使文章的情感更豐富，餘韻更悠揚。如〈憶王子立〉云：

> 僕在徐州，王子立、子敏皆館於官舍，而蜀人張師厚來過，二王方年少，
> 吹洞簫飲酒杏花下。明年，余謫黃州，對月獨飲，嘗有詩云：「去年花落
> 在徐州，對月酣歌美清夜。今日黃州見花發，小院閉門風露下。」蓋憶與
> 二王飲時也。張師厚久已死，今年子立復爲古人，哀哉！〔註17〕

人在異鄉，倍感思親。蘇軾初謫黃州，思念徐州故友，而獨自對月飲酒，好不孤寂！
此時又以一首憶友詩，訴出徐州酣歌歡樂，黃州門庭冷清的強烈對比，使人充滿無
限的感懷。接著蘇軾將思緒拉回眼前，發現過去齊聚歡樂的友人，已一一凋零，令
蘇軾的哀傷情緒，像連漪般的擴散開來了。〈買田求歸〉也是一篇藉文中韻文部分，
表現情感、心意的作品。

〔註15〕見於同註 7，（宋）蘇軾撰，王松齡點校：《東坡志林》，卷一，〈記夢賦詩〉，頁 15
～16。

〔註16〕見於同註7，（宋）蘇軾撰，王松齡點校：《東坡志林》，卷二，〈記鬼〉，頁45～46。

〔註17〕見於同註7，（宋）蘇軾撰，王松齡點校：《東坡志林》，卷一，〈憶王子立〉，頁5。

> 浮玉老師元公欲爲吾買田京口，要與浮玉之田相近者，此意殆不可忘。吾
> 昔有詩云：「江山如此不歸山，江神見怪驚我頑。我謝江神豈得已，有田
> 不歸如江水！」今有田矣，不歸無乃食言於神也耶？〔註18〕

浮玉老師想爲蘇軾買下京口的田地，蘇軾即以一詩，表達了他的心意。原來蘇軾期待買田歸山，已經很久了。聽聞機會到來，他也十分欣喜，極欲把握機會，完成心願。蘇軾的熱烈企盼之情，在詩句裡，一覽無遺。買田求歸的快樂氣氛，也從這首詩後，達到高潮。

從《東坡志林》中，詩文相輔相成的絕妙搭配，就能感受到寫作藝術，是非常需要創意的，各種形式的排列組合，便能創造出不同面貌的藝術型態，令人驚豔不已。蘇軾的思考敏捷，能將各種文體靈活調度，造就出全新的文學觀感，也提昇了《東坡志林》的藝術成就。

四、載時記日

在日記體的著作中，載時記日是最主要的特徵，也是人們辨識此類著作的重要參考。不過，《東坡志林》不能算是蘇軾的日記，即使其中的不少篇章，都有日記體的載時記日特徵。這是因爲書中各文，並非依照時間先後來陳列，更不是創作於連續時間內。根據《東坡志林》中，文章載時記日的情況看來，蘇軾似乎沒有寫日記的習慣。僅知，他是有計劃要收集平日雜札成冊，所以許多筆札短文，都詳記時間，以做爲將來成書時，排列文章的依據。

這些記有時間的作品，其時間的記載位置與意義，也不甚統一，有的在文章之首，就先載明事件發生的時間，如〈夢中論左傳〉：

> 元祐六年十一月十九日五更，夢數人論《左傳》，……覺而念其言似有理，
> 故錄之。〔註19〕

文章一開始就言夢境產生的時間，不僅有詳細的年月日記錄，連作夢的時辰也都寫下來了。〈夢南軒〉亦是於文首，就述明時間的例子。

> 元祐八年八月十一日將朝尚早，假寐，夢歸穀行宅，遍歷蔬圃中。……南
> 軒，先君名之曰「來風」者也。〔註20〕

此文則是於文首，先言明事件發生於元祐八年八月十一日的一大早，再來描述事件的經過。其他如〈高麗公案〉云：「元祐五年二月十七日，見王伯虎炳之言：……天

〔註18〕 見於同註7，（宋）蘇軾撰，王松齡點校：《東坡志林》，卷二，〈買田求歸〉，頁31。
〔註19〕 見於同註7，（宋）蘇軾撰，王松齡點校：《東坡志林》，卷一，〈夢中論左傳〉，頁17。
〔註20〕 見於同註7，（宋）蘇軾撰，王松齡點校：《東坡志林》，卷一，〈夢南軒〉，頁19。

下知非極，而不知罪公弼。如誠一，蓋不足道也。」〔註21〕〈記筮卦〉言：「戊寅十月五日，以久不得子由書，憂不去心，以《周易》筮之。……吾考此卦極精詳，口以授過，又書而藏之。」〔註22〕等等多篇文章，都同樣於文章之初，就言明事件發生的時間了。

也有文章是在事件經過敘述完畢後，才補上日期的。而這個日期，有時是指蘇軾得知該事的時間，有時是指其寫作該篇文章的時間。這與文首記載所述事件之發生時間，是有所差異的。試見〈記盛度誥詞〉文末所記之日期：

> 盛度，錢氏壻，而不喜惟演，蓋邪正不相入也。……元符三年十二月二十
> 一日講筵，上未出，立延穌殿中，時軾方論周穜擅議宗廟，蘇子容因道此。
> 〔註23〕

此文於言盛度誥詞後，記錄下來的日期，就不是指盛度爲誥詞的時間，而是蘇軾聽聞此事的時間。又如〈記道人問眞〉一文，記載的時間，也是蘇軾聞知道人徐問眞之異事的時間。

> 道人徐問眞，自言濰州人，嗜酒狂肆，能啖生葱鮮魚，以指爲鍼，以土爲
> 藥，治病良有驗。……元祐六年十一月二日，與叔弼父、季默父夜坐話其
> 事，事復有甚異者，不欲盡書，然問眞要爲異人也。〔註24〕

另外，如〈別文甫子辯〉文末的「七年三月九日。」〔註25〕〈論桓範陳宮〉末言：「元祐三年九月十八日書。」〔註26〕……都是指蘇軾寫作當篇文章的時間。所以，要清楚《東坡志林》書中出現的時間，所指爲何，就得深入了解文章內容，才可得知。此外，還有較詳盡的時間記載，是將事件發生時間，與文章寫作時間，都記錄下來，如〈記子由夢〉：

> 元豐八年正月旦日，子由夢李士寧，草草爲具，……明年閏二月六日爲予
> 道之，書以遺過子。〔註27〕

文首是蘇轍夢見李士寧的時間，文末則是蘇軾寫下此事的時間。〈別姜君〉一文，亦是如此。

〔註21〕見於同註7，（宋）蘇軾撰，王松齡點校：《東坡志林》，卷三，〈高麗公案〉，頁71。
〔註22〕見於同註7，（宋）蘇軾撰，王松齡點校：《東坡志林》，卷三，〈記筮卦〉，頁64。
〔註23〕見於同註7，（宋）蘇軾撰，王松齡點校：《東坡志林》，卷二，〈記盛度誥詞〉，頁30。
〔註24〕見於同註7，（宋）蘇軾撰，王松齡點校：《東坡志林》，卷二，〈記道人問眞〉，頁42
　　　　～43。
〔註25〕見於同註7，（宋）蘇軾撰，王松齡點校：《東坡志林》，卷一，〈別文甫子辯〉，頁23。
〔註26〕見於同註7，（宋）蘇軾撰，王松齡點校：《東坡志林》，卷四，〈論桓範陳宮〉，頁91。
〔註27〕見於同註7，（宋）蘇軾撰，王松齡點校：《東坡志林》，卷一，〈記子由夢〉，頁16。

> 元符己卯閏九月，瓊守姜君來儋耳，日與予相從，庚辰三月乃歸。……子
> 歸，吾無以遣日，獨此二事日相與往還耳。二十一日書。〔註28〕

這篇文章裡，蘇軾對於姜君元符二年閏九月來訪，與元符三年三月歸去，都做仔細的時間記錄，文末亦述姜君歸去當月的二十一日，他書錄姜君來訪之事。順手的時間敘述，使得蘇軾平日的經歷，有了清楚又確定的記實。

載時記日的特色，雖然對於文章藝術的貢獻不大，但在從事歷時的考證時，卻能發揮關鍵的作用。所以《東坡志林》裡的這個特色，使得此書增加了歷史考實的價值。有了清楚的時間記載，後世人在取得《東坡志林》的文獻資料時，也能同時得知其正確的發生時間，使相關的討論工作，更能順利進行。

五、贊語運用

中國的史籍當中，作者常常會在史事或人物記載後，提出評論性的言論，這就是贊語的運用，例如左丘明《春秋左氏傳》藉「君子曰」論贊史事，司馬遷《史記》則以「太史公曰」評論歷史人物，班固《漢書》直接用「贊曰」展開評論……，贊語的運用，在史書上是相當普遍的。蘇軾自幼熟習古籍，對於史學尤感興趣，也創作了不少史論文。在寫作上，蘇軾同樣接受了史籍的寫作特色，即使在一般無關乎歷史的文章裡，也會出現贊語的寫作方式，《東坡志林》的文章中，就可發現這種現象，以〈袁宏論佛說〉為例，蘇軾在文末，就以「東坡居士曰」帶出對袁宏論佛一事的看法。

> 袁宏《漢紀》曰：「浮屠，佛也，西域天竺國有佛道焉。佛者，漢言覺也，
> 將以覺悟羣生也。其教也，以修善慈心為主，不殺生，專務清淨，其精者
> 為沙門。沙門，漢言息也，蓋息意去欲，歸於無為。又以為人死精神不滅，
> 隨復受形，生時善惡皆有報應，故貴行修善道以煉精神，以至無生，而得
> 為佛也。」東坡居士曰：此殆中國始知有佛時語也，雖淺近，大略具足矣。
> 野人得鹿，正爾煮食之耳，其後賣與市人，遂入公庖中，饌之百方。然鹿
> 之所以美，未有絲毫加於煮食時也。〔註29〕

蘇軾在文中藉贊語，言袁宏《漢紀》論佛，雖然淺白簡易，卻也大意俱備，是中國言佛語的濫觴。並以野人得鹿，饌於公庖之事為喻，說明袁宏初言佛語，不因後來的佛說更加精美，而埋沒其創始的貢獻。又如〈梁工說〉，並用「君子曰」、「居士曰」作評論。

〔註28〕見於同註7，（宋）蘇軾撰，王松齡點校：《東坡志林》，卷一，〈別姜君〉，頁23。
〔註29〕見於同註7，（宋）蘇軾撰，王松齡點校：《東坡志林》，卷二，〈袁宏論佛說〉，頁35。

梁工治丹竈有日矣。或有自三峯來,持淮南王書,欲授枕中奇祕坎離生養之
法,陰陽九六之數,子女南北之位,或黃或白,生生而不窮,以是強兵,以
是緒餘以博施濟眾。……君子曰:術之不慎,學之不至者然也,非師之罪也。
居士曰:朽牆畫墁,天下之賤工,而莫不有師。問之不下,思之不熟,與無
師同。其師之不至,朽牆畫墁之不若也。不至,則欺其中,亦以欺其外。欺
其中者己窮,欺外者人窮。如梁工蓋自窮,亦安能窮人哉!〔註30〕

梁工向方士習得煉丹養生之術,可是梁工貪心,欲速則不達,終至功敗垂成,而梁
工至死不悟,實在可嘆。蘇軾藉「君子曰」,說明煉丹養生之術,貴在謹思慎行,學
之不成,不能罪怪師傅。又以「居士曰」批判梁工不遵師訓,依自己的意思行事,
與無師教導何異。梁工不能確實學到師傅的技術,就等於對煉丹養生之術的知識,
是空虛、毫不了解的。

　　贊語的運用,在論及過去的歷史人物、事件時,更是常見。蘇軾在這類文章裡,
則慣用「蘇子曰」作為評論之始。如〈劉伯倫〉云:

劉伯倫常以鍤自隨,曰:「死即埋我。」蘇子曰,伯倫非達者也,棺槨衣
衾,不害為達。苟為不然,死則已矣,何必更埋!〔註31〕

蘇軾藉「蘇子曰」,言劉伯倫平日故作豁達,實際上,他仍拋不下對自己這副軀體的
眷念,心中有所罣礙。所以,劉伯倫即便死去,依舊心念軀殼的處置,不是真的豁
達。又如〈攝主〉一篇言:

魯隱公元年,不書即位,攝也。歐陽子曰:「隱公非攝也。使隱而果攝也,
則《春秋》不書為公,《春秋》書為公,則隱非攝,無疑也。」蘇子曰:
非也。《春秋》,信史也,隱攝而桓弒,著於史也詳矣。周公攝而克復子者
也,以周公薨,故不稱王。隱公攝而不克復子者也,以魯公薨,故稱公。……
蘇子曰:攝主,先王之令典,孔子之法言也。而世不知,習見母后之攝也,
而以為當然。故吾不可不論,以待後世之君子。〔註32〕

一般在史論文中,蘇軾每每有評論之言時,就會使用「蘇子曰」,以做為正文與評論
文的區隔。這篇〈攝主〉一開始,蘇軾就對歐陽子言「隱公非攝也」的見解,感到
不妥,所以另用「蘇子曰」,說明《春秋》裡,有隱公攝位之事的詳實記載。又隱公
是於魯公薨後,才繼任王位,所以稱公,並非如歐陽子所理解的那般。最後,蘇軾
於文末又以「蘇子曰」,道出他論攝主之事的原因,是為了使世人明瞭,攝主是源於

〔註30〕見於同註7,(宋)蘇軾撰,王松齡點校:《東坡志林》,卷三,〈梁工說〉,頁67～68。
〔註31〕見於同註7,(宋)蘇軾撰,王松齡點校:《東坡志林》,卷四,〈劉伯倫〉,頁91。
〔註32〕見於同註7,(宋)蘇軾撰,王松齡點校:《東坡志林》,卷五,〈攝主〉,頁114～115。

先王的令典，孔子的法言，非一般人所認知，由母后攝政，輔佐幼主的情況。

一般來說，史籍的敘事要客觀，評論要切題，所以史書多將評論之言與正文分離，做個別的描述。蘇軾《東坡志林》也把握了這個原則，在文章敘述外，設計出一個發表評論的空間，即是贊論的部分。因此，運用贊語，成為此書裡的特色之一。

第二節　《東坡志林》的寫作技巧

從劉勰《文心雕龍》問世以來，其「情采並重」的文學主張，就被人們廣為尊崇依循。劉勰《文心雕龍·情采》中云：

> 夫鉛黛所以飾容，而盼倩生於淑姿；文采所以飾言，而辯麗本於情性。故情者，文之經，辭者，理之緯；經正而後緯成，理定而後辭暢，此立文之本源也。〔註33〕

劉勰認為情性為本，文采為飾，將情性視為文之經，文辭視為文之緯。只有情采兼重，互相配合，才能構成完美的文學作品。後來，蘇軾在提倡文以致用〔註34〕的觀點時，也不忘強調文章審美價值與形式技巧的重要，他在〈書李伯時山莊圖後〉云：

> 故其神與萬物交，其智與百工通。雖然有道有藝，有道而不藝，則物雖形於心，不形於手。〔註35〕

為文與作畫的基本要求相同，同樣講究所要表現之事物的特性，與表現事物特性的藝術技巧，因此，「道」、「藝」都是創作時，不可或缺的部分。在〈跋秦少游書〉中，蘇軾又再度提出「技道兩進」的主張。

> 少游近日草書，便有東晉風味。作詩增奇麗，乃知此人不可使閒，遂兼百技矣。技進而道不進，則不可。少游乃技道兩進也。〔註36〕

〔註33〕見於同註3，（梁）劉勰著，王利器校注：《文心雕龍校證》，卷七，〈情采第三十一〉，頁205。

〔註34〕蘇軾於〈答喬舍人啟〉云：「文章以華采為末，而以體用為本。」見於（宋）蘇軾著：《東坡七集》（臺北市：臺灣中華書局發行，1966年3月，臺一版，《四部備要》本），第四冊，《東坡續集》，卷十，〈答喬舍人啟〉，葉二十一右。蘇軾反對文章空洞不實用，於〈與王庠書〉言：「儒者之病，多空文而少實用，賈誼陸贄之學，殆不傳於世。」見於同書，（宋）蘇軾著：《東坡七集》，第四冊，《東坡續集》，卷十一，〈與王庠書〉，葉二十七左。

〔註35〕見於同註1，（宋）蘇軾撰，（明）毛晉輯：《東坡題跋》，卷五，〈書李伯時山莊圖後〉，頁6764。

〔註36〕見於同註1，（宋）蘇軾撰，（明）毛晉輯：《東坡題跋》，卷四，〈跋秦少游書〉，頁6753～6754。

此處雖是言書畫藝術，然而文學創作亦須注意「技」與「道」二者的要求。把握事物本質特性的同時，還得具備表現事物的修飾技巧。蘇軾對於各類藝術的表現手法，顯得十分重視，他在構思為文時，也常利用一些修辭技巧，使作品能夠翻陳出奇，姿態橫生。以下就指出蘇軾《東坡志林》中，常見的幾種寫作技巧，加以討論。

一、譬　喻

　　眾多的寫作技巧中，譬喻技巧是最被廣為使用的，也最為人所熟知，早在先秦時代的《詩經》裡，就提出「詩有六藝」的說法〔註37〕，風、雅、頌指體裁，賦、比、興指作法，其中的比，就是譬喻技巧。劉勰《文心雕龍・比興》云：「且何謂為比？蓋寫物以附意，颺言以切事者也。」〔註38〕比就是借敘寫外物，來譬喻附於文中的事理。運用高張誇大的言辭，描述與事理類似切合的外物，讓欲表達的事理，得以彰顯。譬喻技巧的運用，往往可以使抽象的哲理，變得較為具體，使枯燥木然的事物，變得生動活現。

　　在《東坡志林》裡，譬喻技巧的使用很普遍。尤其是說理議論時，配合著譬喻技巧的運用，常讓文章蘊含深層的哲理妙意，能夠深入淺出的表現出來，使人輕易的理解明瞭。蘇軾在〈導引語〉云：

> 導引家云：「心不離田，手不離宅。」此語極有理。又云：「真人之心，如
> 珠在淵，眾人之心，如泡在水。」此善譬喻者。〔註39〕

導引家言人心多是搖晃不定的，易隨世俗潮流擺盪。並以真珠深沉於淵潭，不逐波流，比喻真人的心神安定。又以泡沫漂浮於水面，隨波逐流，比喻眾人的心神浮動。兩者明顯的對比，使得導引家勸人修心定神的心意，變得又淺白又具體，所以蘇軾也稱其善於譬喻。再如〈唐村老人言〉一文，是用器物之厚薄差異，譬喻世間之富貧不均。

> 民之有貧富，由器用之有厚薄也。子欲磨其厚，等其薄，厚者未動，而薄
> 者先穴矣！〔註40〕

〔註37〕〈詩大序〉：「詩有六義焉：一曰風，二曰賦，三曰比，四曰興，五曰雅，六曰頌。」見於（漢）毛公傳，鄭元箋，（唐）孔穎達等正義：《毛詩正義》，收錄於《十三經注疏》（第二冊）（臺北市：藝文印書館出版發行，1997年8月，初版十三刷），卷一，頁15。

〔註38〕見於同註3，（梁）劉勰著，王利器校注：《文心雕龍校證》，卷八，〈比興第三十六〉，頁227。

〔註39〕見於同註7，（宋）蘇軾撰，王松齡點校：《東坡志林》，卷一，〈導引語〉，頁9。

〔註40〕見於同註7，（宋）蘇軾撰，王松齡點校：《東坡志林》，卷二，〈唐村老人言〉，頁28。

長久以來，貧富不均的問題，一直困擾著中國的社會，當宋代青苗法實施時，更凸顯了這個問題的嚴重性。但在這裡，用器物有厚薄的差異，所以研磨器物，則薄者會先破洞的原理，來比擬青苗法實施，只會令窮者愈窮，無助於貧苦百姓改善生活，簡單而清楚的表達了千萬百姓的心聲。

由於蘇軾對事物觀察入微，能夠掌握其中的特性，又有自由流動的聯想思維，所以其作品，時常能將所述事物，用奇妙又貼切的譬喻來修飾，令人印象深刻。蘇軾〈赤壁洞穴〉一文，就將其遊赤壁途中，看見的奇石怪狀，用譬喻技巧描述出來，不只奇石更顯靈動，全文也變得豐富熱鬧。

> 黃州守居之數百步為赤壁，或言即周瑜破曹公處，不知果是否？……岸多細石，往往有溫瑩如玉者，深淺紅黃之色，或細紋如人手指螺紋也。既數游，得二百七十枚，大者如棗栗，小者如芡實，又得一古銅盆盛之，注水粲然。有一枚如虎豹首，有口鼻眼處，以為羣石之長。〔註41〕

文中對於石礫的外觀，敘述得相當仔細。蘇軾以玉石的溫瑩雅色，形容岸邊細石色彩豐富。又以人類手指的螺紋，比喻石礫上的紋路精細。途中較大的石礫，用棗栗喻之；較小的石礫，以芡實喻之。在這些可愛的石礫中，有一枚特別像是虎豹頭，上面有像是嘴巴、鼻子、眼睛似的痕跡，蘇軾讓它當羣石之首。透過蘇軾的譬喻修飾，這些石礫被注入了生命力，它們美麗的形象，也漸漸地在我們眼前建構起來。又如〈陳氏草堂〉中的譬喻運用，增加了文章的動感，使平凡無奇的景物，也能有多變奇妙的呈現。

> 慈湖陳氏草堂，瀑流出兩山間，落於堂後，如懸布崩雪，如風中絮，如羣鶴舞。〔註42〕

陳氏草堂的瀑流景觀，在蘇軾的眼中，好似懸空素布，又似崩山積雪，像是風中飄揚的棉絮，又像是翩翩起舞的鶴羣，這一連串的比擬譬喻，將瀑布的靜態形貌，與動態奔流，通通都包括其中，讓瀑布更顯風情萬種。譬喻技巧用於景物的描繪，能使其多生變化。對於抽象的感受、氣氛等等的形容，譬喻技巧同樣可以使它們，更為鮮明具體。以〈趙高李斯〉為例，文中利用毒藥猛獸的兇狠恐怖，比喻闍尹之禍的嚴重可怕；利用雷電鬼神的不可預測，比喻秦始皇帝的性情不定。

> 夫闍尹之禍，如毒藥猛獸，未有不裂肝碎膽者也。……以及始皇，秦人視其君如雷電鬼神，不可測也。〔註43〕

〔註41〕 見於同註7，（宋）蘇軾撰，王松齡點校：《東坡志林》，卷四，〈赤壁洞穴〉，頁75～76。

〔註42〕 見於同註7，（宋）蘇軾撰，王松齡點校：《東坡志林》，卷四，〈陳氏草堂〉，頁79。

〔註43〕 見於同註7，（宋）蘇軾撰，王松齡點校：《東坡志林》，卷五，〈趙高李斯〉，頁112

這裡說到閹尹造成的禍害，就好像是毒藥猛獸之害人，使人裂肝碎膽，下場非常悽慘。又說秦人視秦始皇如雷電鬼神，既要侍奉他就像敬畏鬼神一般，又是懼怕他如雷電難測的性格。兩者都是巧妙利用譬喻，形容抽象情境的佳例。

　　生動活潑的譬喻，能令文章生意盎然，有生氣的文章，則易得到眾人的共鳴，這是在《東坡志林》中，能輕易得到的感受。《東坡志林》裡的譬喻寫作，是蘇軾聯想力與觀察力的展現，透過其譬喻手法的運用，使得文章的主題意涵，變得平易近人，讀者的接受度也就提高許多。

二、用　典

　　所謂「用典」，即是引用典故。用典也是被長久使用的寫作技巧之一，劉勰《文心雕龍・事類》有云：

> 事類者，蓋文章之外，據事以類義，援古以證今者也。昔文王繇《易》，
> 剖判爻位，〈既濟〉九三，遠引高宗之伐；〈明夷〉六五，近書箕子之貞：
> 斯略舉人事，以徵義者也。〔註44〕

《文心雕龍》裡的事類，指的就是用典，是引用史事、傳聞、格言、諺語等等文章之外，有意義且具說服力的事例良言，使文章要表達的情意、觀點，更加明顯，更易讓人認同的寫作方法。黃永武《字句鍛鍊法》中，就提到了用典的好處。

> 凡據事類義，來增加風趣的氣氛；或援古證今，來影射難言之事；或摭拾
> 鴻采，來造成文章典雅的風格、華美的字面，都是「用典」的好處。〔註45〕

蘇軾博記多聞，閱書無數，其文章中的用典情形，自然不少，用典技巧也使其文章產生各種不同的效果。在《東坡志林》當中，蘇軾善用典故，讓文章義暢趣溢。

　　蘇軾喜好諧謔，能夠自嘲嘲人，〈子瞻患赤眼〉一文，就是他在眼疾期間，創造出來的一則消遣自己的寓言故事。故事還引用了典故，讓趣味的內容，增添幾許莊重的氣氛。

> 余患赤目，或言不可食膾。余欲聽之，而口不可，曰：「我與子為口，彼
> 與子為眼，彼何厚，我何薄？以彼患而廢我食，不可。」子瞻不能決。口
> 謂眼曰：「他日我痞，汝視物吾不禁也。」管仲有言：「畏威如疾，民之上
> 也；從懷如流，民之下也。」又曰：「燕安酖毒，不可懷也。」《禮》曰：

〜113。

〔註44〕見於同註3，（梁）劉勰著，王利器校注：《文心雕龍校證》，卷八，〈事類第三十八〉，頁234。

〔註45〕見於黃永武著：《字句鍛鍊法》（新增訂本）（臺北市：洪範書店有限公司出版，2002年7月，增訂二版），頁100。

「君子莊敬日強，安肆日偷。」此語乃當書諸紳，故余以「畏威如疾」爲
私記云。〔註46〕

蘇軾因患赤眼症，必須口禁食膾，竟引起口的不滿。口向蘇軾抱怨，並對眼說，他
日口疾時，必定不禁眼視物。蘇軾針對此事，引用了《國語‧晉語》中的管仲之語，
與《禮記‧表記》中的孔子之言，來說明像口這樣強勢直言的質詢，是令人敬畏的，
但是可以使人聽從其言，順從其意。因此，孔子說君子要莊重敬人，才會受到人家
的尊重，才能顯得堅強無懼。雖然全文是始於一種虛構諧趣的寓言氣氛，然而最終
是在經典名言的闡示下結束，也讓這則文章多了一些教化的意味。再如〈論醫和語〉
中，也是引用典籍，來闡明事理，加強作者的論述。

男子之生也覆，女之生也仰，其死於水也亦然。男子內陽而外陰，女子反
是。故《易》曰「坤至柔而動也剛」，《書》曰「沈潛剛克」，世之達者，
蓋如此也。秦醫和曰：「天有六氣，淫爲六疾：陽淫熱疾，陰淫寒疾，風
淫末疾，雨淫腹疾，晦淫惑疾，明淫心疾。夫女陽物而晦時，故淫則爲內
熱蠱惑之疾。」女爲蠱惑，世之知者衆，其爲陽物而內熱，雖良醫未之言
也。五勞七傷，皆熱中而蒸，晦淫者不爲蠱則中風，皆熱之所生也。醫和
之語，吾當表而出之。讀《左氏》，書此。〔註47〕

醫和言陰陽剛柔之理，陽剛不一定是強方，陰柔不一定是弱方，二者若太過或不及，
都是有害的。文中並舉出《周易》上經坤卦的〈文言〉之說，與《尚書》的《周書‧
洪範》之語，來加強論述，說明即使是至柔，也是有堅強的一面，表面柔弱者，亦具
有克敗剛強的能力。所以，不要小看暗中而細弱的影響，大病往往造因於細微之處。

〈論貧士〉是蘇軾貧窮度日時，創作的一篇文章，裡面同樣加入了典故，不但
能夠見識到蘇軾的學識淵博，亦可體會到他運用自如的用典技巧。

俗傳書生入官庫，見錢不識。或怪而問之，生曰：「固知其爲錢，但怪其
不在紙裏中耳。」予偶讀淵明〈歸去來詞〉云：「幼稚盈室，瓶無儲粟。」
乃知俗傳信而有徵。使瓶有儲粟，亦甚微矣，此翁平生只於瓶中見粟也耶？
〈馬后紀〉：夫人見大練以爲異物；晉惠帝問飢民何不食肉糜，細思之皆
一理也，聊爲好事者一笑。〔註48〕

傳聞窮書生，僅見錢於紙裏裡。蘇軾又自陶潛〈歸去來兮辭〉詩中得知，貧士生
平只於瓶中見粟，藉以表現窮書生與貧士，少見世事，見識淺薄。還明引《後漢

〔註46〕見於同註7，（宋）蘇軾撰，王松齡點校：《東坡志林》，卷一，〈子瞻患赤眼〉，頁14。
〔註47〕見於同註7，（宋）蘇軾撰，王松齡點校：《東坡志林》，卷三，〈論醫和語〉，頁60。
〔註48〕見於同註7，（宋）蘇軾撰，王松齡點校：《東坡志林》，卷三，〈論貧士〉，頁66。

書‧明德馬皇后紀》所記：「常衣大練，裙不加緣。朔望，諸姬主朝請，望見后袍衣疏麤，反以爲綺縠就視，迺笑。后辭曰：『此繪特宜染色，故用之耳。』六宮莫不歎息。」〔註49〕的典故，和《晉書‧惠帝紀》記晉惠帝事云：「及天下荒亂，百姓餓死。帝曰：『何不食肉糜？』」〔註50〕的故事，言漢宮諸嬪妃、晉惠帝等貴人，與一般的窮書生、貧士無異，皆因少見多怪，惹人笑話。另外有〈爾朱道士煉朱砂丹〉，則是引用典籍，來增加文章內容，與所述之言的可信度。

> 爾朱道士晚客於眉山，故蜀人多記其事。自言受記於師云：「汝後遇白石浮，當飛仙去。」爾朱雖以此語人，亦莫識所謂。後去眉山，乃客於涪州，愛其所產丹砂，雖瑣細而皆矢鏃狀，瑩徹不雜土石，遂止煉丹數年，竟於涪州白石仙去，乃知師所言不謬。吾聞長老道其事甚多，然不記其名字，可恨也。《本草》言：「丹砂出符陵谷。」陶隱居云：「符陵是涪州。」今無復採者。吾聞熟於涪者云：「採藥者時復得之，但時方貴辰錦砂，故此不甚採爾。」讀《本草》偶記之也。〔註51〕

此文中談論爾朱道士，在盛產丹砂的涪州煉丹後，成仙飛去，兼言涪州丹砂質佳。又引用南朝醫藥家陶景弘（西元 456 年～536 年）集注《神農本草經》中之言，證明丹砂出於符陵谷，而符陵谷就是涪州。又舉用熟悉涪州者之言，說明辰錦砂貴於丹砂，所以丹砂已不被開採了。蘇軾用典說明丹砂的產地與停採，使人在知爾朱道士煉朱砂丹之事外，還了解了丹砂的相關知識，而文章內容也更趨完整。

　　從《東坡志林》中可知，引用典故能夠增加文章敘述的可信度，也能觸發人們的思考，還讓文章的氣質提昇，有修飾文章風格的作用。蘇軾了解用典的益處，本身又學富五車，所以對於引經據典之事，就非常得心應手。因此，《東坡志林》的用典情形，也就時常可見了。

三、設　問

　　在文章的寫作技巧中，設問法很能夠引起人們注意，讓作者大發議論，盡抒情感。以設問技巧寫作的作品中，屈原〈天問〉最爲經典，它是創作於屈原被放逐之

〔註49〕見於（宋）范曄撰，（唐）章懷太子賢注，（梁）劉昭補注，（清）王先謙集解：《後漢書集解》（臺北市：藝文印書館印行，1996 年 8 月，初版四刷，《二十五史》本），第一冊，卷十上，〈明德馬皇后紀〉，頁 157。

〔註50〕見於唐太宗御撰，（唐）吳士鑑、劉承幹注：《晉書斠注》（臺北市：藝文印書館印行，1996 年 8 月，初版四刷，《二十五史》本），第一冊，卷四，〈惠帝紀〉，頁 101。

〔註51〕見於同註7，（宋）蘇軾撰，王松齡點校：《東坡志林》，卷二，〈爾朱道士煉朱砂丹〉，頁 48。

後。當時屈原心情低落，精神恍惚，開始懷疑過去深信的一切，而提出一連串的疑問。在〈天問〉的各個疑問中，都能深切的感受到，屈原憤慨悲傷的情緒。由單純的設問句，交織而成的篇章，竟能傳達出如此強烈的意念，實在使人難忘。可見設問技巧對於文章情感的營造，或是作者議論的開展，有著很大的助益。設問還有一個特點，就是被提出的疑問，不見得要有解答，有時設問的運用，只是要讓問題聚焦，得到重視。

《東坡志林》中，使用設問技巧的文章，有的是蘇軾將人們不清楚的事，加以提出，以多作說明，甚至發表己見，例如〈讀壇經〉：

> 近讀六祖《壇經》，指說法、報、化三身，使人心開目明。然尚少一喻，試以喻眼：見是法身，能見是報身，所見是化身。何謂見是法身？眼之見性，非有非無，無眼之人，不免見黑，眼枯睛亡，見性不滅，故云見是法身。何謂能見是報身？見性雖存，眼根不具，則不能見，若能安養其根，不爲物障，常使光明洞徹，見性乃全，故云能見是報身。何謂所見是化身？根性既全，一彈指頃，所見千萬，縱橫變化，俱是妙用，故云所見是化身。此喻既立，三身愈明。如此是否？〔註52〕

蘇軾認爲《壇經》言法、報、化三身，可使人心開目明之說，過於抽象，不易理解，因此以眼喻之。又利用設問法，來分述「見是法身」、「能見是報身」、「所見是化身」，清楚的說明了法身、報身、化身之義，也讓人體會到，三身何以能使人心開目明。文末蘇軾再問，如此喻說，是否使《壇經》之言更令人明瞭了，則是期望此喻，得到眾人的認同。又如討論周朝東遷之失的〈周東遷失計〉，同樣利用設問法，來帶出議論。

> 昔武王克商，遷九鼎于洛邑，成王、周公復增營之，周公既沒，蓋君陳、畢公更居焉，以重王室而已，非有意於遷也。周公欲葬成周，而成王葬之畢，此豈有意於遷哉？今夫富民之家，所以遺其子孫者，田宅而已。不幸而有敗，至於乞假以生可也，然終不可議田宅。今平王舉文、武、成、康之業而大棄之，此一敗而粥田宅者也。夏、商之王，皆五六百年，其先王之德無以過周，而後王之敗亦不減幽、屬，然至於桀、紂而後亡。其未亡也，天下宗之，不如東周之名存而實亡也。是何也？則不粥田宅之效也。
>
> 〔註53〕

在這段文句裡，討論周平王東遷都城至洛邑，是相當不智的，使周朝走向滅亡之路。其中出現的第一個反問句：「此豈有意於遷哉？」，表示了周朝的聖王賢臣，從前都

〔註52〕 見於同註7，（宋）蘇軾撰，王松齡點校：《東坡志林》，卷二，〈讀壇經〉，頁33。
〔註53〕 見於同註7，（宋）蘇軾撰，王松齡點校：《東坡志林》，卷五，〈周東遷失計〉，頁100。

於洛邑，非出於遷都之意，而是爲了保存、經營王室的實力，也表明了蘇軾反對周朝東遷的立場。此問句之後，蘇軾就開始述明，平王不守先王之業而東遷的不智，是造成周朝名存實亡的重大影響。接著，再設「是何也？」一問句，領出結論，總結周東遷之失，在於不懂得守持祖先產業，與長久累積的力量。不只再次強調整個論述，也爲此論說立下強而有力的結語。

　　從上例就能發現，設問技巧有助於文章的論說，還能產生畫龍點眼的效果。而在〈記羅浮異境〉中，又能再次見到，設問句引領要旨出現的寫作技巧。

> 有官吏自羅浮都虛觀游長壽，中路覯見道室數十間，有道士據檻坐，見吏不起。吏大怒，使人詰之，至則人室皆亡矣。乃知羅浮凡聖雜處，似此等異境，平生修行人有不得見者，吏何人，乃獨見之！正使一凡道士見己不起，何足怒？吏無狀如此，得見此者必前緣也。〔註54〕

全文敘述有一官吏在羅浮時，遇見尋常人不得經歷的異境。異境中，有一道士據檻而坐，見官吏不起，而引起了官吏的憤怒。蘇軾順著故事情節的發展，設置「何足怒？」問句，道出官吏能得見羅浮異境，是因爲此官吏前世修身，才得仙緣。文中的設問句，也令蘇軾得以表達出，他欲藉故事，勸勉世人行善修身，以結善緣的用心。此外，設問技巧還能使作者的心意，較婉約的呈現出來，不會讓文章變得強硬，不得有轉圜的彈性。以〈延年術〉一文爲例，蘇軾就是用疑問句，委婉的否定延年術的存在。

> 自省事以來，聞世所謂道人有延年之術者，如趙抱一、徐登、張元夢，皆近百歲，然竟死，與常人無異。及來黃州，聞浮光有朱元經尤異，公卿尊師之者甚衆，然卒亦病，死時中風搐搦。但實能黃白，有餘藥、金皆入官。不知世果無異人耶？抑有，而人不見，此等舉非耶？不知古所記異人虛實，無乃與此等不大相遠，而好事者緣飾之耶？〔註55〕

世間傳聞道人有延年術，但蘇軾親眼見過自稱習得延年術者，最後也如常人一樣病卒。所以，他懷疑習成延年術者的存在，而於此文中，提出二個問句，深深地表達出他的質疑。文末並以「好事者緣飾之耶？」一問句，婉轉的道出他不相信延年術的想法。由此看來，表現難以證實的觀點時，設問句的曲緩婉辭，要比直述句的義正辭嚴，更能受到人們的歡迎，也爲作者的意見存留更動的空間，比較不易受到其他見解的攻訐。

　　寫作時，不只文句意義可以表現作者的心態意圖，語氣口吻也能傳達作者的

〔註54〕見於同註7，（宋）蘇軾撰，王松齡點校：《東坡志林》，卷二，〈記羅浮異境〉，頁43。
〔註55〕見於同註7，（宋）蘇軾撰，王松齡點校：《東坡志林》，卷三，〈延年術〉，頁62。

心境情緒。而設問技巧就是針對語氣口吻部分，加以設想考量，所採取的寫作方式。《東坡志林》的許多文章，都會使用設問句，創造出懸疑的情境，之後再就問題，詳加說明，最後讓人有真相大白，豁然開朗之感，進而使人牢記住議說論述。也因為設問句是以迂迴的口吻，傳遞出作者的深意，因而讓文章的議說和緩下來，不會咄咄逼人。

四、排　比

寫作文章時，為使文句筆力延伸，加強事物的描摹，擴展情韻的渲染，就會利用一系列句型相似，句意相異的詞句，來闡述一特定範圍的事象，此即為排比的應用。在敘事的散文中，特別容易見到排比技巧的使用，如《史記·管晏列傳》：

> 管仲曰：吾始困時，嘗與鮑叔賈，分財利，多自與。鮑叔不以我為貪，知我貧也。吾嘗為鮑叔謀事而更窮困，鮑叔不以我為愚，知時有利不利也。吾嘗三仕三見逐於君，鮑叔不以我為不肖，知我不遭時也。吾嘗三戰三走，鮑叔不以我為怯，知我有老母也。公子糾敗，召忽死之，吾幽囚受辱，鮑叔不以我為無恥，知我不羞小節，而恥功名不顯于天下也。生我者父母，知我者鮑子也。〔註56〕

太史公用五組類似的句法，敘述五件鮑叔牙信任管仲的事情經過，重複五次「知我」的文句，顯示出鮑叔牙真是管仲的知己，以及管仲對鮑叔牙滿懷的感激之意，讓管仲與鮑叔牙這對患難知己的情誼，流傳千古。

在蘇軾《東坡志林》裡，處處能見到佈滿整齊排比句組的作品，就如〈謝魯元翰寄暖肚餅〉一文，蘇軾便是大量使用排比句，來描述他送給魯元翰的暖肚餅。

> 公昔遺余以暖肚餅，其直萬錢。我今報公亦以暖肚餅，其價不可言。中空而無眼，故不漏；上直而無耳，故不懸；以活潑潑為內，非湯非水；以赤歷歷為外，非銅非鉛；以念念不忘為項，不解不縛；以了了常知為腹，不方不圓。到希領取，如不肯承當，卻以見還。〔註57〕

這段文句中，兩兩成對的排比句組，句型一模一樣，用詞遣字，也互為對偶，十分整齊劃一。此文不只將暖肚餅的特徵，詳細的描寫出來，還展現出蘇軾高超的寫作功力，使文章更具節奏感，也產生了獨特的文趣。又如〈記與歐公語〉中，蘇軾同

〔註56〕見於（日）瀧川龜太郎著：《史記會注考證》（臺北市：萬卷樓圖書有限公司發行，1996年10月，初版二刷），卷六十二，〈管晏列傳第二〉，頁850。
〔註57〕見於同註7，（宋）蘇軾撰，王松齡點校：《東坡志林》，卷一，〈謝魯元翰寄暖肚餅〉，頁12～13。

樣運用排比句,來表達感想,惹得歐陽修開懷大笑。

> 今《本草注‧別藥性論》云:「止汗,用麻黃根節及故竹扇爲末服之。」
> 文忠因言:「醫以意用藥多此比,初似兒戲,然或有驗,殆未易致詰也。」
> 予因謂公:「以筆墨燒灰飲學者,當治昬惰耶?推此而廣之,則飲伯夷之
> 盥水,可以療貪;食比干之餕餘,可以已佞;舐樊噲之盾,可以治怯;齅
> 西子之珥,可以療惡疾矣。」公遂大笑。〔註58〕

歐陽修據藥書所載,言醫病時,可將患者缺乏之物,加入藥材中,患者就比較容易恢復。蘇軾則依此理推衍出:「飲伯夷之盥水,可療貪疾」、「食比干之餕餘,可以已佞」、「舐樊噲之盾,可以治怯」、「齅西子之珥,可以療惡疾」這四樣療病的良藥。蘇軾這四說,頗爲逗趣,又是以排比句式,流貫而出,使得歐陽修也忍不住展顏大笑了!

　　此外,排比句式在論說中,也是很常被使用的寫作方法,對於論述的一氣呵成,有著絕佳的幫助,例如〈周東遷失計〉寫道:

> 嗟夫,平王之初,周雖不如楚強,顧不愈於東晉之微乎?使平王有一王導,
> 定不遷之計,收豐、鎬之遺民,修文、武、成、康之政,以形勢臨東諸侯,
> 齊、晉雖強,未敢貳也,而秦何自霸哉?魏惠王畏秦,遷于大梁;楚昭王
> 畏吳,遷于郢;頃襄王畏秦,遷于陳;考烈王畏秦,遷于壽春:皆不復振,
> 有亡徵焉。〔註59〕

此處談論周平王因爲畏敵,東遷都邑至洛的不妥。爲了加強論述,蘇軾又用排比句列舉出「魏惠王畏秦,遷于大梁」、「楚昭王畏吳,遷于郢」、「頃襄王畏秦,遷于陳」、「考烈王畏秦,遷于壽春」等四件史事,證明不思振作禦敵,只知遷都逃避,就是國家要滅亡的徵兆。並暗示周朝東遷一事,是後來世局更加混亂,加快亡國速度的重大遠因。再如〈七德八戒〉文中,也是藉一系列的排比文句,來列舉出盛德之事,與深戒之事。

> 故吾以爲楚成王知晉之必霸而不殺重耳,漢高祖知東南之必亂而不殺吳王
> 濞,晉武帝聞齊王攸之言而不殺劉元海,符堅信王猛而不殺慕容垂,唐明
> 皇用張九齡而不殺安祿山,皆盛德之事也。……齊景公不繁刑重賦,雖有
> 田氏,齊不可取;楚成王不用子玉,雖有晉文公,兵不敗;漢景帝不害吳
> 太子,不用鼂錯,雖有吳王濞,無自發;晉武帝不立孝惠,雖有劉元海,

〔註58〕見於同註7,(宋)蘇軾撰,王松齡點校:《東坡志林》,卷三,〈記與歐公語〉,頁60
　　　　～61。

〔註59〕見於同註7,(宋)蘇軾撰,王松齡點校:《東坡志林》,卷五,〈周東遷失計〉,頁101。

不能亂；符堅不貪江左，雖有慕容垂，不能叛；明皇不用李林甫、楊國忠，雖有安祿山，亦何能爲？……漢景帝以鞅鞅而殺周亞夫，曹操以名重而殺孔融，晉文帝以臥龍而殺嵇康，晉景帝亦以名重而殺夏侯玄，宋明帝以族大而殺王彧，齊後主以讒言而殺斛律光，唐太宗以讖而殺李君羨，武后以讒言而殺裴炎，世皆以爲非也。〔註60〕

在這篇文章裡，蘇軾用相同的句型描寫楚成王、漢高祖、晉武帝、符堅、唐明皇等人的盛德之事。又以另一同句型的排比句組，爲他們辯解，說明他們的失敗，並非由於他們的「不殺」之決造成的。不止如此，蘇軾在言八戒之事時，也是用排比句式來表現，將排比技巧發揮得淋漓盡致，成爲本篇文章的最大特色。同時，也使全文論說的氣勢，說理的立足點，更加強健有力。所以，善用排比技巧，就有機會創作出過人的論說，得到人們的信服。

很顯然地，從《東坡志林》的例子中，可以知道利用排比技巧，能使文句排列變得和諧整齊，增加文章形式的美感。而作者精妙的設下排比句，也有助於文氣的流暢，讓文章愈讀愈津津有味。

五、映 襯

映襯，是一種能讓文章精緻華美，凸顯主題志趣的寫作技巧。使用映襯技巧的文章寫作，與多數用單刀直入的方式，來描述文章內容的寫作不同。映襯是藉著描寫賓體，來襯飾主體，使主體得到彰顯，所以在賓體的筆墨刻劃，是較爲精彩詳細的。如《史記・季布欒布列傳》一文，不具體描繪季布的人物性格，只寫周氏、朱家、滕公、曹丘生的事，來襯托季布，就是使用映襯技巧，來顯出季布的爲人，舉以下一段文章爲例：

滕公留朱家，飲數日，因謂滕公曰：「季布何大罪，而上求之急也？」滕公曰：「布數爲項羽窘上，上怨之，故必欲得之。」朱家曰：「君視季布何如人也？」曰：「賢者也。」朱家曰：「臣各爲其主用，季布爲項籍用，職耳。項氏臣可盡誅邪？今上始得天下，獨以己之私怨求一人，何示天下之不廣也。且以季布之賢，而漢求之急如此，此不北走胡，即南走越耳。夫忌壯士以資敵國，此伍子胥所以鞭荊平王之墓也。君何不從容爲上言邪？」汝陰侯滕公，心知朱家大俠，意季布匿其所，迺許曰：「諾。」待閒，果言如朱家指。上迺赦季布。當是時，諸公皆多季布能摧剛爲柔。朱家亦以

〔註60〕見於同註7，（宋）蘇軾撰，王松齡點校：《東坡志林》，卷五，〈七德八戒〉，頁117～118。

此名聞當世。〔註61〕

這裡以滕公與朱家的對話，顯示出季布忠於君主，既有賢能又能摧剛為柔，正是初建王國的漢朝，急於求得的人才。文中完全沒有針對季布個人，多做具體的描述，只是透過滕公與朱家之言，就讓季布之賢，展現出來，這正是映襯技巧造成的效果。但較多時候，寫作的安排上，是讓有比較性的賓主，相互映照陪襯，成為對比，而達到凸顯主題的目的，如「遠在天邊，近在眼前」一語，是要表現距離相當的接近；「禮輕情意重」一句，則是要顯示深厚的情意，比禮物的貴重更為重要。

映襯的寫作技巧，蘇軾在為文時，也會使用，如《東坡志林》裡的〈塗巷小兒聽說三國語〉寫道：

> 王彭嘗云：「塗巷中小兒薄劣，其家所厭苦，輒與錢，令聚坐聽說古話。
> 至說三國事，聞劉玄德敗，顰蹙有出涕者；聞曹操敗，即喜唱快。以是知
> 君子小人之澤，百世不斬。」彭、愷之子，為武吏，頗知文章，余嘗為作
> 哀辭，字大年。〔註62〕

藉著孩童聽三國故事，一聞劉備敗，就難過涕泣；一聽曹操敗，就歡喜戲唱。這樣一個鮮明的對比觀感，不僅能看出劉備受人喜愛，曹操遭人排斥的情況，也凸顯出君子小人的流風餘韻，經過百世，仍舊為世人樂談喜言。此處即以孩童聽三國故事，襯托出人們厚愛君子，鄙薄小人的態度，古今長幼皆然。再如〈朧仙帖〉一文，是藉言司馬相如的鄙行，顯示賈誼〈鵩鳥賦〉有真大人情操。

> 司馬相如諂事武帝，開西南夷之隙。及病且死，猶草〈封禪書〉，此所謂
> 死而不已者耶？列仙之隱居山澤間，形容甚臞，此殆「四果」人也。而相
> 如鄙之，作〈大人賦〉，不過欲以侈言廣武帝意耳。夫所謂大人者，相如
> 孺子，何足以知之！若賈生〈鵩鳥賦〉，真大人者也。〔註63〕

司馬相如本身鄙視清瘦無華的「四果」人，又創作出雕飾豔麗的長篇大賦，並名為〈大人賦〉，來取悅討好漢武帝。然而，相如的行為、心思，那能稱得上是大人；如賈誼作〈鵩鳥賦〉，有著鬱勃悲憤的真實感情，才可稱為大人。此文將司馬相如〈大人賦〉與賈誼〈鵩鳥賦〉的情操，做一比較，彰顯出真大人的條件，是要做真實的自己，有真誠可佩的情操。

〔註61〕見於同註56，（日）瀧川龜太郎著：《史記會注考證》，卷一百，〈季布欒布列傳第四十〉，頁1117～1118。

〔註62〕見於同註7，（宋）蘇軾撰，王松齡點校：《東坡志林》，卷一，〈塗巷小兒聽說三國語〉，頁7。

〔註63〕見於同註7，（宋）蘇軾撰，王松齡點校：《東坡志林》，卷二，〈朧仙帖〉，頁45。

又如〈醫生〉，也是用對比的方式，來襯托出張君的醫德高尚。

> 近世醫官仇鼎，療癭腫爲當時第一，鼎死，未有繼者。今張君宜所能，殆
> 不減鼎。然鼎性行不甚純淑，世或畏之。今張君用心平和，專以救人爲事，
> 殆過於鼎遠矣。〔註64〕

文中述及醫官仇鼎治療癭腫的技術一流，但品行不佳，甚至讓人畏懼。又言張君醫術不比仇鼎差，但心地善良，以救人爲己任，在醫德上遠勝仇鼎。這是藉著二人強烈的對比，來顯現出張君仁心妙手，是很值得人們敬佩的。又如〈王嘉輕減法律事見梁統傳〉，也是舉用許多用重法治世的君主，來映襯王嘉輕減法律之事，是難能可貴的。

> 漢仍秦法，至重。高、惠固非虐主，然習所見以爲常，不知其重也，至孝文
> 始罷肉刑與參夷之誅。景帝復挈戮晁錯，武帝罪戾有增無損，宣帝治尚嚴，
> 因武之舊。至王嘉爲相，始輕減法律，遂至東京，因而不改。〔註65〕

這段文字裡，提到高帝、惠帝沿襲秦法，習以爲常，故用重刑而不自知；景帝、武帝用重刑，更有增無減；宣帝則沿用武帝時的政策，同樣實施重刑。這連續的重刑政策，都是爲了襯托王嘉輕減法律，廢除重刑的盛德之事，是漢朝的一項壯舉，得來不易，也是蘇軾特別安排映襯寫作，來敘述前面施行重刑的原因。

紅花還需綠葉襯，藉描摹賓體，來襯出主體，就是映襯技巧的首要目的，是很特殊的敘述手法。《東坡志林》中的作品，記事爲主，敘事爲多。比起單調的直述主題，映襯手法將書裡的文章，裝點得更爲繽紛，確實有讓文章更賞心悅目的功效在。

六、頂 眞

在使文句緊湊的寫作技巧裡，頂眞是較容易的手法，其原理是使後句的開端，和前句的結尾，用相同的字詞來連接，形成文章上遞下承，文氣銜接不斷的效果。一般多見於敘述連續或急迫的事情時，如《史記‧晉世家》記道：

> 七年，晉大臣潘父弒其君昭侯而迎曲沃桓叔。桓叔欲入晉，晉人發兵攻桓
> 叔，桓叔敗還歸曲沃。晉人共立昭侯子平爲君。是爲孝侯，誅潘父。〔註66〕

這裡利用頂眞技巧，將晉國昭侯七年時，潘父弒君，桓叔入晉遭拒等等事件，簡明的陳述出來，不但表示這些大事是接連發生，也表示它們很快就結束。

蘇軾常運用頂眞技巧作文，在《東坡志林》裡，常見文句連貫的篇章，就多是

〔註64〕見於同註7，（宋）蘇軾撰，王松齡點校：《東坡志林》，卷三，〈醫生〉，頁59。
〔註65〕見於同註7，（宋）蘇軾撰，王松齡點校：《東坡志林》，卷四，〈王嘉輕減法律事見梁統傳〉，頁88～89。
〔註66〕見於同註56，（日）瀧川龜太郎著：《史記會注考證》，卷三十九，〈晉世家第九〉，頁622。

因頂眞的運用，而創造出的妙文，例如〈辟穀說〉用頂眞法，表現急欲得知，爲何辟穀之法，容易理解且容易修行，世間卻少有人練成此法的心境。

> 此法甚易知易行，天下莫能知，知者莫能行，何則？虛一而靜者，世無有也。〔註67〕

以「知」字頂「知」字，讓文章語氣連續而下，並表現出知道辟穀法是容易的，但知此法者不能修練成功的原因何在，就令人難以了解了，這也表示了平常人是很難平靜專一的。又如〈記天心正法呪〉一文，則是利用頂眞技巧，來加強所述二者的密切關係。

> 王君善書符，行天心正法，爲里人療疾驅邪。僕嘗傳此呪法，當以傳王君。
>
> 其辭曰：「汝是已死我，我是未死汝。汝若不吾崇，吾亦不汝苦。」〔註68〕

天心正法呪是用於療疾驅邪之呪，此呪甚是有趣，將疾病與外邪擬人化，視爲另一個我，與本我的關係密切。又利用頂眞技巧，使「汝」與「我」相互連環，成爲一體，意使疾病與外邪了解，傷人等於傷己，故應速速退去，以達到替人療疾驅邪的目的。

頂眞技巧的功用很多，但主要還是在使文章蟬聯，文筆明快，如〈記樊山〉中，頂眞的寫作技巧，就使樊山之旅，行程變得緊湊。

> 循山而南至寒谿寺，上有曲山，山頂即位壇、九曲亭，皆孫氏遺跡。〔註69〕

用「上有曲山」，接「山頂即位壇、九曲亭」，表現出由山下到山頂的行程，是很匆促迅速的，也能顯現出遊人，欲攻山頂的急切心情。又如〈秦拙取楚〉裡寫道：

> 秦遂圍邯鄲，幾亡趙。趙雖未亡，而齊之亡形成矣。……齊人不悟而與秦合，故秦得以其間取三晉。三晉亡，齊蓋岌岌矣。方是時，猶有楚與燕也，三國合，猶足以拒秦。秦大出兵伐楚伐燕而齊不救，故二國亡，而齊亦虜不閱歲。〔註70〕

此文以「趙」字頂「趙」字，「三晉」頂「三晉」，「秦」字頂「秦」字，將戰國末期頻繁的戰況，各國間唇齒相依的關係，與存亡危急的局勢，表露無遺。在文氣的運行上，則是氣勢相承，連延不止。因而令人目不轉睛，屏息以待整個事件的演變發展。再如〈秦廢封建〉中，言封建是禍端的一段。

〔註67〕見於同註7，（宋）蘇軾撰，王松齡點校：《東坡志林》，卷一，〈辟穀說〉，頁13。
〔註68〕見於同註7，（宋）蘇軾撰，王松齡點校：《東坡志林》，卷三，〈記天心正法呪〉，頁65。
〔註69〕見於同註7，（宋）蘇軾撰，王松齡點校：《東坡志林》，卷四，〈記樊山〉，頁75。
〔註70〕見於同註7，（宋）蘇軾撰，王松齡點校：《東坡志林》，卷五，〈秦拙取楚〉，頁102。

　　凡有血氣必爭，爭必以利，利莫大於封建。封建者，爭之端而亂之始也。
〔註71〕

這裡是說明封建是爭利中，最重要的一環，也是造成爭鬥的主因，情況十分嚴重，所以句中有「爭」、「利」、「封建」三處頂真，使此言封建之弊的句子，節奏更加急促，以表示廢封建之事的急迫，不容遲疑。

　　文章中的頂真妙用，是能將文句連環相扣，使氣勢一脈相承而來。在《東坡志林》裡，蘇軾精湛的頂真技巧，讓文章行至情急處，能以明快的節奏表現出來，讓人彷若深入其境般地，情緒隨之波動了起來，達到情景交融的層次，這就是為文的最高境界吧！

〔註71〕見於同註7，（宋）蘇軾撰，王松齡點校：《東坡志林》，卷五，〈秦廢封建〉，頁104。

第五章　結　論

　　自宋、明以來，《東坡志林》一書就廣爲流傳，即便來到現代，仍可見到《東坡志林》被一再的出版。〔註 1〕會有如此的盛況，除了因爲此書的作者蘇軾，個人魅力無窮，與書中收錄的雜記、雜說、書札、題跋、史論……，逸趣橫生，令人愛不釋手外，必定還有其過人之處。接下來，就探討《東坡志林》的價值及影響，針對蘇軾研究方面的貢獻，與文學發展方面的影響，來討論《東坡志林》的重要性。

第一節　對於蘇軾研究的貢獻

　　長久以來，在蘇軾研究這片園地裡，有許多人們努力著，使得與蘇軾相關的學問知識，逐漸成爲當今顯學之一，稱爲「蘇學」。誠如蘇軾研究的學者曾棗莊所言：「蘇軾是中國文學史上的奇才，是歷代研究得最多的文學家，有關研究蘇軾的資料可謂多如牛毛。」〔註 2〕衣若芬的〈臺港蘇軾研究論著目錄 1949～1999〉就將眾多蘇軾研究，依論著性質分爲三類：第一類爲蘇軾之生平傳記思想；第二類爲蘇軾作品之研究；第三類爲蘇軾的書畫文藝美學之研究。〔註 3〕雖說《東坡志林》只是收錄蘇軾見聞雜感的隨筆之作，不是蘇軾特意專著的創作，但此書對於蘇軾研究的影響，卻是不容輕忽的。從《東坡志林》的內容來看，它對於蘇軾生平資料的提供，

〔註 1〕　現代出版的單行版本《東坡志林》主要有：1981 年北京中華書局出版，王松齡點校本；1983 年上海華東師範大學出版，華東師範大學古籍研究所點校釋本；2000 年北京京華出版社出版，韓放主校點本；2003 年西安三秦出版社出版，趙學智校注本；2003 年鄭州市大象出版社出版，孔凡禮整理本等等諸多版本。

〔註 2〕　見於曾棗莊：〈蘇軾研究的回顧〉，《中華文化論壇》第三期（1999 年），頁 5。

〔註 3〕　詳見於衣若芬：〈臺港蘇軾研究論著目錄 1949～1999〉，《漢學研究通訊》第二十卷第二期（總號第七十八期）（2001 年 5 月），頁 180～200。

與蘇文風格的展現上，就顯露出它的意義非凡。

一、提供蘇軾生平研究的資料

　　蘇軾天生健筆，傳世著作豐富，從事蘇軾生平研究的工作，從來不缺乏資料。但是，事情往往如李一冰《蘇東坡新傳‧後記》所言：「東坡自己的文字，當然是其傳記之第一手好資料。不過，做文章的目的，總是以寫給別人看的為多，大抵是對身外的事物，發表其一定範圍內的主張或意見，其間不免受環境的拘牽，地位的限制，不能完全是作者的本來面目。」〔註4〕如此說來，以蘇文做為研究蘇軾生平的資料，可能無法看出蘇軾真實的全貌了！不過，蘇軾的《東坡志林》是一部特別的著作，黃庭堅〈跋東坡敘英皇事帖〉曾言，蘇軾收藏自己的隨筆雜札，置入手澤袋中，死後才可出示於人。〔註5〕這些短文雜記是蘇軾的隨性任意之作，不像其他專為示人的文章，多的就是蘇軾真性情的表現。如今，手澤袋中的作品，已成為《東坡志林》的主要內容，許多學者研究蘇軾生平的時候，是絕對不會錯過《東坡志林》一書的。

　　近數十年來，描述蘇軾生平的著作中，以林語堂的《蘇東坡傳》，可謂影響最遠播。像林語堂這般的散文大家，為蘇軾作傳記，就以《東坡志林》為其參考的資料來源之一，從林語堂《蘇東坡傳》書後的附錄二，可知林語堂參考了《學津討原》本的《志林》〔註6〕，即五卷本《東坡志林》。回到《蘇東坡傳》的正文裡，確實可以發現書中參考引用《東坡志林》之處，例如〈瑜珈與鍊丹〉之章，林語堂寫道蘇軾在給弟弟子由的短信中，談到正統瑜珈默坐的目的，是從感官解脫出來後，真正體會到真理，或上帝，或世界的靈魂，不在於看到什麼，而在於一無所見。接著林語堂引出這封信的原文。〔註7〕這封信本來是收錄於《東坡志林》卷一的〈論修養帖寄子由〉〔註8〕。又如〈域外〉之章，談到蘇軾的「辟穀之法」，也是參考自《東坡志林》的內容，林語堂寫道：

〔註4〕　見於李一冰著：《蘇東坡新傳》（臺北市：聯經出版事業公司出版，1996年9月，第二版），下冊，頁1232。

〔註5〕　詳見（宋）黃庭堅撰：《豫章黃先生文集》（臺北市：臺灣商務印書館發行，1965年8月，臺一版，《四部叢刊初編》縮本），第二冊，卷二十九，〈跋東坡敘英皇事帖〉，頁323。

〔註6〕　詳見於林語堂著，張振玉譯：《蘇東坡傳》（臺北市：德華出版社出版，1980年6月版），〈附錄二：參考書及資料來源〉，頁410。

〔註7〕　林語堂《蘇東坡傳》引〈論修養帖寄子由〉的情形，可見於同註6，林語堂著，張振玉譯：《蘇東坡傳》，頁250。

〔註8〕　見於（宋）蘇軾撰，王松齡點校：《東坡志林》（北京市：中華書局出版，1997年12月，第一版湖北第二次印刷），卷一，〈論修養帖寄子由〉，頁8～9。

他曾在雜記中寫食陽光止餓辦法，不知是否認眞還是俚戲。人人知道，道家要決心脫離此一世界時，往往忍饑不食而自行餓死。蘇東坡在雜記「辟穀之法」中說了一個故事。他說洛陽有一人，一次墮入深坑。其中有蛇有青蛙。那個人注意到，在黎明之時，這等動物都將頭轉向從縫隙中射的太陽光，而且好像將陽光吞食下去。此人既饑餓又好奇，也試着模倣動物吞食陽光的動作，饑餓之感覺竟爾消失。後來此人遇救，竟不再知饑餓爲何事。蘇東坡說：「此法甚易知易行，然天下莫能知，知者莫能行者何？則虛一而靜者世無有也。元符二年，儋耳米貴，吾方有絕食之憂，欲與過行此法，故書以授。四月十九日記。」〔註9〕

關於這段故事的來源，應是《東坡志林》卷一的〈辟穀說〉〔註10〕。除了林語堂外，較近期研究蘇軾的學者孔凡禮，也有《蘇軾年譜》的著作出版，此書是參考繁多的相關資料而成，這其中當然也包括了《東坡志林》。不過，從《蘇軾年譜》書前的引用書目中，見到的著錄爲「東坡雜著五種明萬曆刊本」〔註11〕，此《東坡雜著五種》正是萬曆三十年（西元 1595 年）的趙開美刊本，當中就收錄五卷本《東坡志林》。又在《蘇軾年譜》卷二十一中，找到書中彙錄《東坡志林》的內容。《蘇軾年譜》卷二十一收錄的是元豐五年（西元 1082 年），蘇軾四十七歲時的相關資料，書中引用《東坡志林》的情況如下：

十月七日，記夢中所賦詩。

《東坡志林》卷一《記夢賦詩》：「軾初自蜀應舉京師，道過華清宮，夢明皇令賦太眞紀裙帶詞，覺而記之，今書贈柯山潘大臨邠老，云：『百疊漪漪水皺，六銖縰縰雲輕。植立含風廣殿，微聞環佩搖聲。』元豐五年十月七日。」《佚文彙編》失收。〔註12〕

由這個例子，也凸顯出《東坡志林》載時記日特色的優點。因爲有詳細的時間日期記載，有助於編著年譜時，相關資料得到適當的排列組合，年譜也可因此減少錯誤的產生，內容陳列亦更具條理。

此外，以其他版本《東坡志林》爲參考資料亦有之，李一冰著《蘇東坡新傳》，就是採用十二卷本《東坡志林》爲題材，例如李一冰在敘述蘇軾五年的黃州生活時，

〔註 9〕　見於同註 6，林語堂著，張振玉譯：《蘇東坡傳》，頁 387～388。

〔註 10〕　見於同註 8，（宋）蘇軾撰，王松齡點校：《東坡志林》，卷一，〈辟穀說〉，頁 13。

〔註 11〕　見於孔凡禮撰：《蘇軾年譜》（北京市：中華書局出版，1998 年 2 月，第一版北京第一次印刷），上冊，〈引用書目〉，頁 4。

〔註 12〕　見於同註 11，孔凡禮撰：《蘇軾年譜》，中冊，卷二十一，頁 549～550。

談到：

> 元豐五年（1082）三月七日那一天，他到距黃州三十里地的沙湖、土名螺
> 螄店地方去看田。田在山谷間，當地人告訴他，這裡的田地上，播種一斗
> 種籽，可以產稻十斛。蘇軾問：「何以如此有力？」據他解釋：此地連山
> 都是野草，可以散水，又向來未曾種過五穀，地氣不耗，所以一發便能如
> 此有力——蘇軾記住這一段寶貴的經驗之談，特別筆記下來。〔註13〕

李一冰還特別設立註腳，說明這段記錄是見於《東坡志林》中。有關五穀耗地氣的
說法，是不見於《東坡志林》五卷本，但在十二卷本的卷六第六則中〔註14〕，就能
看到上述內容的記載。無論如何，《東坡志林》裡所表現的，都是最自然、實在的蘇
軾，此書不啻是蘇軾生平研究裡，最真切直接的文獻記載，更是重現蘇軾面貌時，
不可或缺的重要資料。

二、成為蘇軾文章研究的素材

蘇軾為人豪放自然，平日嬉笑怒罵皆可成文的特性，使得蘇文顯得特別親近可
人，文章風格也顯得變化多端，因此，蘇軾文章風格的探討，就很容易受到人們的
關注。《東坡志林》搜羅蘇軾多種類型的文章，包含了豐碩的內容題材，呈現出繽紛
的風格基調，《東坡志林》可謂是所有蘇文特色的一部縮影，展示著蘇軾文章裡的多
元風貌。

所以，許多主題式的蘇文研究，都會將《東坡志林》視為重要的研究素材。下
面便就各種主題研究，利用《東坡志林》的情況，加以陳述。第一、以內容風格為
主題的研究。探討蘇軾記遊文的研究中，有高顯瑩的《蘇軾記遊散文研究》，他使用
了《蘇東坡全集》、《東坡志林》、《東坡題跋》為研究對象，並附錄了「蘇軾記遊散
文作品一覽表」〔註15〕，清楚的表現出各篇記遊散文的出處與體裁。又有紀懿珉《蘇
軾記遊文研究》，曾使用《東坡志林》為研究的素材來源，他在此書的〈緒論〉中說
明：「在引文版本方面，以清康熙蔡士英刊本《東坡全集》一百五十卷本、台灣商務
印書館叢書集成本的《東坡題跋》六卷本，及《東坡志林》五卷本（據學津討原本
排印，並付稗海本多出之條於後）為主要依據。」〔註16〕另有蘇軾嘲戲文的研究，

〔註13〕 見於同註4，李一冰著：《蘇東坡新傳》，上冊，頁464。

〔註14〕 見於蘇軾撰：《東坡志林》，收錄於《景印文淵閣四庫全書》（第八六三冊）（臺北市：
臺灣商務印書館股份有限公司發行，1986年3月，初版），卷六，頁56～57。

〔註15〕 詳見於高顯瑩撰：《蘇軾記遊散文研究》（臺北市：東吳大學中國文學研究所碩士論
文，1991年5月），頁113～116。

〔註16〕 見於紀懿珉撰：《蘇軾記遊文研究》（新莊市：輔仁大學中國文學系碩士論文，2000

以洪劍鵬《東坡嘲戲文研究》為代表，其中曾用《東坡志林》卷二的〈書楊朴事〉，
說明蘇軾遭逢大禍，臨行離家前，還能從容為嘲戲文。〔註17〕還有蘇軾史論文的研
究。以李慕如〈蘇東坡《志林·論古十三首》之研究〉，及謝敏玲《蘇軾史論散文研
究》為主。需要說明的是，此二人的著作，並非直接引自《東坡志林》中的史論文
為題材，而是引用蘇軾其他著作中，相同內容的文章，來詳加研究。雖然，他們的
研究素材不直接引自《東坡志林》，但同樣能證明，《東坡志林》裡的史論文，是一
個相當值得探討的部分。

　　第二、以文章性質為題的研究。關於蘇軾寓言的研究，《東坡志林》也是很好的
研究素材。于學玉的《蘇軾寓言研究》就將《東坡志林》列為主要的參考引用對象。
于學玉《蘇軾寓言研究·緒論》云：

> 今遍檢書目，以孔凡禮點校之《蘇軾文集》全六冊……《東坡志林》這部
> 書傳本不一，有一卷本、五卷本和十二卷本，較常見的是五卷本。通行於
> 世的五卷本為明代萬曆年間趙開美所刊，其前四卷為筆記文，卷五為史論
> 十三篇。……《艾子雜說》……其中校勘最精良的是，明代萬曆壬寅年間
> 趙開美刊本。……以上三書的版本即是本論文主要的參考版本，本論文所
> 引之文字即由此三書而來。〔註18〕

除此之外，蘇軾小品文的研究中，《東坡志林》也是常見的參考資料。如蔡造珉《蘇
軾小品文研究》，在〈緒論〉即言明引用《東坡志林》的書籍版本：「《東坡志林》一
書亦為蘇軾所撰此，應無疑，故亦錄之。……五卷本則為筆者所採用之版本。」〔註
19〕又張瑞興《北宋山水小品文探微》一書，論及蘇軾的山水小品時，同樣也將《東
坡志林》裡的山水小品，列入討論。〔註20〕另外，《東坡志林》也是蘇軾書牘研究
的題材。徐月芳《蘇軾奏議書牘研究》一書，談到蘇軾一生的理念時，也引用《東
坡志林》卷一〈記三養〉，來說明蘇軾均民富國，首在節制情欲的看法。〔註21〕

年6月），頁2～3。
〔註17〕詳見於洪劍鵬撰：《東坡嘲戲文研究》（臺中市：東海大學中國文學研究所碩士論文，
　　　　1990年4月），頁79～80。
〔註18〕見於于學玉撰：《蘇軾寓言研究》（高雄市：高雄師範大學國文學系碩士論文，1999
　　　　年6月），頁14。
〔註19〕詳見於蔡造珉撰：《蘇軾小品文研究》（臺北市：中國文化大學中國文學研究所碩士
　　　　論文，1999年6月），頁4。此句應改為「《東坡志林》一書亦為蘇軾所撰，此應無
　　　　疑，故亦錄之。」
〔註20〕詳見於張瑞興著：《北宋山水小品文探微》（臺南市：臺灣復文興業股份有限公司發
　　　　行，2002年4月，初版），頁270～272。
〔註21〕詳見於徐月芳著：《蘇軾奏議書牘研究》（板橋市：天工書局出版，2002年5月，初

其餘如劉少雄〈東坡黃州文散論〉，以蘇軾被貶黃州時所作的文章，爲研究對象，也大量引用《東坡志林》裡的作品來說明，例如：談到蘇軾的書簡題跋，表現了蘇軾的黃州生活與心境，就引用《東坡志林》卷一〈馬夢得同歲〉〔註22〕；談到蘇軾的小品雜文，與蘇軾合於人情的思想時，引用了《東坡志林》卷四〈雪堂問潘邠老〉〔註23〕；談到蘇軾記遊小品，自然成文時，則引用《東坡志林》卷一〈遊沙湖〉、〈記承天夜遊〉與卷四〈臨皋閑題〉爲例〔註24〕。從以上這麼多人利用《東坡志林》的內容，來進行蘇文的研究，就能窺知《東坡志林》在學術研究上的價值。

一般而言，蘇軾的文集、詩集、詞集等等純文學的創作，是較受人重視的，所以有關蘇軾文、詩、詞的研究，就占了蘇軾研究的大部分。然而，《東坡志林》頂多只能擔任幕後輔助的工作，鮮少眞正成爲研究的主角，受到世人的注意。不過，《東坡志林》也眞的發揮其輔助研究的功能，就如前面所述，《東坡志林》提供了蘇軾生平撰寫的資料，還是蘇文風格研究的素材，讓不少相關的蘇軾研究，得以順利的完成。而現在，是《東坡志林》走向幕前的時候，讓大家知道蘇軾爲自己，留下了一部眞實的生活寫眞，對於後世的蘇軾研究，有著深遠的影響。

第二節　對於文學發展的影響

文學的創作，是人類智慧的結晶，就如蘇軾作成《東坡志林》，精心刻劃的歷史論文，是其才學見識的展現；咨意任性的小品雜記，則是生活情趣的寫照。不論何者，都可以使人們體會到，他高度的人生智慧，超然的胸襟情懷。更了不起的是，蘇軾以其有限的生命時間，發揮出無窮的個人價值，深深的影響後世文學發展。只是文學的發展，不能武斷地說完全受到某人、某著作的影響，應是由許許多多前人先賢的成就，不停地推波助瀾，才能創造出一次又一次的文學發展高峰。蘇軾《東坡志林》對於文學發展的影響，亦是如此，潛移默化的驅動了後世小品文的流行，與文言小說的發展等。

版），頁 236。

〔註22〕 劉少雄〈東坡黃州文散論〉引用《東坡志林》卷一〈馬夢得同歲〉的情形，見於劉少雄：〈東坡黃州文散論〉，《中國文哲研究通訊》，第五卷第三期（1995 年 9 月），頁 145。

〔註23〕 劉少雄〈東坡黃州文散論〉引用《東坡志林》卷四〈雪堂問潘邠老〉的情形，見於同註22，劉少雄：〈東坡黃州文散論〉，頁 153～154。

〔註24〕 劉少雄〈東坡黃州文散論〉引用《東坡志林》卷一〈遊沙湖〉、〈記承天夜遊〉與卷四〈臨皋閑題〉的情形，見於同註22，劉少雄：〈東坡黃州文散論〉，頁 156～157。

一、啓發小品文類的流行

　　宋代是中國歷朝歷代中，文學風氣最鼎盛的時期，文人們不僅精於創作散文、詩詞，就連雜札、隨筆的短制小品創作，也都具有很高的文學價值，流傳至今的數量，仍是非常眾多。其中的蘇軾，可算是此時，最具影響力的小品文作家之一，陳書良與鄭憲春的《中國小品文史》就推崇其小品文爲「宋代小品的最高水平」〔註25〕據同書所言，蘇軾的小品，還深深影響明代以後的小品文創作，書中云：「明代的鍾惺認爲『有東坡之文，而戰國之文可廢也』，雖然不免誇大其辭，但可見蘇軾在明代人心目之中的地位。……袁宏道的小品，張岱《陶庵夢憶》，清代的一些小品，如崔述、龔自珍、吳敏樹等人的小品，都有蘇軾小品風神。」〔註26〕可見蘇軾的小品文，深得人心，歷久不衰。

　　明代之後，小品文的創作達到巔峰，成因很多，可是蘇軾小品文的影響，卻是重要的一環。像蘇軾《東坡志林》一類的著作，就受到人們熱烈的歡迎，其盛況可見於《蘇米志林》中，毛晉作的《蘇子瞻志林・跋》：

> 唐宋名集之最著者，無如八大家；八大家之尤著者，無如蘇長公。凡文集、詩集、全集、選集，不啻千百億本，而《寓黃》、《寓惠》、《寓儋》、《志林》、《小品》、《艾子》、《禪喜》之類，又不啻千百億本，似可以無刻。然其小碎，尚多脫遺，余巳未春閉關昆湖之曲，凡遇本集所不載者，輒書卷尾，得若干則，既簡題跋，又得若干則，聊存痂嗜，見者勿訝爲遼東白豕云。

〔註27〕

從毛晉的這段跋語，就可看出當時蘇軾的作品，非常受明人的喜愛，有關蘇軾著作的刊本、輯集，種類多樣，即使像《寓黃》、《寓惠》、《寓儋》、《志林》、《小品》、《艾子》、《禪喜》等的雜集短文的著作，也都有龐大的出版數量，這也是明代時，《東坡志林》出現版本種類繁雜的主要原因了。不過，這樣的現象也正顯示著，短制的小品文類，隨著書商廣刊蘇軾作品的風潮，正流行於明代的社會裡。

　　更重要的是，蘇軾小品文不爲應制，僅供遣興的爲文風格，受到了明人們的認同，還以此做爲評斷小品文優劣的標準，袁中道的《珂雪齋前集・答蔡觀察元履》就爲此論點作了明確的說明，他說：

〔註25〕詳見於陳書良、鄭憲春著：《中國小品文史》（臺北市：桂冠圖書股份有限公司出版，2001年9月，初版一刷），頁158。

〔註26〕見於同註25，陳書良、鄭憲春著：《中國小品文史》，頁161～162。

〔註27〕見於（宋）蘇軾、米芾撰，（明）毛晉輯：《蘇米志林》，收錄於《四庫全書存目叢書》（史部八十五冊）（臺南縣：莊嚴文化事業有限公司出版，1996年8月，初版一刷），《蘇子瞻志林・跋》，頁573。

近閱陶周望《祭酒集》，選者以文家三尺繩之，皆其莊嚴整栗之撰，而盡
去其有風韻者，不知率爾無意之作，更是神情所寄，往往可傳者，托不必
傳者以傳，以不必傳者易于取姿，炙人口而快人目，斑（按：應爲班）、
馬作史，妙得此法。今東坡之可愛者，多其小文小說，其高文大冊，人固
不深愛也，使盡去之而獨存其高文大冊，豈復有坡公哉？大賓水陸之席，
有時以爲苦，而偶然酒核，有極成歡者，此之謂也。偶檢平倩及中郎諸公
小札戲墨，皆極其妙，石簣所作有遊山記及尺牘，向時相寄者，今都不在
集中，甚可惜，後有別集，未可知也。此等慧人從靈液中流出，片語隻字，
皆具三昧，但恨不多，豈可復加淘汰，使之不復存于世哉！平倩先生得先
生編採而傳之，快矣！〔註28〕

依照袁中道所言，率意之作、神情所寄的小文小說，比起高文大冊，更加迷人精
妙。此處所謂之「小文小說」，即指小札、戲墨、遊記、尺牘等的片語隻字。袁中
道並舉蘇軾之文爲證，言蘇文可愛者，多是小文小說，被人所深愛也。雖然，袁
中道文中未提《東坡志林》半句，但他清楚的道出，明人心目中理想的小品文形
象，正與《東坡志林》裡的小品文內容，相互呼應。因此，就能發現蘇軾《東坡
志林》的內容，的確深植明人心中，對於明代小品文的流行，自有其貢獻所在。
此後，小品文的創作，持續不斷，明代有華淑的《閒情小品》、陸雲龍選輯的《皇
明十六家小品》、陳繼儒的《晚香堂小品》……，清代有錢肅潤的《燕臺小品》、
王思任的《文飯小品》、王符曾選輯的《古文小品咀華》……，民國後有周作人編
撰的《明人小品集》、梁實秋的《雅舍小品》、琦君的《琦君小品》……，他們的
著作，都可日受到蘇軾的影響！

二、推動文言小說的演進

中國的文言小說，到了宋元時期，因爲白話小說的興起，而受到很大的挑戰，
並陷入低潮。但是，像蘇軾《東坡志林》這類以當代社會事件、個人見聞心得、
師友談論說笑爲題材的文人筆記，卻是旺盛的發展著。在文言小說的領域裡，通
常將這類著作，歸類爲軼事小說，或稱雜俎小說，而它們最顯著的貢獻，就是開
拓了小說的表現領域。在寫作的表現上，軼事小說極富創新精神，寫作風格亦趨
自由多變，不但擴大文言小說敘述題材的範圍，使小說內容更具時代性。就連體
裁的設計，也與前代有別，例如《東坡志林》運用的文體多樣，又是依照題材內

〔註28〕 見於（明）袁中道撰：《珂雪齋前集》（臺北市：偉文圖書出版社有限公司出版，1976
年9月），第五冊，卷二十三，〈答蔡觀察元履〉，頁2297～2298。

容的分類編排，章法獨特。這些都是宋人們的創意與進步，也是後來文言小說再度興盛的伏筆。

　　文言小說經過宋元明的潛伏，其間仍有優秀的創作問世，如明代的「剪燈三話」〔註29〕。然而，直到清代，文言小說才算是再度綻放光彩，以蒲松齡（西元 1630～1715 年）的《聊齋誌異》與紀昀（西元 1724～1805 年）的《閱微草堂筆記》為代表。至於蘇軾《東坡志林》對於此期間的文言小說影響，也得從這兩部小說講起。首先是蘇軾個人喜談神仙鬼怪之事的興趣，開啟後世文人儒士公開言神鬼異事的風潮，也使得志怪類的小說，能夠歷久彌新。如蒲松齡這位年長的文人儒生，就曾在其〈聊齋自誌〉中，承認自己與蘇軾一樣，喜歡與人談論鬼怪，偏愛《搜神》一類的志怪故事，蒲松齡云：

> 才非干寶，雅愛搜神；情類黃州，喜人談鬼。聞則命筆，遂以成編。久之，
> 四方同人，又以郵筒相寄，因而物以好聚，所積益夥。〔註30〕

從這段話可以發現，蒲松齡作《聊齋誌異》與蘇軾作《東坡志林》有些相似之處：二位作者同樣都好談鬼，二部著作的志怪題材，同樣都是自四處搜集而來，再加以潤飾成篇，非作者原創。由此推知，蒲松齡《聊齋誌異》的創作，確實受到蘇軾作《東坡志林》一定程度的影響。

　　此外，紀昀以一代文學大臣的身份，從事筆記小說的創作，由其《閱微草堂筆記》的寫作特色，也能嗅得一些《東坡志林》的氣味。在形式上，《閱微草堂筆記》以各種文體記述，隨筆、小品、詩話等皆有，實錄見聞，崇尚質樸自然，篇幅精短不贅。在內容上，《閱微草堂筆記》記述題材繁多，且文章長於議論，作品充滿哲理。這些正巧是《東坡志林》的特色所在，雖然，沒有明確的證據證明《閱微草堂筆記》受《東坡志林》的影響而來，不過，文學的發展總是在不知不覺中，循著先前的流進軌跡進行著。

　　在文言小說史上，《東坡志林》以其豐富多元的內容，不僅代表了文言小說視野的開拓，還為後世的小說創作，投入更多不同的元素，使得文言小說得以有許多種類、方式的呈現，可以牢牢抓住人們的目光。

三、其　他

　　《東坡志林》的文學貢獻，以順時間的角度看，是裨益了文學的發展，若以逆

〔註29〕「剪燈三話」包括：瞿佑《剪燈新話》、李昌祺《剪燈餘話》、邵景詹《覓燈因話》。
〔註30〕見於（清）蒲松齡著，張友鶴輯校：《聊齋誌異會校會注會評本》（臺北市：里仁書局發行，1991 年 9 月），第一冊，〈聊齋自誌〉，頁 1～2。

時間的角度看，《東坡志林》卻是溯源究古時的重要依據。最爲人熟知的例子，就是魯迅引用《東坡志林》的內容，證明歷史上，講三國故事之始，並非始於羅貫中。事實上，早在北宋之時，就有里巷說三國故事的記錄了。魯迅《中國小說的歷史變遷》第四講〈宋人之「說話」及其影響〉云：

> 《三國演義》講三國底事情的，也並不自羅貫中起始，宋時里巷中說古話者，有「說三分」，就講的是三國故事。蘇東坡也説：「王彭嘗云：『途巷中小兒，……坐聽說古話，至說三國事，聞劉玄德敗，頻蹙眉，有出涕者；聞曹操敗，即喜唱快。以是知君子小人之澤，百世不斬。』」可見在羅貫中以前，就有《三國演義》這一類的書了。〔註31〕

此處即是魯迅引用蘇軾《東坡志林》卷一〈塗巷小兒聽說三國語〉〔註32〕內容的情形。由蘇軾的這則記載，也能看出宋代以前，民間講說三國故事時，劉備的正派形象，與曹操的反派角色，就已確立定型。所以，從《東坡志林》的〈塗巷小兒聽說三國語〉被魯迅引述之後，便被人視爲研究三國故事的珍貴史料，及此類故事尊劉反曹思想的重要依據。蘇軾勤奮的將民間說書的情景，加以記實載錄，所以他也稱得上是一位民間文學的記錄者。

另外，在文學創作方面，《東坡志林》則是後人仿作、續作的對象。雖然，在蘇軾《東坡志林》以前，已有晉朝虞喜《虞喜志林》的雜說之作，但此書的影響力，卻遠不如《東坡志林》。〔註33〕而在《東坡志林》中，又以史論文的部分，特別受人青睞，明代有王禕（西元 1321～1372 年）作〈續志林〉十八篇，其序言：

> 古稱文章家，自漢、唐而下，莫盛於宋。東都歐陽修氏、曾鞏氏、王安石氏，並時迭起，而蘇軾氏於其間，爲尤傑然者也。蘇氏之文，長於持論，縱橫開闔，上下變化，無不如其意之所欲言。雖其理不能皆純，而其才氣之浩博，固將躪漢、唐而上之矣。余讀其書愛其〈志林〉諸篇，議論超卓，而文章馳騁殊可喜。中心慕之，因竊其餘論，續爲十八篇，陳俚樂於金聲玉振之餘，廁瓦缶於夏鼎商敦之末，亦見其不知量已。然而願學之意，則

〔註31〕 見於魯迅著：《漢文學史綱》（臺北市：風雲時代出版股份有限公司出版，1990 年 11 月，初版），第一部分，《中國小說的歷史變遷》，頁 31。

〔註32〕 見於同註 8，（宋）蘇軾撰，王松齡點校：《東坡志林》，卷一，〈塗巷小兒聽說三國語〉，頁 7。

〔註33〕 關於晉朝虞喜撰《虞喜志林》對蘇軾撰《東坡志林》的影響，吾人以爲不大。因爲《東坡志林》的成書，是結合蘇軾《志林》的史論文，與《手澤》的雜說筆記而成。虞喜的《志林》和蘇軾的《志林》在內容性質、文章形式上，都有很大的不同。而「志林」二字原本就有將眾多創作仔細搜集，加以編撰記錄的意思，所以蘇軾與虞喜二人皆用「志林」爲作品命名，應屬巧合。

庶乎君子有取焉。〔註34〕

王禕非常推崇蘇軾，認爲他是宋代古文家中，最傑出的一個。王禕更愛蘇軾的〈志林〉十三篇史論文，因而續作了十八篇性質相似的史論文，卻又不敢與蘇軾媲美，將己作比爲俚樂與瓦缶。可知在王禕心中，蘇軾史論文的地位，是多麼神聖，不可侵犯的。到了清代，則有毛先舒仿《志林》作《匡林》，《武英殿本四庫全書總目提要》中錄毛先舒的《匡林》二卷，言：

> 國朝毛先舒撰。先舒有《聲韻叢說》，已著錄是編，皆其議論之文，衺爲一集。自序稱讀蘇軾《志林》，稽諸事理，時或戾焉。因偶爲駁正數段，更取他作之類似者併錄之，得若干篇，名曰《匡林》，則是書立名，當爲匡正《志林》之義，而與軾辨者，僅二三條，其餘皆自錄集中雜文，與近人辨者。然則以衺聚衆作謂之林，以力排俗論謂之匡。觀其〈小匡文鈔序〉，以小有所匡爲說，可互證也。〔註35〕

毛先舒駁正蘇軾《志林》裡的瑕疵，又取其他議論之作，併爲《匡林》。據永瑢、紀昀等人的觀察，毛先舒《匡林》雖有匡正《志林》之義，但終究受到蘇軾《東坡志林》的影響，在書中也插入雜文、論辯文等內容，成爲《東坡志林》的模仿之作。到了現代，人們模仿《東坡志林》的寫作，仍然不減，有黃君在其〈志林自說〉一文中言：

> 我一直有寫日記的習慣，雖然事實上不是日日都寫（有時甚至幾個月也沒什麼可寫），但多年積累下來，我還是寫了十多個筆記本。新世紀後，日記開始改用毛筆在冊頁上記錄，並步蘇、黃等先賢後塵，把它稱之爲《志林》，自撰「小序」曰：
>
> 「志林」者，生活日常歷事之記錄，昔東坡、山谷皆有之。惟其所錄之事，關乎主人之意，故亦未可輕視。余年來客居京中，往來者每有時之俊彥，所歷之事或他日不當忘者，故今亦存此《志林》，非獨追先賢之風也。〔註36〕

從黃君的話中，可以發現黃君的《志林》，其實就是他的日記。而蘇軾的《東坡志林》，也是類似日記的一部著作，且他們二人都是不定期的寫日記。他並仿蘇軾《東坡志林》，將日記稱爲《志林》。黃君又在其《志林·小序》說明，《志林》是受蘇軾等先

〔註34〕見於（明）王禕撰：《王文忠公集》，收於《叢書集成新編》（第75冊）（臺北市：新文豐出版股份有限公司發行，1985年1月，初版），頁361。

〔註35〕見於（清）永瑢、紀昀等撰：武英殿本《四庫全書總目提要》（臺北市：臺灣商務印書館股份有限公司發行，1983年10月，初版），第三冊，頁771～772。

〔註36〕見於黃君：〈志林自說〉，《東方藝術》第一期（2003年），頁186。

賢的影響，書中內容所記，也多爲日常生活歷事，或與友人往來交遊的記錄，這也與《東坡志林》的內容性質相似。自《東坡志林》成書以來，受其影響而出現的創作，源源不斷，亦可展現出它的價值。

在文學的發展方面，蘇軾《東坡志林》的貢獻，是多面向的，既是文學發展時的前進助力，又能爲文學發展的過程，留下可貴的史料依據。在物換星移的時空裡，書中的內容，魅力依舊，受人喜愛，到了今日，仍是人們學習的佳作。對於蘇軾而言，他的精神、風度，也藉此書的流傳，而永遠存在這世上。

第三節　總　結

在蘇軾顛沛流離的官宦人生裡，遭遇了許多挫折與磨難，但也激發了他著書創作的動力。可惜的是，蘇軾六十六年的在世光陰，並不夠讓他完成所有的著述計畫。蘇軾的史論著作《志林》還未完成，以及刻意保存收藏的隨筆雜文，還沒集輯成《手澤》，他就駕鶴歸西了。這二部分永遠不可能完成的作品，被後世喜愛蘇軾作品的人們，合編成爲《東坡志林》一書，賦予新的生命力。即使歷經多次的改朝換代，《東坡志林》的流傳不曾中斷，甚至發展出各種不同的版本。宋明以來，主要流傳的《東坡志林》版本，有一卷本、五卷本、十二卷本。一卷本首見於南宋左圭《百川學海》中的《東坡先生志林集》，此本僅錄論古十三則，並非足本。五卷本則始見於明萬曆三十年（西元 1595 年），趙開美刊《蘇東坡先生雜著》中的《東坡先生志林》，此本前四卷是錄蘇軾的雜書，末卷錄蘇軾的史論十三篇。十二卷本則見於明代商濬刊刻《稗海》中的《東坡先生志林》，此本內容雖是最豐，但只錄雜記筆札部分，亦非足本。相較之下，五卷本是三種版本中，較精良的一本。

《東坡志林》中述及的內容甚是雜廣，有以小說形式來表現之內容，可分爲志人小說與志怪小說；以小品文形式表現之內容，可分爲記遊、閒適、說理、交遊、知識等五大類；論辯文類則有史論文與辯體文。當中以小品文類的數量居多，小說文類次之，論辯文類又次之。從《東坡志林》中能看出，蘇軾善用各種寫作技巧，修飾文章，對任何寫作體裁，都能運用自如，對任何敘述主題，都能自由發揮。這麼多樣的散文內容裡，也能體會到蘇軾個人的心境與情緒，感受到他超然的人格與態度。《東坡志林》除了讓後世之人更了解蘇軾外，書中的一些特色，也帶給後世許多影響。《東坡志林》因爲有載時記日的特色，可以在撰寫蘇軾生平時，提供精確的文獻參考，而書中涉獵繁雜的內容，也是蘇文研究時的好素材。《東坡志林》言簡意深、文兼議理的特色，則影響了後世文言小說創作，如在《閱微

草堂筆記》中，也能發現類似的特性。此外，蘇軾大量寫作小品文，是造成明代小品文流行的重要原因。蘇軾將所見所聞，眞實記載於《東坡志林》裡，反映當時社會的景狀，不經意間也成爲後世史學研究的寶貴史料。從文學創作方面而論，《東坡志林》則是後人仿作、續作的學習對象。所以，《東坡志林》影響與貢獻的層面，可謂既深又廣。

　　透過整個《東坡志林》的研究，現在應該給予《東坡志林》，一個客觀的文學定位，確立《東坡志林》是一本綜合性筆記，不能僅僅稱之爲筆記小說。第一，從《東坡志林》的內容來看，小說文的部分，約只占全書的四分之一，書中大部分都是小品文，但也不能因此稱《東坡志林》是小品集，應該是以公正的態度，來稱《東坡志林》的性質。而筆記可以泛指一些信筆成篇的文章，又不拘限文章的形式與內容，所以將《東坡志林》歸爲筆記類的著作，會較爲妥當。可是《東坡志林》的內容主題實在龐雜，集軼事、志怪、考辨、名物、論說等等於一書，所以可稱其爲綜合性筆記。第二，從蘇軾著作《東坡志林》的意識來看，蘇軾創作書中的諸文，多半是出於一種記錄的心情，而非有特別作文以示人之意，也就是說《東坡志林》是蘇軾記實之作。陶敏與劉再華〈筆記小說與筆記研究〉一文中，就明白說道了筆記作者記實的情況：「筆記的形式雖然十分隨意，但忠實地記錄自己的見聞（儘管所聞可能是虛誕），追求的卻是事實的眞實。」〔註37〕可見筆記作者寫下聽聞來的虛誕不實故事，也是出於眞實記載見聞的心理，並非眞有意創作虛構的故事。即使是《東坡志林》中的小說故事，也主要是蘇軾從鄉里友人處聽聞來的，或是自己遭遇到的異事，再經記寫成文，成爲今日的面貌。所以不能僅說《東坡志林》是一本筆記小說，但是可稱《東坡志林》是一部綜合性筆記，其中包含有筆記小說的部分。

　　蘇軾《東坡志林》的研究，僅是單就蘇軾《東坡志林》這本筆記所進行的研究，其實蘇軾還有其他的雜文筆記之作，如《仇池筆記》、《東坡襌喜集》等等，若能夠深入探討之，相信同樣可以發掘出它們優點與價值。甚至可以將《東坡志林》與這些性質相近的作品，一併討論或比較，則能夠對於蘇軾筆記方面的著述，有較爲全面而詳細的研究。又從另一層面來看，《東坡志林》只是諸多宋人筆記中的冰山一角，本文的研究，也只算是宋代筆記研究中的滄海一粟。可是從本研究中，還是可以發現《東坡志林》有著不凡的價值與影響，因而可以推想，其他的宋代筆記中，應該還有許多有待人們去了解與發現的豐富內涵，這也是未來的研究可以努力的方向。

〔註37〕見於陶敏、劉再華：〈筆記小說與筆記研究〉，《文學遺產》第二期（2003 年），頁 115。

參考資料

【按照出版時間先後排列】

一、蘇軾著作

1. 蘇東坡先生雜著（六種），（宋）蘇軾撰，（明）趙開美編，明萬曆三十年常熟趙氏刊本，國家圖書館藏善本。

2. 蘇長公小品（四卷四冊），（宋）蘇軾撰，（明）王聖俞編，明吳興凌啓康刊朱墨套印本，國家圖書館藏善本。

3. 東坡七集（四冊），（宋）蘇軾撰，臺北市，臺灣中華書局，1966 年 3 月，臺一版，四部備要本。

4. 東坡先生志林（十二卷），（宋）蘇軾撰，收於稗海（第三冊），臺北市，新興書局，一九六八年。

5. 東坡先生志林集（一卷），（宋）蘇軾撰，收於百川學海（第二冊），臺北市，新興書局，1969 年 7 月，新一版。

6. 東坡手澤（三卷），（宋）蘇軾撰，收於說郛（第三冊），臺北市，臺灣商務印書館股份有限公司，1972 年 12 月，初版。

7. 志林（一卷），（宋）蘇軾撰，收於說郛（第八冊），臺北市，臺灣商務印書館股份有限公司，1972 年 12 月，初版。

8. 東坡題跋（六卷），（宋）蘇軾撰，（明）毛晉輯，收於增補津逮秘書（第九冊），京都市，株式會社中文出版社，1980 年 2 月。

9. 東坡志林集（五卷），（宋）蘇軾撰，收於學津討原（第十二冊），臺北市，新文豐出版股份有限公司，1980 年 12 月。

10. 東坡志林（十二卷），（宋）蘇軾撰，收於景印文淵閣四庫全書（第八六三冊），臺北市，臺灣商務印書館，1986 年 3 月，初版。

11. 仇池筆記（二卷），（宋）蘇軾撰，收於景印文淵閣四庫全書（第八六三冊），臺北市，臺灣商務印書館，1986 年 3 月，初版。

12. 東坡全集（一百十五卷），（宋）蘇軾撰，收於景印摛藻堂四庫全書薈要（第三七八冊），臺北市，世界書局，1988 年 2 月，初版。

13. 東坡志林（十二卷），（宋）蘇軾撰，收於筆記小說大觀三十二編（第二冊），臺北市，新興書局有限公司，1987 年 9 月。

14. 蘇米志林（三卷），（宋）蘇軾、米芾撰，（明）毛晉輯，收於四庫全書存目叢書（史部第八四冊），臺南縣，莊嚴文化事業有限公司，1996 年 8 月，初版一刷。

15. 東坡志林（五卷），（宋）蘇軾撰，王松齡點校，北京市，中華書局，1997 年 12 月，第一版湖北第二次印刷。

二、古籍專書

1. 五朝名臣言行錄，（宋）朱熹撰，臺北市，臺灣商務印書館，1965 年 8 月，臺一版，四部叢刊初編縮本。

2. 欒城集（第四冊），（宋）蘇轍撰，臺北市，臺灣商務印書館，1965 年 8 月，臺一版，四部叢刊初編縮本。

3. 豫章黃先生文集（第二冊），（宋）黃庭堅撰，臺北市，臺灣商務印書館，1965 年 8 月，臺一版，四部叢刊初編縮本。

4. 牧齋初學集（第四、五冊），（清）錢謙益撰，臺北市，臺灣商務印書館，1965 年 8 月，臺一版，四部叢刊初編縮本。

5. 抱經堂文集（第一冊），（清）盧文弨撰，臺北市，臺灣商務印書館，1965 年 8 月，臺一版，四部叢刊初編縮本。

6. 新論，（漢）桓譚撰，（清）孫馮翼輯注，臺北市，臺灣中華書局，1966 年 3 月，臺一版，四部備要本。

7. 莊子，（周）莊周撰，（晉）郭象注，臺北市，臺灣中華書局，1967 年 5 月，臺二版，四部備要本。

8. 唐宋文舉要，高步瀛著，板橋市，藝文印書館，1972 年 10 月，三版。

9. 獨醒雜志，（宋）曾敏行撰，收於筆記小說大觀正編（第一冊），臺北市，新興書局有限公司，1973 年 4 月。

10. 容齋隨筆，（宋）洪邁撰，收於筆記小說大觀續編（第三冊），臺北市，新興書局有限公司，1973 年 7 月。

11. 藝文類聚（第二冊），（唐）歐陽詢等撰，臺北市，文光出版社，1974 年 8 月，初版。

12. 書目答問，（清）張之洞著，臺北市，新文豐出版股份有限公司，1974 年 12 月，初版。

13. 深雪偶談，（宋）方嶽撰，收於筆記小說大觀三編（第三冊），臺北市，新興書局有限公司，1974 年 5 月。

14. 避暑錄話，（宋）葉夢得撰，收於筆記小說大觀三編（第三冊），臺北市，新興

書局有限公司，1974 年 5 月。

15. 晁氏客語，（宋）晁説之撰，收於筆記小説大觀六編（第三冊），臺北市，新興書局有限公司，1975 年 2 月。

16. 西畬瑣錄，（宋）孫宗鑑撰，收於筆記小説大觀六編（第三冊），臺北市，新興書局有限公司，1975 年 2 月。

17. 歐陽修全集，（宋）歐陽修著，臺北市，華正書局，1975 年 4 月，臺一版。

18. 鼠璞，（宋）戴埴撰，收於筆記小説大觀八編（第二冊），臺北市，新興書局有限公司，1975 年 9 月。

19. 濟南先生師友談記，（宋）李廌著，收於筆記小説大觀九編（第六冊），臺北市，新興書局有限公司，1975 年 11 月。

20. 珂雪齋前集（第五冊），（明）袁中道撰，臺北市，偉文圖書出版社有限公司，1976 年 9 月。

21. 聞見後錄，（宋）邵博撰，收於筆記小説大觀十五編（第二冊），臺北市，新興書局有限公司，1977 年 1 月。

22. 步里客談，（宋）陳長方撰，收於筆記小説大觀十六編（第一冊），臺北市，新興書局有限公司，1977 年 3 月。

23. 直齋書錄解題（中、下冊），（宋）陳振孫撰，臺北市，廣文書局有限公司，1979 年 5 月，再版。

24. 大字本評註古文辭類纂，（清）姚鼐編纂，王文濡評註，臺北市，華正書局有限公司，1980 年 9 月，初版。

25. 武英殿本四庫全書總目提要（第三冊），（清）永瑢、紀昀等撰，臺北市，臺灣商務印書館股份有限公司，1983 年 10 月，初版。

26. 文心雕龍校證，（梁）劉勰撰，王利器校注，臺北市，明文書局出版，1985 年 10 月，二版。

27. 王文忠公集，（明）王褘撰，收於叢書集成新編（第七五冊），臺北市，新文豐出版股份有限公司，1985 年 1 月，初版。

28. 讀東坡志林，（清）尤侗著，收於叢書集成續編（第二三冊），臺北市，新文豐出版公司，1989 年 7 月，臺一版。

29. 拾經樓紬書錄，（清）葉啓勳纂，臺北市，廣文書局有限公司，1989 年 8 月，再版。

30. 聊齋誌異會校會注會評本，（清）蒲松齡著，張友鶴輯校，臺北市，里仁書局，1991 年 9 月。

31. 文選，（梁）昭明太子撰，（唐）李善注，臺北市，藝文印書館，1991 年 12 月，十二版。

32. 虞喜志林，（晉）虞喜，收於五朝小説大觀，鄭州市，中州古籍出版社，1991 年 11 月，第一版第一次印刷。

33. 適園藏書志（下冊），（清）張鈞衡撰，臺北市，廣文書局有限公司，1993 年 7 月，再版。

34. 世說新語箋疏，（宋）劉義慶著，余嘉錫編撰，臺北市，華正書局有限公司，1993 年 10 月。

35. 四庫提要辨證（第二冊），余嘉錫撰，收於欽定四庫全書總目（第八冊），臺北市，藝文印書館，1995 年 9 月，初版七刷。

36. 漢書補注（第二冊），（漢）班固撰，（唐）顏師古注，（清）王先謙補注，臺北市，藝文印書館，1996 年 8 月，初版四刷，二十五史本。

37. 後漢書集解（第一冊），（宋）范曄撰，（唐）章懷太子賢注，（梁）劉昭補志，（清）王先謙集解，臺北市，藝文印書館，1996 年 8 月，初版四刷，二十五史本。

38. 晉書斠注（第一冊），（唐）唐太宗御傳，（清）吳士鑑、劉承幹注，臺北市，藝文印書館，1996 年 8 月，初版四刷，二十五史本。

39. 宋史（第三冊、第五冊），（元）脫脫等修，臺北市，藝文印書館，1996 年 8 月，初版四刷，二十五史本。

40. 史記會注考證，（日）瀧川龜太郎著，臺北市，萬卷樓圖書有限公司，1996 年 10 月，初版二刷。

41. 毛詩正義，（漢）毛公傳，鄭元箋，（唐）孔穎達等正義，收於十三經注疏（第二冊），臺北市，藝文印書館，1997 年 8 月，初版十三刷。

42. 論語注疏解經，（魏）何晏集解，（宋）邢昺疏，收於十三經注疏（第八冊），臺北市，藝文印書館，1997 年 8 月，初版十三刷。

三、近人論著

1. 偽書通考（下冊），張心澂著，臺北市，鼎文書局，1973 年 10 月，初版。

2. 蘇東坡傳，林語堂著，張振玉譯，臺北市，德華出版社，1980 年 6 月。

3. 歷代筆記概述，劉葉秋著，臺北市，木鐸出版社，1985 年。

4. 蘇軾著作版本論叢，劉尚榮著，成都市，巴蜀書社，1988 年 3 月，第一版第一次印刷。

5. 晚明性靈小品研究，曹淑娟著，臺北市，文津出版社，1988 年 7 月。

6. 漢文學史綱，魯迅著，臺北市，風雲時代出版股份有限公司，1990 年 11 月，初版。

7. 三蘇及其散文之研究，陳雄勳著，臺北市，文史哲出版社，1991 年 11 月，初版。

8. 蘇東坡文集導讀，徐中玉著，成都市，巴蜀書社，1992 年 4 月，第一版第二次印刷。

9. 晚明小品與明季文人生活，陳萬益著，臺北市，大安出版社，1992 年 5 月，第二版第二刷。

10. 中國小說史略，魯迅著，臺北市，風雲時代出版有限公司，1992 年 10 月，五版。

11. 寓言文學理論‧歷史與應用，陳蒲清著，板橋市，駱駝出版社，1992 年 10 月。

12. 中國文言小說史稿（下冊），侯忠義、劉世林著，北京大學出版社，1993 年 5 月，第一版第二次印刷。

13. 宋代筆記研究，張暉著，武昌桂子山，華中師範大學出版社，1993 年 9 月，第一版第一次印刷。

14. 古詩文例話輯（二）文章例話：卷二寫作、卷三修辭，周振甫著，臺北市，五南圖書出版有限公司，1994 年 5 月，初版一刷。

15. 散文，謝楚發著，北京市，人民文學出版社，1994 年 7 月，北京第一版第一次印刷。

16. 蘇軾考論稿，吳雪濤著，內蒙古教育出版社，1994 年 10 月，第一版第一次印刷。

17. 中國古籍版本學，曹之著，臺北市，洪葉文化事業有限公司，1994 年 11 月，初版一刷。

18. 中國筆記小說史，陳文新著，新店市，志一出版社，1995 年 3 月，初版。

19. 中國筆記小說史，吳禮權著，臺北市，臺灣商務印書館股份有限公司，1995 年 5 月，初版第二次印刷。

20. 中國散文美學（二冊），吳小林著，臺北市，里仁書局，1995 年 7 月，初版。

21. 三蘇後代研究，成都市，巴蜀書社，1995 年 12 月，第一版第一次印刷。

22. 蘇東坡新傳（上、下冊），李一冰著，臺北市，聯經出版事業公司，1996 年 9 月，第二版。

23. 蘇軾年譜（上、中、下冊），孔凡禮撰，北京市，中華書局，1998 年 2 月，第一版北京第一次印刷。

24. 中國文學家大辭典，譚正璧著，北京市，北京圖書館出版社，1998 年 9 月，第一版第一次印刷。

25. 蘇軾史論散文研究，謝敏玲著，臺北市，萬卷樓圖書有限公司，2000 年 5 月，初版。

26. 蘇軾散文研讀，王更生編著，臺北市，文史哲出版社，2001 年 2 月，初版。

27. 中國小品文史，陳書良、鄭憲春著，臺北市，桂冠圖書股份有限公司，2001 年 9 月，初版一刷。

28. 北宋山水小品文探微，張瑞興著，臺南市，臺灣復文興業股份有限公司，2002 年 4 月，初版。

29. 蘇軾奏議書牘研究，徐月芳著，板橋市，天工書局，2002 年 5 月，初版。

30. 字句鍛鍊法（新增訂本），黃永武著，臺北市，洪範書店有限公司，2002 年 7 月，增訂二版。

31. 北宋文論研究，蔡芳定著，臺北市，文史哲出版社，2002 年 12 月，修訂初版。

32. 印刷史話，羅仲輝著，臺北市，國家出版社，2003 年 7 月，初版一刷。

四、學位論文

1. 蘇東坡文學之研究，洪瑀欽著，臺北市，中國文化學院中國文學研究所博士論文，1977 年 12 月。

2. 蘇軾文論及其散文藝術，黃美娥著，臺北市，臺灣師範大學國文研究所碩士論文，1989 年 6 月。

3. 東坡嘲戲文研究，洪劍鵬著，臺中市，東海大學中國文學研究所碩士論文，1990 年 4 月。

4. 蘇軾記遊散文研究，高顯瑩著，臺北市，東吳大學中國文學研究所碩士論文，1991 年 5 月。

5. 蘇軾小品文研究，蔡造珉著，臺北市，中國文化大學中國文學研究所碩士論文，1999 年 6 月。

7. 蘇軾寓言研究，于學玉著，高雄市，高雄師範大學國文學系碩士論文，1999 年 6 月。

8. 蘇軾記遊文研究，紀懿珉著，新莊市，輔仁大學中國文學系碩士論文，2000 年 6 月。

9. 蘇東坡的貶謫生涯，張鳳蘭著，新竹市，玄奘人文社會學院中國語文研究所碩士論文，2002 年 6 月。

10. 蘇軾貶謫嶺南文學作品主題研究——以出處、死生為主的討論，鄭方祥著，嘉義縣，中正大學中國文學研究所碩士論文，2003 年 6 月。

五、單篇論文

（一）論文集論文

1. 東坡散文藝術探微，王文龍撰，收入東坡文論叢，四川文藝出版社，1986 年 3 月，第一版第一次印刷，頁 29～48。

2. 蘇軾散文的比喻手法，何江南撰，收入東坡文論叢，四川文藝出版社，1986 年 3 月，第一版第一次印刷，頁 49～58。

3. 蘇軾雜記文中的藝術特色，洪柏昭撰，收入東坡文論叢，四川文藝出版社，1986 年 3 月，第一版第一次印刷，頁 59～70。

4. 蘇軾題跋淺探，郭雋杰撰，收入東坡文論叢，四川文藝出版社，1986 年 3 月，第一版第一次印刷，頁 71～79。

5. 淺談蘇軾小品文的風格，李苓撰，收入東坡文論叢，四川文藝出版社，1986 年 3 月，第一版第一次印刷，頁 80～90。

6. 淺探蘇軾貶儋時期的小品創作，周慧珍撰，收入紀念蘇軾貶儋八百九十周年學術討論集，成都市，四川大學出版社，1991 年 5 月，第一版第一次印刷，頁 179～189。

7. 南宋蘇軾著述刊刻考略，曾棗莊撰，收入宋代文學研究叢刊（第五期），高雄市，

麗文文化事業股份有限公司，1999 年 12 月，初版一刷，頁 263～281。

（二）期刊論文

1. 蘇東坡著述版本考（上），王景鴻撰，書目季刊，第四卷第二期，1969 年 12 月，頁 13～54。

2. 蘇東坡著述版本考（下），王景鴻撰，書目季刊，第四卷第三期，1970 年 3 月，頁 41～81。

3. 論蘇東坡對小說戲曲的影響，王利器撰，香港中文大學中國文化研究所學報，第二十二卷，1991 年，頁 179～197。

4. 明人小品述略，吳承學、董上德撰，中山大學學報（社會科學版），第二期，1994 年，頁 101～107。

5. 中國古代筆記小品漫議，朱鐵年、秦素貞撰，河南電大，第二期，1994 年，頁 7～9。

6. 論南宋小品文，羅斯寧撰，中山大學學報（社會科學版），第四期，1994 年，頁 104～108，115。

7. 東坡先生黃州時期文學探究，藍麗春撰，嘉南學報，第二十期，1994 年 11 月，頁 234～247。

8. 宋代學術與宋學精神，宋晞撰，華岡文科學報，第二十期，1995 年 4 月，頁 1～18。

9. 東坡黃州文散論，劉少雄撰，中國文哲研究通訊，第五卷第三期，1995 年 9 月，頁 143～158。

10. 蘇軾的人生哲學，程林輝撰，中國文化月刊，第一九二期，1995 年 10 月，頁 75～89。

11. 蘇東坡《志林·論古十三首》之研究，李慕如撰，屏東師院學報，第九期，1996 年 6 月，頁 291～326。

12. 論蘇東坡的人生觀，蔡秀玲撰，臺中商專學報（文史、社會篇，商學、管理篇），第二十九期，1997 年 6 月，頁 225～252。

13. 《志林》管窺，張建勛撰，甘肅教育學院學報（社會科學版），第十四卷第二期（總第二十七期），1998 年，頁 63～67。

14. 論東坡尺牘的文獻價值，王文龍撰，樂山師範高等專科學校學報，第一期，1999 年，頁 20～25，29。

15. 簡述蘇軾對韓歐古文成就的繼承與發展，曾子魯撰，江西師範大學學報（哲學社會科學版），1999 年 5 月，第三十二卷第二期，頁 64～69。

16. 論歐陽修對蘇軾散文的影響，孫蘭廷撰，內蒙古社會科學（漢文版），第三期（總第一一五期），1999 年 5 月，頁 88～91。

17. 蘇軾翻案文章探究，李裝雯撰，雲漢學刊，第六期，1999 年 6 月，頁 83～105。

18. 《仇池筆記》的版本和校勘時的版本選擇，田志勇、何硯華撰，蒙自師範高等

專科學校學報，第一卷第三期，1999 年 6 月，頁 42～47。

19. 蘇軾研究的回顧，曾棗莊撰，中華文化論壇，第三期，1999 年，頁 5～6。

20. 一尊儒術與三教雜糅——試論蘇軾斑駁複雜的世界觀，湯岳輝撰，惠州大學學報（社會科學版），第二十卷第一期，2000 年 3 月，頁 34～44。

21. 雜著筆記之文獻資料及其運用，劉兆祐撰，應用語文學報，八九年第二號，2000年 6 月，頁 1～33。

22. 《東坡題跋》思想藝術淺論，魏景波撰，陝西教育學院學報，第十七卷第一期，2001 年 2 月，頁 49～51，88。

23. 宋代筆記小說的整理與運用，陳妙如撰，中國文化大學中文學報，第六期，2001年 3 月，頁 43～68。

24. 臺港蘇軾研究論著目錄 1949～1999，衣若芬撰，漢學研究通訊，第二十卷第二期（總第七十八期），2001 年 5 月，頁 180～200。

25. 評蘇軾的人物史論，周國林撰，長江電子學院學報（社會科學版），第十六卷第二期，2001 年 5 月，頁 91～93。

26. 蘇軾山水小品文中的「寓言諧趣」，張瑞興撰，中國語文，第五三一期，2001年 9 月，頁 76～79。

27. 蘇軾史論文中的人格思考，陳曉芬撰，吉安師專學報（哲學社會科學），第二十一卷第一期，2002 年 2 月，頁 24～29。

28. 再談宋代筆記小說之整理，陳妙如撰，中國文化大學中文學報，第七期，2002年 3 月，頁 175～192。

29. 蘇軾短制散文的境界之美，牛芙珍撰，廊坊師範學院學報，第十八卷第二期，2002 年 6 月，頁 11～13。

30. 論韓愈蘇軾嶺表處窮及其人格精神，楊子怡撰，中國文化月刊，2002 年 6 月，第二六七期，頁 1～29。

31. 《艾子》初探，金周映撰，東吳中文研究集刊，第九期，2002 年 9 月，頁 67～88。

32. 宋志怪小說生成因緣論略，趙章超撰，新疆大學學報（社會科學版），第三十卷第四期，2002 年 12 月，頁 107～110。

33. 蘇軾的養生，劉大剛撰，宗教學研究，第三期，2002 年，頁 13～18，113。

34. 歐蘇散文創作與接受活動的考察，王基倫撰，東華漢學，創刊號，2003 年 2 月，頁 19～43。

35. 《志林》自說，黃君撰，東方藝術，第一期，2003 年，頁 186～187。

36. 「筆記小說」與筆記研究，陶敏、劉再華撰，文學遺產，第二期，2003 年，頁 107～116。

附　錄

附錄一：《東坡志林》主要版本題名列表

版　本	書　名	卷　數	題　名	版　心	備　註
三卷本	說郛	卷二十九	東坡手澤		爲一百卷本《說郛》。僅錄《東坡手澤》十五則。
一卷本	百川學海	丙集	東坡先生志林集	志林	
	說郛	卷九十五	志林		爲一百卷本《說郛》。
	東坡後集	卷十一	志林十三首		
	東坡續集	卷八	論		各篇有篇名。
五卷本	蘇東坡先生雜著		東坡先生志林	東坡志林	《蘇東坡先生雜著》總目錄著錄「東坡志林五卷」。
	東坡全集	卷一百至一百五	志林		《四庫全書》本。
	學津討原		東坡志林	東坡志林	
	東坡志林		東坡志林		北京中華書局出版，王松齡點校本。
十二卷本	稗海		東坡先生志林	東坡志林	
	欽定四庫全書	子部十雜家類三	東坡志林	東坡志林	

附錄二：《東坡志林》論古篇目對照表

東坡先生志林集（百川學海本）		東坡後集　卷十一（東坡七集本）		東坡續集　卷八（東坡七集本）		東坡志林　卷五（東坡志林五卷本）	
次序	篇名	次序	篇　名	次序	篇　　名	次序	篇　名
一		一	志林十三首	論　九	論武王	一	武王非聖人
二		二	志林十三首	論十六	論周東遷	二	周東遷失計
三		三	志林十三首	論十一	論秦	三	秦拙取楚
四		四	志林十三首	論十九	論封建	四	秦廢封建
五		五	志林十三首	論十七	論范蠡伍子胥大夫種	五	論子胥種蠡
六		六	志林十三首	論十五	論孔子	六	論魯三桓
七		七	志林十三首	論十八	論商鞅	七	司馬遷二大罪
八		八	志林十三首	論二十一	論項羽范增	八	論范增
九		九	志林十三首	論　十	論養士	九	遊士失職之禍
十		十	志林十三首	論二十	論始皇漢宣李斯	十	趙高李斯
十一		十一	志林十三首	論十二	論魯隱公	十一	攝主
十二		十二	志林十三首	論十三	論隱公里克李斯鄭小同王允之	十二	隱公不幸
十三		十三	志林十三首	論十四	論管仲	十三	七德八戒
				論共有三十二篇			

附錄三：五卷本《東坡志林》文體分類表

小 說 文 類		小 品 文 類		論 辯 文 類	
卷一	〈辟穀說〉、〈記子由夢塔〉、〈夢中作祭春牛文〉、〈夢中作靴銘〉、〈記夢〉之二、〈記夢〉之三、〈夢南軒〉	卷一	〈記過合浦〉、〈逸人遊浙東〉、〈記承天夜遊〉、〈遊沙湖〉、〈記遊松江〉、〈遊白水書付過〉、〈記遊廬山〉、〈記遊松風亭〉、〈儋耳夜書〉、〈憶王子立〉、〈黎檬子〉、〈記劉原父語〉、〈廣武嘆〉、〈塗巷小兒聽說三國語〉、〈養生說〉、〈論雨井水〉、〈論修養帖寄子由〉、〈導引語〉、〈錄趙貧子語〉、〈養生難在去慾〉、〈陽丹訣〉、〈陰丹訣〉、〈樂天燒丹〉、〈贈張鶚〉、〈記三養〉、〈謝魯元翰寄暖肚餅〉、〈記服絹〉、〈記養黃中〉、〈子瞻患赤眼〉、〈治眼齒〉、〈龐安常耳聵〉、〈記夢參寥茶詩〉、〈記夢賦詩〉、〈記子由夢〉、〈夢中論左傳〉、〈記夢〉之一、〈記夢〉之四、〈措大喫飯〉、〈題李巖老〉、〈記六一語〉、〈退之平生多得謗譽〉、〈馬夢得同歲〉、〈人生有定分〉、〈別子開〉、〈曇秀相別〉、〈別王子直〉、〈別石塔〉、〈別姜君〉、〈別文甫子辯〉	卷四	〈雪堂問潘邠老〉
卷二	〈書楊朴事〉、〈誦金剛經帖〉、〈書李若之事〉、〈記道人戲語〉、〈壽禪師放生〉、〈王烈石髓〉、〈記道人問真〉、〈記羅浮異境〉、〈黃僕射〉、〈沖退處士〉、〈記鬼〉、〈李氏子再生說冥間事〉、〈道士張易簡〉、〈辨附語〉	卷二	〈八蜡三代之戲禮〉、〈記朝斗〉、〈匈奴全兵〉、〈八陣圖〉、〈唐村老人言〉、〈記告訐事〉、〈記講筵〉、〈禁同省往來〉、〈記盛度誥詞〉、〈張平叔制詞〉、〈請廣陵〉、〈買田求歸〉、〈賀下不賀上〉、〈白雲居士〉、〈讀壇經〉、〈改觀音呪〉、〈誦經帖〉、〈僧伽何國人〉、〈袁宏論佛說〉、〈贈邵道士〉、〈記蘇佛兒語〉、〈陸道士能詩〉、〈朱氏子出家〉、〈僧正兼州博士〉、〈卓契順禪話〉、〈僧文葷食名〉、〈本秀非浮圖之福〉、〈付僧惠誠游吳中代書十二〉、〈記劉夢得有詩記羅浮山〉、〈東坡昇仙〉、〈朧仙帖〉、〈三老語〉、〈桃花悟道〉、〈爾朱道士煉朱砂丹〉	卷五	〈武王非聖人〉、〈周東遷失計〉、〈秦拙取楚〉、〈秦廢封建〉、〈論子胥種蠡〉、〈論魯三桓〉、〈司馬遷二大罪〉、〈論范增〉、〈遊士失職之禍〉、〈趙高李斯〉、〈攝主〉、〈隱公不幸〉、〈七德八戒〉

卷三	〈朱炎學禪〉、〈冢中棄兒吸蟾氣〉、〈石普見奴為祟〉、〈陳昱被冥吏誤追〉、〈記異〉、〈豬母佛〉、〈王翊夢鹿剖桃核而得雄黃〉、〈徐則不傳晉王廣道〉、〈先夫人不許發藏〉、〈太白山舊封公爵〉、〈記張憨子〉、〈記女仙〉、〈池魚踊起〉、〈孫抃見異人〉、〈王元龍治大風方〉、〈費孝先卦影〉、〈梁賈說〉、〈梁工說〉、〈賈婆婆薦昌朝〉、〈石崇家婢〉、〈盜不劫幸秀才酒〉、〈曹瑋語王鬷元昊為中國患〉	卷三	〈故南華長老重辨師逸事〉、〈記范蜀公遺事〉、〈修身曆〉、〈醫生〉、〈論醫和語〉、〈記與歐公語〉、〈參寥求醫〉、〈延年術〉、〈單驤孫兆〉〈僧相歐陽公〉、〈記真君籤〉、〈信道智法說〉、〈記筮卦〉、〈記天心正法呪〉、〈辨五星聚東井〉、〈論貧士〉、〈賈氏五不可〉、〈梁上君子〉、〈高麗〉、〈高麗公案〉		
卷四	〈論漢高祖羹頡侯事〉、〈武帝踞廁見衞青〉、〈真宗仁宗之信任〉、〈郗超出與桓溫密謀書以解父〉、〈論桓範陳宮〉、〈衞瓘欲廢晉惠帝〉、〈劉凝之沈麟士〉	卷四	〈鐵墓厄臺〉、〈黃州隋永安郡〉、〈漢講堂〉、〈記樊山〉、〈赤壁洞穴〉、〈辨真玉〉、〈紅絲石〉、〈筒井用水鞴法〉、〈汴河斗門〉、〈太行卜居〉、〈范蜀公呼我卜鄰〉、〈合江樓下戲〉、〈名西閣〉、〈臨皐閑題〉、〈名容安亭〉、〈陳氏草堂〉、〈堯舜之事〉、〈元帝詔與論語孝經小異〉、〈跋李主詞〉、〈孔子誅少正卯〉、〈戲書顏回事〉、〈辨荀卿言青出於藍〉、〈顏蠋巧於安貧〉、〈張儀欺楚商於地〉、〈趙堯設計代周昌〉、〈黃霸以鶡為神爵〉、〈王嘉輕減法律事見梁統傳〉、〈李邦直言周瑜〉、〈勃遜之〉、〈劉聰吳中高士二事〉、〈錄溫嶠問郭文語〉、〈劉伯倫〉、〈房琯陳濤斜事〉、〈張華鷦鷯賦〉、〈王濟王愷〉、〈王夷甫〉、〈裴頠對武帝〉、〈柳宗元敢為誕妄〉		
小計	共四十八則半。（因為〈記夢〉之二、之三屬小說文類。）	小計	共一百三十九則半。（因為〈記夢〉之一、之四屬小品文類。）	小計	共十四則。